薬草とウインク

Kanazawa Mariko

金澤マリコ

原書房

薬草とウインク

目次

千百九十一年　春

千百九十一年　夏

主な登場人物

ノア　……カンタベリから来た司教座聖堂付属学校の神学生
オットー　……巡礼途中の縮絨工の親方
ドミニク　……医学を志す家出娘
ルカ　……ノートルダム大聖堂の主席司祭
ジャン　……ノートルダム大聖堂の聖遺物係
メルト　……司祭ヨハネスの足跡をたどるジョングルール（大道芸人）
ヴェロニク　……霊媒師
クリストフ　……オットーと同郷の七宝細工師
ジュリアーノ　……ドミニクの医学教師

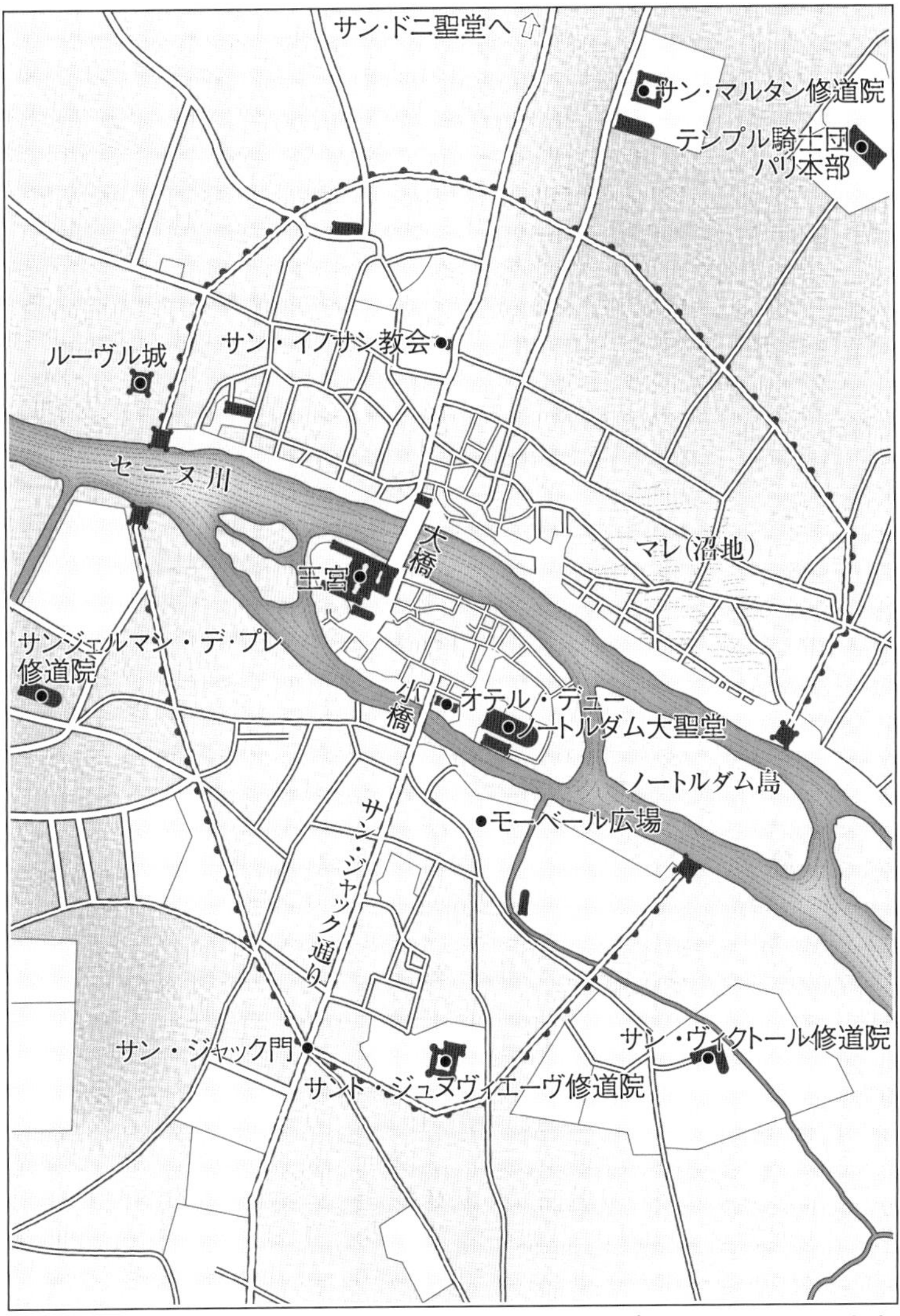

フィリップ2世治世下のパリ市街

ここに兵卒ども來りて、イエスとともに十字架に釘《つ》けられたる第一の者と他のものとの脛《はぎ》を折り、而《しか》してイエスに來りしに、はや死に給ふを見て、その脛を折らず。然るに一人の兵卒、鎗《やり》にてその脅《わき》をつきたれば、直ちに血と水と流れいづ。之を見しもの證《あかし》をなす、其の證は眞《まこと》なり、彼はその言ふことの眞なるを知る、これ汝等にも信ぜしめん爲なり。此等のことの成りたるは『その骨くだかれず』とある聖句の成就せん爲なり。また他に『かれら己《おの》が刺したる者を見るべし』と云へる聖句あり。

ヨハネ傳福音書 第十九章（日本聖書協会『舊新約聖書』一九八二）

千百九十一年　春

マルディ・グラ

縮絨工《しゅくじゅう》の親方オットーがその貼り紙に気づいたのは、サン・ジャック通りから一本西に入った狭い路地だった。

『赤ちゃんを抱きしめてください』


最上等の羊皮紙に書かれた美しいラテン語の飾り文字。

表通りから聞こえていた謝肉祭《カルナヴァル》の喧騒がすうっと消えた気がした。

オットーは眉を寄せ、薄くなった頭をかしげて、その文章を二度読んだ。ラテン語だけは、巡礼まえに村の司祭さまに教わったおかげで少しは読める。

赤んぼうを抱きしめろ？　なんだこれは？　オットーはそのへんに赤んぼうが転がっていやし

ないかと、こわごわあたりを見まわした。さいわい、赤んぼうはいなかった。

オットーはもう一度貼り紙を読んだ。しかし、いくら目をこらしても、その上品な文字からは何の手がかりも得られなかった。

「――まったく、この都会《まち》ときたら」

オットーはあきらめて首を振った。パリってところは何もかもが突拍子もない。

そのとき、遠雷が近づいてくるようなあの気配がまたやってきた。オットーはあわててその場にしゃがみこみ、石畳に散らばった残飯や排泄物《はいせつぶつ》の悪臭に耐えながら目を閉じた。こいつが来ちまったらただじっとこうしてやり過ごすしかない。

オットーがパリに着いたのは謝肉祭《カルナヴァル》の二日目。

数日後からはじまる四旬節を前に、人びとはまるでこの世の終わりが来るかのように喰らい、呑み、謳《うた》い、踊り狂っていた。オットーの故郷、アルスフェルトの田舎でも謝肉祭にはバカ騒ぎをする。けれどもパリでは何もかもがそれとはけた違いだった。

オットーはこの二日間、慣れない都会《まち》をさまよい、あちこちで人にぶつかり、小突かれ、どなられ、嗤《わら》われた。アルスフェルトの村長に教えられてきた宿屋はとっくに満室で、別の下宿屋では、まとめ役だとぬかすすましたヽヽヽ若造が、破れたつば広帽と、水筒を吊るした杖と、ずだ袋を背負った巡礼姿のオットーを上から下までジロジロ眺めたあげく、邪険に追い払った。

そういうおもしろくない体験をしたあとには必ず、激しい頭痛がオットーを襲った。オットーは路地の壁によりかかって喘《あえ》ぎながら、いい歳をしてのこのことパリくんだりまで出てきたことを悔やんだ。

ことの発端は半年前のある朝だった。

その朝、とつぜん、オットーのまわりから色が消えた。いくら目をこすっても、世界は灰色にしか見えなかった。いつまでも寝床から離れられず、ようやく這《は》うように仕事場に下りていっても何も手につかない。陽が傾きかけるとほんの少し気分が落ち着いたが、世界に色がつかないことに変わりはなかった。

「なあ。おれはどうしちまったんかな」ある夜、オットーはついに妻のマルガレータに悩みをうち明けた。「なんにもやる気がおきねえ。それに、色ってものがまるでねえんだよ」

目の前にはどんどんやせてゆくオットーを心配した妻が用意した好物の鹿の焼き肉が並んでいた。無理して口に運んでみたが、やっぱり砂の味しかしなかった。

「そりゃきっと、あの娘《こ》が片づいて長年の疲れがでたんだろうさ。しばらく休めばよくなるに決まってるよ」

妻は明るく答えた。オットーはほっとしてうなずいた。そうかもしれねえ。頑丈な身体をいいことに、これまでろくな休みもとらず、ただただがむしゃらに働いてきた。おかげで仲間うちでいちばん早くに親方になり、職人と徒弟を三人抱え、そのうえ十人の子どもをみんな一人前にした。思い返してみれば、おかしくなったのは末の娘の婚礼の翌日だ。そうだ。疲れがでたんだ。おれももう五十じゃねえか。

オットーは徒弟の指導や商人との交渉いっさいを一番弟子のアントンにまかせ、しばらくのんびりすることに決めた。そうやっているうちにまた仕事がしたくてウズウズしてくるに決まっている。

ところが、三か月がたってもオットーの無気力はまったく回復する気配がなかった。そうこうするうちに年が明け、一月二〇日の聖セバスティアヌスの祝日を境に、突然、頭痛が始まったのだ。石臼でごりごりやられているような痛み。オットーは頭を抱えて転げまわった。

妻はいく種類もの薬草をまぜた煎じ薬をつくり、施療師のところで調達してきた焼いたハリネズミの灰とコウモリの血を無理やり飲ませた。それが効かないとなると、次はどこからかまじない師の女を連れてきた。顔に彫り物を入れた痩せぎすの女は、鼻が曲がるほど臭くてひりひりする膏薬《こうやく》を貼って帰って行った。何の効きめもなかった。

最後に来たのは理髪師の男だった。蛭《ヒル》をたくさん入れた箱を脇に抱えて来て、身体中がうすら寒くなるほど瀉血《しゃけつ》をされた。が、これも何の効果ももたらさなかった。

ついにオットーは、これは自分の命がもうすぐ尽きるしるしだと考えるようになった。

ある夕方、ようやく頭痛が去ったオットーの背中の汗を拭きながらマルガレータがこう切りだした。

「考えたんだけどさ。あんた、思いきってサンチャゴ巡礼に行ってきちゃどうかね。子どもたちもそれがいいって言ってるんだ。あんたがみっちり仕込んでくれたおかげでみんな腕のいい縮絨工になったし、仕事のほうはなんにも心配いらないだろ。え、あたしかい？」妻は少し間をおいた。「――いっしょに行きたいのはやまやまだけどさ、ほら、あの娘《こ》のところでもうすぐお産があるだろう？　初産だからね、手伝ってやらなくちゃならないだろうよ。あんたは長いこと村から一歩も出ないで働いてきたんだ。ここらでちょっと遠出するのも悪くないさ。あんただっていつも言ってたじゃないか。サンチャゴ巡礼が夢だって」

「だがお前、サンチャゴは――」

　妻はオットーに上衣を着せた。「さあさ。そんな情けない声は出さないどくれ。あたしだって約束は忘れてやしないよ。けどね、縮絨工組合の親方のハンスがサンチャゴ巡礼団を募ってついこのあいだ出発したんだよ。追いかけていけば、パリあたりで合流できるよ」

「ハンスが？」

「知らなかったかい。ハンス親方んところじゃ、長男が流行病《はやりやまい》で死んだだろ？　すっかりしょげ込んでいたけど、神さまのご加護にあずかりたいってサンチャゴ巡礼を思い立ったのさ。そしたらたちまち気力をとりもどして出かけたって話だよ。だからさ、あんたも思いきって行ってくるがいいよ」

　隠退したら、人生の最後にふたりそろってサンチャゴ・デ・コンポステラに巡礼するのが、夫婦の昔からのささやかな夢だった。けれども、もうその日が来ることは決してないと妻は悟ったのだ――。

　村はずれまでは末娘とその亭主が送ってくれた。はち切れそうな腹をした娘はしきりに目をこすり、いつまでもいつまでも手を振っていた。そのあとしばらくは一番弟子のアントンとのふたり旅になった。もういいというのに、アントンは「パリでハンス親方と合流するのを見とどけるまでは親方をひとりにゃできません。おかみさんにもそう言いつかってますんで」と頑固について来た。そのアントンも国ざかいの川の手前で無理やり帰した。

不思議なことに、旅に出ると朝の辛さが半減した。日中のだるさも日ごとに軽くなり、世界に再び色が戻ってきた。ひょっとしたら無事にサンチャゴ巡礼を終えて村に戻り、今度こそ妻とふたり旅ができるかもしれないと、かすかな希望が芽生えさえした。しかしそんなオットーをあざ笑うように、午後に襲ってくる頭痛は激しくなる一方だった。

「親方、だいじょうぶかい」

気づくと上から若者が覗きこんでいた。

「――ああ、アントンか。もうついて来なくていいってのに」

「アントン？　違うよ。ぼくはノアっていうんだ」

「――ノア？」

オットーは若者に手を添えてもらって上体を起こした。まだふらつくが、頭痛は去っていた。

「親方はここに倒れてたんだよ。覚えていないの？」

「……ああ。そうか。そうだった。ちょっと気分が悪くなっちまって」

オットーはもう一度若者をしっかりと見た。実直者のアントンとは似ても似つかない。派手な青と緑のマント、ぴったりした緑のタイツ、とんでもなく先がとがった緑の布靴、帽子はなぜか作り物の緑の葉で被われていた。まるで樹の精だ。金色の巻き毛が帽子からはみ出し、明るい青い目が心配そうに見つめている。

「なんでおれが親方だと」

「やっぱりそうか。そんな気がしたんだよ。おじさん、親方なんだろう？」

「縮絨工のオットーだ。助けてくれてありがとよ、ノア」

「いいさ。ぼくはカンタベリから来てるんだ。親方は巡礼帰り？」

ノアはオットーが首からぶら下げている貝殻を指さした。巡礼者のしるしのホタテ貝の首かざりは、子どもたちからの餞別だった。

「ああ。そんなところだ。これから行くんだよ。サンチャゴに。おれはアルスフェルトってドイツの村から出てきただ」

それを聞いてノアは顔をくもらせた。

「……あのさ、親方、まさか、ひとりじゃないよね？　巡礼路には追いはぎがいっぱい出るんだよ。親方が持ってるみたいな貝を目印に狙ってる〝貝殻盗賊団〟ていう奴らがうようよしてるんだ。そのこと知ってた？　さっきみたいに倒れてたら身ぐるみ剝《は》がされちゃうんだよ」

オットーは思わず微笑んだ。パリに来て自分の身を心配されたのはこれが初めてだ。

「ありがとよ。ひとりじゃねえから心配はいらねえよ。ところでノア、お前さんも巡礼の途中かい」

「まさか！」ノアは笑った。「ぼくは学生なんだ。パリで勉強してるんだよ」

その時、表通りの方からノアを呼ぶ声が聞こえた。

「あ、ぼく、もう行かなくちゃ」

ノアはオットーに手を貸してゆっくり立ちあがらせた。並ぶとノアはオットーより頭ひとつ分高い。頭の葉っぱが揺れて、ほんとうに木の隣に立っているようだ。

「ひとりで歩ける？」

「ああ。もうすっかり良くなった」オットーは答えた。

*

「ここに魔女がいるぞ！」

暗闇の中で誰かが甲高いかすれ声で叫んだ。

「ひっ捕まえろ！」

「そうだ！　そいつは魔女だ！」

「火にくべろ！」

「火あぶりだ！　火あぶり！」

声がだんだん近づき、やがて人のかたまりが大きく左右に割れ、痩せた老女が引きずり出されてきた。

酒臭い息を吐く男らがこぶしをふりあげ、仮装した学生たちがピーピーと指笛を鳴らす。仮面をつけた数人の男が不気味な無表情でそれを見守っている。老女は誰かに突き飛ばされ、かがり火の前で脚をもつれさせて転んだ。

マルディ・グラの夜。

仮面行列《マスカレード》など見物するつもりはなかったのに、縮絨工の親方オットーは、ごった返す人の波に押し出され、気づくとモーベール広場をとり囲む人ごみの最前列に出てしまっていた。

広場のまんなかに木の枝が高く組み上げられ、陽が落ちると同時に火がつけられた。バチバチとはぜる音とともに炎が空高く上がり、灯りに群がる虫のようにパリ中から仮装した人びとがぞくぞくと広場をめざして集まってきている。

村でやっているのと同じく、ここで藁《わら》人形を焼くのだろうということはオットーにも察しがついた。藁人形は冬のシンボルだから、春のしるしの復活祭の前に消えなければならないのだ。けれどここ《パリ》では、それだけでは済まないようだった。刺激に飢えた都会の男たちは、誰かが発した「魔女」のひと言に飛びついてしまった。

囃《はや》したてる人ごみの中から、羽根つき帽子をかぶった白い仮面の男が芝居がかった歩き方で進みでて右手と膝を折って一礼し、老女を乱暴に引っぱり立たせた。ぼろきれを何枚も身体に巻きつけた老女は、されるがままだ。一瞬、女の頭がガクンと揺れ、かぶっていた帽子が脱げた。ちょうど正面にいたオットーには「魔女」の顔がよく見えた。それはゾッとするほど若く美しかった。オットーが吸い寄せられるように見つめていると、「魔女」はオットーに向かってぞくっとする笑みをみせた。オットーは幻を見たのかと目をこすった。

そのとき、もうひとり、黒仮面に黒装束の男が現れ、白仮面と同じように大げさにお辞儀をすると、白仮面とともに「魔女」を両わきから軽々と持ち上げた。ふたりはそのまま燃えさかるかがり火に向かってゆく。老女はなにかわめきながら足をバタバタさせて抵抗し、群衆は次に起こることを期待して舌なめずりせんばかり。

——こいつら本気でやるつもりだ！　ようやく気づいたオットーが、一歩を踏み出そうとしたとき、何かがオットーの脇をすりぬけ、白い仮面の男の腕に嚙《か》みついた。

「わっ！　なんだ！　放せ！」

焦った白仮面が手をふりほどこうとした。黒仮面の方が腕にくっついている小柄な人間——農夫のようだ——の背中をつかんで軽々と白仮面からひきはがし、紙くずのように地面に投げた。農夫は身体をしたたかに打ち、うめいてうずくまった。

それを見たオットーが前に出たのと、やけに背の高い女が躍り出たのは同時だった。

「やめなよ！」

女が叫んだ。その声にはどこか聞き覚えがあった。

「にいさんたち、いいかげんにしな！」

職人を厳しく鍛えてきた縮絨工親方のオットーの声には、やはり迫力があった。

仮面の男たちは怯《ひる》んだように目を見交わし、うなずきあうとしぶしぶ「魔女」を解放した。面白い見世物ができると期待していた人びとの群れは不満のうなりをあげたが、ころあいを見計らって運びこまれた藁人形の方にすぐに関心を移した。

「お前さん、ノアだろ」

オットーはひょろ長い女の隣にしゃがみ込んで声をひそめた。

「バレたか」女に化けたノアは舌を出した。

「ノア、この女《ひと》を頼むよ。おれはあっちの農夫を見てくる」

うずくまっていた農夫を助け起こしてオットーはギョッとした。まったくなんてことだ！　それは農夫なんかではなく、農夫の仮装をしたまだら若い女だった。

藁人形が爆《は》ぜるさまに目を奪われている群衆を尻目に、モーベール広場を逃げ出した四人は、サン・ジュリアン・ルポーブル教会の前でようやくひと息ついた。

「あんたたち、礼をいうよ」

「魔女」は息をぜいぜいさせている。

「おばあさん、危ないところだったね。——あの、ほんとに魔女なの？」ノアは聞かずにはいられないといったふうだ。

「ああ。そうさね。魔女だよ」老女が平然と答えた。

「えっ？　うそ！」

「ヒヒヒ。魔女と思いたい人にとっちゃ魔女だろうさ」

「私、知ってるわ。あなたのこと」

それまで黙っていた農夫が初めて口を開いた。ノアが目を丸くした。

「——おんなの子？」

「そうよ。とっくに気づいていると思ったわ」

農夫はサバサバした調子で答えた。よく見れば、たしかに小さくしまった顔に、黒目がちのキラキラした眼と赤い唇をした女の子だ。髪は短く、肌は浅黒く、手脚はまるでカトンボのようにひょろひょろで、おまけにノアと同じくらい背が高かった。その姿はどことなく鹿を思わせた。

「ノア、こちらさんも仮装してたんだ。お前が女に化けてたようにな。おかしな町だよなぁ。ここは」

「──ねえ、よけいなことだけどさ、そんな細い身体で白仮面に向かってくなんて無茶だよ。殺されちゃったかもしれないんだよ」

「だって、あのままじゃ、ほんとに火あぶりにされたわ。黙って見過ごせないわ。それに、この人、魔女じゃないもの」

「ほう。おじょうさん、どこかで会ったかね」老女が白くにごった眼で娘を見あげた。

「何年か前、母さんが私のことを悪魔憑きだからお祓《はら》いしてもらわなくちゃならない、って言いだしてあなたのところへ連れてったの。覚えてない？」

「ふうん。そうだったかね」

「そしたらあなたは、これは悪魔憑きなんかじゃない、ただ、心配ごとのせいで舌がもつれてうまく喋れないだけだって。それから、とろりとしたおいしいお茶をくれたの。飲みほしたらすっかりうまく喋れるようになってるよって。ほんとにそうだったわ。あなた、霊媒師のヴェロニクでしょ」

「ああ、たしかに私はヴェロニクさ」

「霊媒師って、魔女とどう違うのさ」ノアが無邪気に訊いた。

「見えちまうんだよ、いろんなことがね」ヴェロニクはそっけなく答えた。

「娘さん、あんたの勇気にゃ心底おそれいったぜ。おれは足が地面にはりついたみてえになっちまってよ。情けねえこった。おれは縮絨工の親方のオットーだ」

「ドミニクよ。助けてくれてありがと」

「ぼくはノアだよ。カンタベリから来てるんだ。ノートルダム大聖堂《カテドラル》の司教座聖堂付属学校の学生。親方はドイツから来たんだって。これから巡礼に出発するところだよ」

「――ああ。見えるよ。今夜お前さんたち三人が出逢ったのは神のお導きだ。もうすぐこの町で神の裁きがはじまるよ」

　ヴェロニクがいきなり喋りだしたので三人はぎょっとして口をつぐんだ。ヴェロニクは目を閉じたままなにかに聞き耳を立てるような仕草をしてうなずき、それから白くにごった眼を開いた。その皺《しわ》だらけの顔を見ながら、オットーはなぜさっきこの老女が若い女に見えたのだろうと首をひねった。

「いい夜だったよ。気をつけてお行き」そしてヴェロニクはたちまち闇の中に消えた。

「ねえ、今の見た？　誰かの声を聞いているみたいだったよ。やっぱり、ヴェロニクって魔女なんじゃ――」

「霊媒師。神の声を聴いたり、死んだ人と話せるっていわれてる。それに腕のいい施療師でもあるのよ。魔女なんかじゃないわ」ドミニクが言う。

「ああ。おれの村にもいるよ。どこにでもひとりはあんなふうなのがいるもんだ。魔女とどう違うかはおれにもさっぱりわからねえがな」オットーは大きなあくびをした。「どれ、おれたちも帰るとするか」

「ドミニク、よかったらぼく、家まで送ってってあげるよ。マルディ・グラの夜は危ないからね。親方は巡礼団の宿だよね？」

「いや、仲間はまだパリには着いてねえんだよ。あちこち寄り道してるらしい。おれはシテ島の施療院《オテル・デュー》にやっかいになってる」

「オテル・デューに泊まれるの？」ドミニクが勢い込んで尋ねる。

「ああ。ゆうべノートルダム大聖堂の前をうろうろしてたら修道女さんたちに声をかけられてな。助かったよ。パリに来てから宿無しだったんでよ」

「私も泊めてもらえるかしら」ドミニクが熱心に訊く。

「なにも親方につきあうことないよ」ノアが止める。

「帰れないのよ」

「え？」

「家出しちゃったの」

「いつ？」

「今日」

「なんで家出なんか」

「おいおい。もう遅いんだ。そんなこたあいいだろよ。ドミニク、じゃおれと来るかい。頼めばあとひとりくらいなんとかなる」

「ちょっと待った!」ノアが割って入った。「いい考えがある。ふたりとも泊まるところがないってことだよね。じゃ、ぼくの下宿《ホスピキウム》にくればいいよ。ちょうど部屋がひとつ空いてるんだ」

地下

「今日で三度目ですね。やってごらんになりますか」

いきなり声をかけられオットーはぎょっとして振り返った。

誰もいないはずの路地に、いつのまにか修道女がひとり立っていた。まっ白なローブに身をつつみ、糊のきいたベールが頭から首までをぴっちり覆っている。上品さの点ではこっちの方がはるかに上だが、年格好は妻のマルガレータによく似ていた。

「う、その、ええと——」オットーは壁の貼り紙と修道女とを交互に見比べた。「——やってみるってのは?」

「赤ちゃんを抱いてくださるのでしょう?」

修道女は当然だとばかりに言った。そしてオットーの返事をまたずに先に立って歩きだした。

オットーはためらったが、振り返った修道女にじっと見つめられると、ふらふらとあとについて歩きはじめた。

修道女はオットーの三歩くらい先をゆっくりと進んでゆく。今日から四旬節に入ったパリの町は、昨日までのどんちゃん騒ぎとはうってかわって沈みこみ、気のせいか、道行く人びとも伏し目がちだ。

オットーはノートルダム大聖堂《カテドラル》のミサの帰りに路地に立ちよったのだった。

「せっかくパリに来たんだからさ、親方は絶対ノートルダム大聖堂のミサに与《あずか》るべきだよ。それでさ、村に帰ったらこのことを奥さんに話してあげなよ」

ノアが言うとドミニクも熱心に親方の手を引っぱった。

「そうよ。いっしょに行きましょうよ。今日は灰の水曜日ですもの」

四旬節の初日にあたる「灰の水曜日」、司祭さまは、一人ひとりの信徒の額に棕櫚《しゅろ》の葉を焼いた灰で十字のしるしをつける。誰もがいつかは死んで灰に帰ることを忘れないように、と。ところが、そんなことは今のオットーにはいやというほどわかっていた。紫の祭服をお召しになった司教さまよりも、ミサに参列している誰よりもそれを実感しているのは自分なのだ。

「灰の水曜日」のミサからの帰り道、オットーはちょっと用事を思いだしたと言って、若者たちと別れ、その足でサン・ジャック通りの裏路地に来た。

あの貼り紙がなぜか気になってしかたがなかった。じつをいえば、昨日もこっそりここに来た。その時も誰もいなかったはず――なのにどうして修道女は、今日が三回目だと知っているのだろう。

修道女はまっすぐ北に向かって歩いている。サン・ジャック通りはローマ時代の軍道だったとドミニクが教えてくれた。たしかに小石を固めて舗装した幅の広い立派な道だ。大昔にはこの道をたくさんの軍馬や馬車が忙しく行き交っていたことだろう。

少し行くとセーヌ川にかかる小橋《プチ・ポン》が見えてきた。プチ・ポンを渡ればセーヌ川の中州、シテ島だ。パリに着いて以来、オットーはもっぱらこの「シテ」で過ごしていた。シテ島の東側にはノートルダム大聖堂《カテドラル》があり、西側には王の宮殿がある。ただし、国王フィリップ二世は留守だ。昨年の夏に十字軍遠征に出発したからだ。

そして、大聖堂の前にオテル・デュー——神の館——と呼ばれる施療院が建っていた。オットーはここで声をかけてもらい、宿と食事をもらったのだった。

ノアによれば、オテル・デューでは病人たちは「主《あるじ》のごとく」扱われ、充分な食事とワイン、洗濯したての清潔なシーツを与えられ、手厚い看護をうける。

「なぜだかわかる?」ノアが意味ありげに質問した。「それはね、病む人というのは、世を救うために十字架にかかり、苦しみを受けて亡くなった主イエス・キリストと同じ苦しみにあずかっているからなんだよ。世話をする人たちは、目の前の病人のなかに主キリストの姿をみてるんだ」

オットーはやけに感激した。この罪深いおれがイエスさまと同じだって? なんてありがてえことだ。もし無事に戻ったら絶対にうちのやつに話してやらにゃなるまい。

まぶしいほどの白服を着た修道女は、そのオテル・デューの正面入り口をすっと通り過ぎ、建物のまわりを半周して、雑草の生い茂る古びた白いドアの前に立った。とみるや、いきなり姿を消した。オットーがあわてて駆けよると、ドアの先には地下につづく階段が延び、修道女はもうすでに階段を下りきってオットーを見あげていた。

ためらいながらオットーが下りるのを見とどけると、修道女は無言でまた先を歩きはじめた。

たくさんの蠟燭《ろうそく》が壁のくぼみに灯されているせいで、それほど暗くはない。オットーは燭台をかかげた修道女にくっついて、かび臭い狭い地下道を曲がった。

めざす部屋に到着した修道女は格子のはまった鉄の扉をガチャガチャと動かして開けた。部屋の中はかなり暗く、数名の人間がいることだけがかろうじてわかる。修道女はオットーにそばの椅子を指さし、部屋の奥にあるもうひとつの扉に消えた。

修道女が行ってしまうとオットーは急に息苦しさを感じた。

部屋そのものはかなり広いのに、濃い闇がただよっているせいか、妙な圧迫感がある。

おれとしたことが、どうしてのこのこついてきてしまったのだろう。赤んぼうなどどこにもいやしねえ。ここで何が始まるんだ？　田舎もんだと思っておれをだましたな――。

オットーは隣の女に話しかけてみようとした。けれど、蠟人形のように生気のない横顔にギョッとして言葉をのみこんだ。

そのとき、前方にスポットライトのように灯りがともり、体格のいい中年の男がその中に進みでた。焦げ茶色の頭巾を被り同じ色の膝下丈のローブを革のベルトで締め、粗末な靴を履いている。長い髭が顔の半分を隠していた。

「お待たせいたしました。わたくしは孤児救済白十字会のセバスチャンでございます。みなさま方はあの路地裏で私どもの貼り紙に目をとめられましたね。実は私どもはこれぞと思う方にだけ声をかけることにしているのです。いうなれば、みなさまは選ばれた方々でございます――」

大聖堂の入り口に陣取っている巡礼ガイドのような喋り方だ。

「これからみなさまお一人お一人に赤ちゃんを抱いていただきます。このおさなごたちは孤児でございます。未婚の母や娼婦や女奴隷が産み落として棄てた子もいれば、両親ともに流行病で死んでしまった赤子もいます。なかには修道女や神父さまの隠し子、父親が十字軍兵として出征中に母親が別の男とどこへともなく消えてしまった家庭の子もおります。事情は違えど、このおさなごたちはみな神の子どもです。そして、哀れなかれらは抱きしめられることを求めているのです！」

セバスチャンが思わせぶりに言葉を切った。隣の女が大きくうなずいている。

「この哀れで小さな神の子らを抱きしめて育てること。孤児救済白十字会はそのために設立されました。そして今日も神は、みなさま方の憐れみ深い両手を私どもにお与えになりました。神に栄光を。そして、みなさま方に平安がありますように」

男が暗がりに引っこむと、妻のマルガレータ似の修道女が奥のドアから赤んぼうを抱いて登場した。そして、一人ひとりにそっと赤んぼうを渡していった。隣の女以外はみな男だ。彼らはぎこちなく赤んぼうをゆすったり、不器用に抱きしめて泣かせてしまったりしている。隣の女は慣れた手つきで赤んぼうを受け取るとすぐに低い声で子守歌を歌い出した。さっきまでとは別人のようだ。

ついにオットーの手にも赤んぼうが渡された。子どもを十人も育てたとはいっても、もっぱらそれは妻の仕事だった。オットーは壊れ物のような柔らかい小さな生き物を抱いた。細い五本の指の先に真珠のような爪が並んでいる。不意に、オットーの記憶の奥底から、生まれたての長男を初めて抱いたときの幸福感がよみがえった。

その至福の時間がどれくらいあったのかわからない。やがて、修道女が現れてやさしく赤んぼうを抱え上げてドアの向こうに消えた。

　セバスチャンがまた灯りの中に立った。

「いかがでしたか。お帰りになる前に、私ども孤児救済白十字会からささやかなお願いがございます。ご案内いたしますのでしばらくおまちくださいませ。みなさま方の上に神のご加護がありますように」

　修道女がオットーたちをふたつのグループに分けた。赤んぼうを泣かせた若い男とオットーがひとつのグループで、あとの五人は別だ。オットーたちは修道女に連れられて部屋を出て、すぐ隣にある別の部屋に入れられた。

　そこはとても狭く、蠟燭の灯りの中に濃い紫色の煙がたちこめ、クラクラするような強い香りがした。

「本日は大変ありがとうございました。おかげで孤児たちにも平和な心が育つことでございましょう。心よりお礼を申しあげます」

　修道女は深々と頭を下げた。顔を上げた修道女はいつのまにかベールを口もとまで引きあげていた。

「あの、それでお願いって何なのでしょう」隣で男がおずおずと訊いた。

「はい。お願いと申しますのはほかでもございません、今日のことはいっさい他言しないでいただきたいのでございます。残念ながらこうした都会では人買いを商売にしている悪い輩《やから》がございます。もし、私どもの事業のことが知られたら大変なことになるのはおわかりいただけますね」

「ああ、そういうことですか。もちろん誰にも言ったりはしませんよ。それより、ぼくはまたここに来たいんですが」男がねだるような声を出した。

「神さまのお導きがありましたら」修道女が微笑んだ。

「ちょっと、おれもきいていいかい」オットーが口をはさんだ。

「何でございましょうか」修道女は穏やかな視線を向ける。

「なんでおれとこのにいさんだけがこっちなんだい。あっちの人と何か違いがあるんかい」

「いいえ。違いなどはございませんよ。どうかそのようなことはお気になさいませんように」

修道女は笑顔を見せながらいきなりオットーにバチンと片目をつぶり、すばやく胸の前で十字を切った。オットーの心臓がとたんにドキドキ音をたてはじめた。

それから修道女はオットーたちをせき立てるように地上に送りだした。若い男は太陽のまぶしさによろめきながらどこかに去ってしまい、オットーは昼下がりのオテル・デューの裏庭にひとり取り残された。

下宿《ホスピキウム》

親方はなにか隠している――。ノアは疑っていた。

マルディ・グラの夜に霊媒師ヴェロニクを救い出し、ついでに縮絨工親方のオットーと家出娘のドミニクをサン・ジャック通りの下宿《ホスピキウム》に連れてきてから一週間がたつ。

ふたりとも、パリにこんないい下宿がまだ残っていたなんてと驚いていたけど、種明かしをすれば、ここはノアの祖父であるジャンがつくった下宿なのだ。しかも裕福な学生向けの。そして、不意のお客さん用に常に部屋は空けてある。

いま、その部屋にはドミニクがまるで大昔からそこに住んでいたみたいに気持ちよくおさまっていた。オットー親方はノアの部屋に居候だ。親方は遠慮して、そんならおれはオテル・デューに戻ると言ったけど、どうせ親方が巡礼に出発するまでのあいだだし、またどこかでバッタリ倒れられたりしても困る。それにノアの部屋は下宿の中でいちばん広いからまったく問題ない。

下宿を建てたノアの祖父、苦労人ジャンは一族の伝説的存在だ。

祖父はノルマンディー公国のフランドル伯領にある零細な羊毛織りの家に生まれ育ち、十三歳でイングランドにわたって、カンタベリ大聖堂の石工から始めた。

五男として生まれ、教育も受けず、金もなく、頼れる親類もなかったかわりに、祖父は類《たぐ》い稀《まれ》なる商才に恵まれていた。石工をして貯めた小金を元手に二十歳で羊毛商人に鞍替えすると、たちまち頭角を現して、わずか三年で大陸とイングランドとをまたにかける巨大羊毛卸商にのしあがった。やがてジャンは広大な荘園や城をいくつも所有し、馬を乗りまわし、腰に剣を差して貴族のような生活を営むようになる。

そして息子のジェレミー、つまり、ノアの父を貴族の娘エマと結婚させて、念願の貴族の称号を手にした。エマの実家は家柄こそ立派だったけどお金に困っていた。いわば政略結婚だけれど、ノアが知るかぎり両親はほどほどに幸せそうだった。

ノアの同胞は姉ばかり四人。末っ子のノアは唯一の男子として何人もの使用人にかしずかれ、「あれが欲しい」と言う前に何でも与えられて育った。おかげで姉たちにはずいぶん陰でいじめられたものだ。

当然のようにノアは幼い頃から騎士の訓練を受け、領主となるのに必要な教育を施された。ノア自身もいつかはハロルドおじさんのような立派な騎士になりたくて、熱心に馬術や剣術にはげんだ。ハロルドおじさんは母の弟で、テンプル騎士団員として聖地を守っているのだ。

十歳の夏、ノアは祖父のジャンに連れられて初めてドーヴァー海峡を渡った。祖父は少し前にすべての仕事から隠退し、幼年時代を過ごしたノルマンディー地方を旅する計画をたてた。まだ子どものノアがこの旅に同行を許されたのはどんな理由でだったのか、今ではわからない。

祖父との旅はすばらしく愉快だった。祖父はル・アーブルからはじめて、幼い頃を過ごしたアルジャンタンの村、イングランドに渡る直前に一時期滞在したシェルブールの港町などをめぐったのち、突然、シャンパーニュに足を向けた。

南に向かう道中、祖父はシャンパーニュで一年に六回ひらかれる大市のことをノアに教えた。

「いいか、ノア。この大市をめざして世界中から商人たちが集まってくるんだぞ。フランドル人はもちろん、イタリア人やプロヴァンス人、カタルーニャ人にドイツ人にイタリア人もいる。ここで成功すれば大金持ちになれるからだ。もちろんわしもそのひとりだった。大市はシャンパーニュ伯の領地にある四つの都市で順番に開かれるんだ。さあ、いちばん大きな市はどこで開かれるか覚えているか？　そうだ、トロワだ。お前は賢いぞ。あとはプロヴァンにラニーにシュル・オーブに――」

祖父は指を折って数えた。

「おじいさまはここで何を売っていたの？」ノアが勢いこんできいた。

「もちろん羊毛さ。うちで扱う製品はどの羊毛商にも負けなかった。商品を陳列台に並べ終わるのを待ちきれずに、毛織物商がわれ先にとうちの屋台めがけて走ってくるんだ。契約がつぎつぎにできあがって商品が飛ぶように売れていく。あれにまさる楽しみは人生でそうあるもんじゃない」

「……ああ、すごかったろうなぁ」ノアは豪商だった祖父が、買い手と巧みにやりとりしながら、商品を売りさばいていくさまを目に浮かべた。

「で、おじいさまも何か買ったの？」

「そうさな」祖父はまっ白な顎髭をしごいた。「たいていはなじみのヴェネツィア商人のところに行って胡椒を買うことにしていたな。それと乳香やらなにやらの香料を少し。いいかいノア。こういう東方の珍しい商品はヨーロッパではうんと高値がつく。覚えておきなさい」

「高値ってどれくらい？」

「少なくても三倍にはなったな。もっとも、ヴェネツィア商人のもうけはそれどころじゃないぞ。イスタンブルあたりでサラセン人から直接仕入れてくるんだからな」

「てことはさ」ノアは考えながら言った。「そのサラセン人のもうけはヴェネツィア商人なんかの何倍もあったってことだよね」

「その通り！　さすがわしの孫だ」

祖父は目を細めた。ノアは調子に乗って続けた。

「ねえ、ぼくもっといいことを思いついたよ！　サラセン人よりもっと東に行って自分で胡椒を買ってくればいいんだよ！　だって、サラセン人だって東の国の商人から胡椒を買ってるんでしょう？」

祖父は絶句してまじまじとノアを見つめた。ノアはなにかバカなことを口にしてしまったと気づいた。

「……ああ、いつかそんな日がきっとくるだろう。いつか、な」

祖父がおだやかに答えたのでノアはほっとした。そして、こう訊いた。

「でさ、サラセン人って誰？」

祖父が大笑いしたことしかノアは覚えていない。


ノアと祖父はトロワの大市の九日目に到着した。

最初の八日間は商品を並べることに費やされ、九日目から販売が始まるのだ。

陳列台に山と積まれた商品を見て回るあいだ、ノアは祖父の上衣の裾をしっかり摑んでいた。

そうしないと迷子になってしまうほどの賑わいだった。

ありとあらゆる商品が、ありとあらゆる国から来た商人によって売られていた。少しでも高く売りたい側と少しでも安く買いたい側の知恵比べ。祖父は毛織物商があつまっている一画で足をとめ、厳しい目つきで品定めを始めた。

しばらくしてからノアは、自分の目の前に並んでいる商品がいつのまにか羊毛ではなく羊皮紙になっているのに気がついた。あわてて祖父の姿をさがすノアの耳に、中央広場のあたりからワッという歓声が聞こえてきた。

そこでは旅芸人《ジョングルール》が曲芸を始めるところだった。拍手喝采を浴びて登場したのは房飾りのついた黒とオレンジの縞の衣装の細身の男で、空高く組み上げられた櫓《やぐら》にするすると登り、頂上で逆立ちをした。観客がどっと沸く。そのあとも櫓から櫓に飛び移ったり、両手に杯を持ったまま細い棒の上を片脚で飛び跳ねてみせたり、見あげる観客が思わず悲鳴をあげるような軽業をいくつも披露してみせた。最後に彼は空中で三回転してひらりと地面に舞い降りた。客は安堵のため息をもらし、盛んに指笛を鳴らして讃えた。

一礼したジョングルールにもうひとりがリュートを手わたした。なんと、それは女の大道芸人だった。女は驚くほどかかとの高いとがった靴をはき、浅黒い肌を汗で光らせ、頭には水玉模様の青い布を巻きつけていた。そして、広場を一周しながら異国風の切れ長の眼を閉じて、角笛を低く高く吹いた。それが合図だったのか、広場にはさらに人びとが集まりはじめた。そのなかに祖父ジャンの姿もあった。

リュートを構えたジョングルールは、さっきまで高いところで跳びはねていた軽業師とは思えないほど、こんどは穏やかに静かにリュートを演奏した。女がそれに合わせてろうろうと謳った。その悲しげな歌声がノアの心をゆさぶった。

「ぼく、ジョングルールになる！」

その夜、ノアは顔を輝かせて宣言した。

もちろん、誰も本気にしなかった。どうせいつもの気まぐれさ。話を聞いても父は気にもとめなかったし、祖父も「お前の代でまた放浪の人生とは思いもしなかったな」と冗談めかして言うだけだった。

しかしノアはこれだけは何としても諦めなかった。カンタベリに戻ると、騎士の訓練をするかたわら、まずはリュートを始めた。楽器を習うことには父も異存がなかった。その次に歌やダンスの先生を探しだしてきた。カンタベリ周辺にジョングルールが来るときはかならず最前列で見物した。そのうちジョングルールのテント小屋に出入りするようになり、親しくなった一座の人間から曲芸の初歩や人形芝居を教わった。

はじめてトロワの大市でジョングルールを見てから数年がたつ頃には、ノアはひととおりの芸ができるまでになった。さすがに両親も危機感を覚え、貴族の娘と見合いをさせることにした。結婚すれば領主らしい仕事に専念する気になるだろう、と。

相手は十三歳だった。ノアは見合いの席で娘に手品をみせ、ジョングルールのことを語り聞かせ逆立ちをしてみせた。縁談は破談になった。

十八歳になったとき、両親と祖父がついに折れた。ただし、ひとつ条件がつけられた。町から町へと放浪する旅芸人のジョングルールではなく、宮廷歌人のトゥルバドゥールになる場合にかぎってノアがやりたいことを認めよう、というのだった。

ノアは父の口利きでロンドンのさる大貴族のお抱えトゥルバドゥールになった。トゥルバドゥールには自身が領主や貴族である者も多い。そしてその誰もが祖父のことを知っていた。そのおかげもあったのだろう、半年ほどでノアは、賓客をもてなすときには必ず指名されるほどの人気者になった。ノアは有頂天だった。

終わりは突然やって来た。ある有力貴族のお屋敷で開かれた結婚式でノアは大失態を演じてしまったのだ。そのうちほとぼりが冷めるさと気楽にかまえていたノアは、やがて、長い年月をかけてつかんだ道を完全に失ってしまったことを悟った。

父も祖父も、ノアの落胆を半分も理解していなかった、と思う。

ノアは何日も眠れない夜を過ごした。あいつが女と逃げたりしなければ……いやいや、原因はすべて大事な日に体調を保てなかった自分にある。もういい加減に素直に跡取りとしての道をとるべきかもしれない……ノアは逡巡《しゅんじゅん》した。

いつまでもグズグズとふさぎ込んでいたノアにある日父が言った。騎士として、そして大所領を管理する領主として人生をやり直すのでなければ、一切の援助を打ち切り勘当するとの宣告だった。父に本気で勘当するつもりなどないのはわかっていた。甘やかされほうだいの息子に援助なしの生活などできるはずがない。追いつめられれば今度こそ道楽者の息子も目を覚ますだろう――それが父の考えに違いなかった。

しかしノアもほんの少しだけ成長していた。しばらく考える時間を与えていただけませんかと父に頼みこんだ。

「ぼくだって、これじゃだめだってことはよくわかってるんだよ」ノアは祖父に別れのあいさつをしに行った。ジョングルールになると宣言した頃の元気はさすがに消えていた。「ぼくはここを出て、じっくり考えたいんだ。そのあいだは、もちろん援助はいらない。おじいさまの若い頃のように石工をやってなんとか生活するよ」

意外にも祖父は反対しなかった。

「お前の思いつきそうなことだ。まあそれもよかろうよ。お前の性格では気の済むまでやらなけりゃ前にもうしろにも進めまいからな。そのうち何かみつかるさ」

父の説得は祖父が引き受けてくれた。ノアは荷物をまとめて西に向かい、ウェールズ地方の教会で煉瓦積み職人の下働きを始めた。

親方たちは楽器がうまく、性格が明るいノアをかわいがった。一日の仕事がおわるとノアを呼んでリュートを弾かせ、気分よく酔いつぶれた。村人が子どもの手を引いて来れば、手品を見せてやった。ときには教会の司祭や修道士が見物に来ることもあった。

祖父が予言していたとおり、毎日まいにち汗を流して煉瓦を積んでいるうちに、ノアの頭の中にポッと蠟燭が灯った。きっかけは村の司祭の発したひと言だった。

「それならなぜ司祭をめざさないのかね」

そうか！　その手があったんだ！

信仰篤い父ははじめて喜んでくれた。初めての男子を神にささげることはキリスト教徒にとっては尊い犠牲だ。どうせならウェールズなんかの田舎司祭でなく、高位の聖職者をめざしなさい。神学の勉強もきっちりやる必要があるな、そうだ、パリに行きなさい。超一流の学者はみなパリにいるのだから——父はまるで自分のことのようにいそいそと段取りをつけ、ノアを父が建てた下宿《ホスピキウム》に送り込んだ。それが半年前のことなのだった。

＊

「ノア、あなたこんなところで何してるの？　学校は？」

ドミニクがノックもしないで入ってきてノアをとがめた。ノアの夢想は無惨に砕かれた。出会ってから一週間でドミニクはすっかり姉貴気分だ。ほんとうに姉のメアリそっくりなものの言い方をする。たったひとつ年上なだけなのに。

「シーッ！」ノアは口に手をやり、ドミニクをあわてて部屋の中に引っぱった。

「なによ！」ドミニクが手をふりほどいた。「変なことしたら大声を出すわよ」

「は？」ノアはあっけにとられた。ご冗談を。そんなこと、一瞬でも思うものか。でも、賢明にもそれは口に出さないでいた。

「親方だよ。また出かけてったんだよ」

「それがどうしたの？」

「親方はパリって町はもうこりごりだって言ってただろ。ハンス親方の巡礼団が到着するまではもうどこにもでかけないって」

「ええ、たしかにそんなことを言ってたわね。でもちょっとくらい気晴らししたくなったんじゃないの」

「それならいいんだけどさ――」

「なにか気になるの？」

「昨日も一昨日も出かけたんだよ。しかも同じ時間に」

「そう――」ドミニクは眉を寄せた。「同じ時間というのがひっかかるわね」

「だろ？　どこに行くのって訊いたらギクッとしてさ。逃げるみたいに出て行っちゃったんだ。それにちょっと心配もあるんだ。初めて会ったとき親方は道ばたで倒れてたんだ。死んだみたいに」

「いやだ、そんなことがあったの」

「ひどい頭痛だったらしいんだけど、それくらいで倒れて気を失うなんてふつうじゃないだろ。病気じゃないかと思うんだ」

「うーん……」ドミニクは目を天井に向けた。「考えられることはいくつかあるわね――あとで調べてみよう。それでノア、あなたどうするつもり？」

「親方のあとをつけてみようと思ってたんだよ」

「それなら急がなくちゃ。こんなところで話してるヒマなんてないわ」

「邪魔したのはそっちだよ」

「グチャグチャ言わないの。ほら、行くわよ」

ドミニクはもう外に飛び出していた。

親方のすがたはなかったが、この町で親方が迷わず行ける場所といったらシテ島くらいなものだ。そう考えたふたりはサン・ジャック通りをセーヌ川の方向に走った。思ったとおり、少し先をオットー親方が歩いている。

その歩き方も少し変だった。足を止めることなく、まわりを見るわけでもなく糸で引っぱられでもしているように一直線に進む。

親方はセーヌにかかるプチ・ポンを渡り、迷わず右に折れた。右手にはオテル・デューがある。やっぱりここで誰か知りあいでもできたのだろうか。ところがふたりが角を曲がってみると親方の姿は消えていた。ドミニクはちょうどオテル・デューから出てきた修道女に親方のことを尋ねてみたが、誰も見ていないという。

ふたりはなおしばらくあたりをうろついた。念のためノートルダム大聖堂にも入って探してみたが親方はいない。ふたりは狐につつまれたような気分でとぼとぼと下宿《ホスピキウム》に戻った。

その夜、夕食どきにノアはさりげなくきりだした。

「今日はどこに行ってたの」

親方はその拍子にエンドウ豆のポタージュのなかにパンのかけらを落っことした。ドミニクがノアにしたり顔でうなずいてみせた。

「どこにいたかって」親方はパンをポタージュから引き上げ、ベトベトになった手を服でぬぐった。

「シテ島?」ノアが重ねて言う。

「――ん?　ああそうだ。おれが迷わねえで行けるところといやあ、シテだけだ」

「もしかしてオテル・デューに友だちでもできたの?」ドミニクが無邪気に訊く。

「友だち?　ああ。ちょっと世話になった礼を言っとこうと思ってな」

「それはいい考えだね。もうすぐ出発だもんね」

「あら、そんなにすぐなの?　残念だわ」

「いつまでもノアの部屋にやっかいになってるわけにもいかねえしよ。ちょうどいい頃合いだよ」

「最初、親方をあの路地で見つけたときは、ぼくほんとびっくりしたんだよ。この頃は頭は痛くならないの?」

不思議なことに親方はまたしても動揺し、そして噎《む》せた。ノアとドミニクはこっそり顔を見合わせた。

「私もノアから聞いてちょっと気になってたの。ね、親方、倒れたときどんなふうだったか教えてくれない」

「どんなふうもこんなふうもねえさ。ただ、頭がぎりぎり締めつけられるみてえなんだ」

「それは心配ね」

「なあに。もうすっかり良くなっちまっただ」

「良くなった!?」

「そうさ。今じゃこのとおりよ」

親方はこの話はおしまい、とばかりにいきおいよく席を立った。

親方が食堂から出て行ったあと、ノアとドミニクはひそひそと話し合った。

「もう治ったって、あれほんとかな」

「嘘のようには見えなかったわ。顔色だっていいし。私に言わせたらマルディ・グラの夜だって、親方はそうとう元気だったけれど」

「ほんとなんだよ！　親方はまるで死人みたいな顔してたんだから！」

「なにもあんたが嘘言ってるなんて思わないわ。けど、きっと良くなったのよ。ならよかったじゃない」

「まあ、ぼくだって文句はないよ。けどさ、きみも気になっただろう？　親方のあの態度」

「たしかに変だったわ。パンなんて落としちゃって」

「それにさ、オテル・デューに行ったってのも嘘だよ」

「まあ、そうね」

「そもそも、消えたってのがおかしいよ。隠れるところなんてなかったし、ぼくたちがつけてることも知らなかったはずなのに」

「ね、明日も行くと思う？」ドミニクが目を光らせた。

翌日、同じ時刻、ノアとドミニクはオットーが下宿を出るとすばやくあとをつけた。親方はやっぱり誰かに操られてでもいるようにひたすらシテ島をめざす。そして昨日と同じく、プチ・ポンを渡るとすぐに右に曲がった。すかさずノアとドミニクが走る。今度は親方の後ろ姿が見えた！そのとき親方がいきなり振り返ったのでふたりはあわてて茂みの中に這いつくばった。起きあがると親方は消えていた。

「くそう！」

「貴族のおぼっちゃまがなんて口のきき方をするの」ドミニクが姉そっくりの口ぶりで咎める。

「うるさいなぁ。そんなことより親方だろ」

「また消えちゃったわね」

「でも消えたはずはない」

「行ってみましょうよ」

ふたりは姿勢を低くしてそろそろと前進した。ここまでは手入れが行きとどかないらしく、雑草のなかにスミレと水仙がちらほら混じって咲き、その向こう側に白いドアらしきものが見え隠れしている。

「あれだ！」ノアが立ちあがろうとするのをドミニクが引っぱって止める。

「待って。また誰か来た」

振り向くと確かにオテル・デューの角を曲がって年配の女が近づいてきた。ふたりはまた這いつくばり、白いドアの反対側にある物置小屋の陰に身をひそめた。そこからはドアがよく見える。女はうつむいたままドアの前に立つと、「コツン。コツコツ。コツン」とリズムを刻むようにノックした。内側からドアが細く開き、女は急に姿を消した。

ふたりは目を見交わした。

「行ってみる？」

「ねえあの女の目を見た？　心ここにあらずって感じよ」

「あのノックのしかたが合図かな」

「うーん……」

そんなことを言い合っているうちに、白いベールをつけた修道女がドアから顔を出し、用心深くあたりを見まわした。ふたりはまた頭を低くして息をひそめた。修道女が顔を引っこめると、ギッと音をさせてドアがまた開き、中年の男が出てきた。男は伸びをして空を見あげ、それからノートルダム大聖堂の方向に歩きだす。頬がゆるみ、にたにた笑っているようなしまりのない口もとが不気味だった。


「親方、今日もオテル・デューに行ってきたの？」

夕食のテーブルを囲むとすぐにドミニクが訊いた。

四旬節の食卓は質素だ。いんげんのスープと丸パンがひとつ。専属の料理人を抱える下宿《ホスピキウム》の贅沢な食事も、この期間ばかりはおあずけだ。ドミニクもノアも今夜こそは親方にきっちり話してもらおうと決めていた。昼間見た中年男の表情が気になっていた。

「ああ、そうだよ」親方は落ち着き払って答えた。質問されることを予想していたかのようだ。

「実はね、私たちも昼間シテ島に行ったのよ。そしたら偶然オテル・デューの近くで親方を見かけたの。ね、ノア」ドミニクが言う。もちろんあとをつけていったとは言わない。

「うん。けど、声かけようとして追いかけたら親方の姿が消えちゃったんだよ」

「しかもね、オテル・デューでは親方は来ていないって言われたの」

「そうかい。それはおかしいな」親方はとぼける。

「ねえ、オットー親方。ほんとのこと言うとぼくたちちょっと心配してるんだよ。よけいなお世話だってわかってるけどさ」ノアは思いきって言う。「あの白いドアの向こうには何があるの」

親方はパンのかけらをテーブルに置き、若者ふたりをまじまじと見た。

「怒らないでね。私たち、偶然、あのドアを見つけちゃったの。しばらくしたら男の人が出てきて、それを見てなんていうか、ちょっと心配になったのよ」

「何を見たって?」親方がドミニクに訊ねる。

「その人、まわりのことがぜんぜん目に入らないみたいだったし、それに、顔がやたらにたにたしてて……」

「親方もあそこにいたんだよね」ノアが言う。

「――ああ」親方が短く答える。

「何があるの、あのドアの向こうに。教えてほしいわ」ドミニクが懇願する。

オットーはしばらく黙ってこぶしを握りしめていた。それからふっと肩の力をぬいた。

「わかった。お前さんたちに嘘ついてわるかったよ。そんなつもりはなかったんだけどよ、口止めされてな」

「誰に？」

「修道女だよ」

「あの白いベールの？」ノアが訊く。「だとしたら、あれは修道女じゃないよ。あの形の修道服《ハビット》は見たことない」

「そうかい？」

「ぼくも伊達《だて》に神学校に行ってるわけじゃないからね。そういうことは詳しいんだよ。少なくともこのあたりの修道会じゃないし、オテル・デューとも関係がない人だよ」

沼地のヴェロニク

若者ふたりに問い詰められるかたちで、オットーがサン・ジャック通りの裏路地で見た貼り紙や、「孤児救済白十字会」と称する人びとの活動について話すのを、ノアとドミニクはむずかしい顔をして聞いていた。

「たしかにおれもおかしなところだとは思ったよ」オットーは認めた。「けどよ、何も悪いことはしてねえんだよ。ただ、赤んぼうをしばらく抱いてあやしてやるだけだ。言ってみりゃ人助けだよ」

「人助け、ね。じゃ、親方は孤児救済白十字会の人に頼まれて通ってるわけ?」ドミニクが訊く。

「頼まれたってわけじゃねえけどよ、行けば入れてくれるだよ」

「正直いうとね、私たちふたりとも、親方のことを心配してるの。もちろん、親方は大人だし、何をするのも自由だわ。でもね、はたで見てるとまるで誰かに操られているみたいに見えてしまったのよ。どうしてもあの場所に行かなくちゃならないと思い込んでるみたいに」ドミニクが親方の目の中を覗きこんだ。「これって私たちの思い過ごし?」

親方は眼を瞬《しばた》き、しばらくして、秘密をうち明けた。

「こうなったら白状しちまうよ。実はちょっと不思議なことがあってな」親方は若者ふたりをチラリと見た。「あそこに行ってからこっち、頭痛がしねえんだ。まるで消えちまっただよ」

「え、ほんとなの?」

「ああ。おれも最初はただの偶然だと思ったさ。けどよ、行かなかった日の夕方にまたあれが来て。で、おれは考えたんだ。これはあの地下で赤んぼうを抱くのと関係があるかもしれねえ、ってな。確かめたくてまた行った。そしたらどうよ、ぴたりと頭痛が止んだってわけだ」

ふたりにもようやくわけがわかってきた。赤んぼうを抱くことによって頭痛が治る、少なくとも親方はそう信じて通っているのだ。

「笑われちまいそうだけどよ、初めて赤んぼうを抱いたとき、おれはじいんときたね」

その翌日、ドミニクは朝からどこかに出かけていた。そして、帰ってくるなり、親方をヴェロニクのところに連れていこうと言いだした。

「親方はやっぱり病気だわ」

「え？　だって頭痛は治ったって……」

「そうだけど、それは地下室で赤ちゃんを抱いていればってことでしょ。ねえノア、頭痛と赤ちゃんと何の関係があると思う？」

「さあ……？」

「ないのよ。なのに、親方の頭痛はなくなってしまった。そりゃ、なにかにすがりつきたい親方の気持ちもわからなくはないわ。何かおそろしい病気で死にかけてると思いこんでたんだもの。なのに、それが赤ちゃんを抱くことであっけなく治ってしまったのよ。毎日、地下室に行きたくなるはずだわ」

「――うん。その通りだね」

「ということは、親方の頭痛の原因は頭の中に悪いものができたんじゃなくて、別のところにあるってことになるわ」

ノアはさっぱりわけがわからなかった。だいいち、どうしてドミニクにそんなこと断言できるんだ。ドミニクはノアの心の中を読んだように説明した。

「今朝、先生《マギステル》のところにひとっ走り行って意見を聞いてきたの。まだ言ってなかったけど、私、医学を勉強しているのよ。家出もそれが理由」

ドミニクは南イタリアのサレルノからパリに流れてきたジュリアーノ先生というマギステルについて勉強していると説明した。サレルノが医学に関してはヨーロッパのはるか上のレベルにあることくらいはノアも知っていた。

「先生がおっしゃるには、親方はきっと胸に悪いものがたまっているんだって。それは目には見えないものなの。そして、そういうのを治すには特別な能力がいるんですって。ヴェロニクのような」

「まるでわけわかんないけどさ、今だって親方は良くなってるんだから、それじゃいけないのかな」

「一生、あやしい地下室で赤ちゃんを抱きつづけるのがいいと思う？」ドミニクは厳しい顔で指摘した。


ヴェロニクのところに行くことに、オットーはものすごく抵抗した。

「心配してくれるのはありがてえけどよ。おれはあのばあさんは苦手なんだよ。それにもうおれは治ってるしよ」

「けど今のままじゃ、あの地下室から離れられないでしょ。それじゃ奥さんのところに戻れないわよ。アルスフェルトに戻って奥さんに元気な姿を見せてあげたくないの。ヴェロニクならだいじょうぶ。親方の胸の中にたまっている悪いものをすっかり出してくれるわ」

親方はそれをきくとますます気味悪がったが、しまいには、一度きりという約束でドミニクに押しきられた。

三人は春の午後の陽ざしの中を連れだって出発した。シテ島を突っ切って大橋《グラン・ポン》を渡ると、セーヌ川の向こう岸、セーヌ右岸にはいる。シテ島を横切るとき、親方がオテル・デューの方向を恨めしげに見ていたのをノアは見のがさなかった。

グラン・ポンから右に進んだところが「マレ」とよばれる地区、つまり沼地だ。霊媒師ヴェロニクの住み家はその沼地の奥にあった。

魔女の家というものがあるとしたら、きっとこんなふうに違いない。

丸太づくりの小屋で、昼間にもかかわらず鎧戸はぜんぶ閉めてある。雑草が伸び放題の前庭のかたすみに古い石の井戸があって、そばに柄杓《ひしゃく》とひびの入った大甕、それに水車の残骸のような大きな車輪がひとつ転がっていた。軒下には薪が高く積みあげられ、庇からニンニクと薬草の束がぶら下がっている。そして、ドアの前に置かれたベンチにヴェロニクがちょこんと腰かけていた。三人が近づくとヴェロニクの肩に止まっていたワシミミズクが「ホウ」と鳴いた。

「あの、こんにちは。ええと、あなたにお願いがあって来たんです。私たち、マルディ・グラの夜に——」ドミニクが切りだすと、「ああ、よく覚えているとも。思いきってよくきたね」ヴェロニクは用件がわかっているような言い方をした。

「そちらの親方さんにも、あの日は世話になったね。あたしで役に立つことならなんでもやってやるよ。あんた、あたしのこと気味が悪いと思ってるんだろ?」

オットーは返事ができなかった。あの夜、広場のまんなかに引きずり出されたヴェロニクは異様なほど若く見え、そのうえオットーに大胆に笑ってみせた。ヴェロニクはきっとそのことを言っているのだ。

「ヴェロニクさん。親方のこと治せそう？」ノアが訊ねた。

「まあまあ、そういきなり言われてもね。どれ、ともかくお入りよ」

ドミニクはよっこらしょと立ち上がり、三人を眼でうながした。まずドミニク、それから男ふたりがおそるおそる後についた。さいごにワシミミズクまでも。中は天窓からさす光で思ったより明るく、からりと乾いて干した薬草の匂いがした。

ノアは珍しそうにキョロキョロ見まわした。グツグツ音をたてる大釜とか、ヒキガエルの卵とか、天井からぶらさがっているコウモリとか、不気味なミイラとか、水晶の玉とか、そういう魔女の住み家にありそうなものはとりあえず見あたらない。

「お前さんが期待していたものはあったかい」

ヴェロニクがクックックと笑った。ノアは顔を赤くした。

「見たけりゃ見せてあげるよ。あっちの部屋で」ヴェロニクが顎をしゃくる。

「あの、いえ、今日はいいです。それより、親方のことをお願いします！」

「私の先生は、親方は胸の中に悪いものがたまっていて、それが悪さをして、ひどい頭痛をおこしているとおっしゃるんです。それを治せるのは心の中を観る能力を持った人だけだと。それで私はすぐにあなたのことを思いついたの」

「そうかい。あんたの先生は医者なんだね。なのに、あたしみたいなものにしか治せないと？　おもしろい先生だね」

「とっても優秀なんです。私たちの世界ではぜんぜん知られていないことをサラセン人から学んで来られた方なの」

ヴェロニクはうなずき、入り口のところでこのやりとりをじっとうかがっていたオットーを手招きした。オットーはのろのろと近づいた。ヴェロニクはオットーの真ん前に立ち、その顔を長い時間をかけて眺め、それから奥の部屋のドアを指さした。

「どれ、それじゃあ親方は向こうの部屋に入ってもらおう。あんたたちはここでしばらくお待ち。リンゴはすきなだけ食べていいからね」

オットーは恨めしげにドミニクを一瞥し、刑場に曳かれてゆく罪人のようにうな垂れてドアの向こうに消えた。


ふたりがリンゴを二個ずつ食べ終わっても、親方はまだ出てこなかった。いったい何が行われているのか、向こうの部屋からは親方のものらしきうなり声と、それをたしなめるようなヴェロニクの低い声が聞こえ、やがてしーんと静かになった。

それからさらに時間がたった。ふたりは部屋の中にあるものはあらかた見てしまった。

深紅の布がかかったテーブルに載ったリンゴの籠、鈍い光を放つ重そうな燭台、たくさんのスプーン、摘んできた薬草を入れた大きなザル、食べかけのチーズの皿。天井から吊り下げられた何十もの干した薬草の束。壁際にある小さい引き出しいっぱいのたんす。数えてみると引き出しは二十八もある。何がしまってあるのか興味があったけど、さすがに開けるのはやめにした。それからもう少しゾッとするようなものもみつけた。蜘蛛の巣の張った天井の隅に動物の角と骨が飾られ、その隣の棚の上段にはなぜかひどく小さな頭蓋骨がひとつ。胸に杭を刺した恐ろしげな呪い人形。まっ赤な液体が入ったカップ。そのカップの脇で何かが光り、ドミニクは小さく悲鳴をあげた。ノアがハッとして振り向く。それは金色の眼をした黒猫だった。

天窓から射しこんでいた陽ざしが弱まり、そろそろ灯りが欲しくなる頃になって、ようやく親方がヴェロニクとともに出てきた。今まで親方の身体のまわりを膜のようにつつんでいたものがすっかり消えてしまったようで、別人のように晴れやかな顔だ。微笑みさえ浮かべている。

「おれは、なんちゅうか、半年振りにすっきりした気分だぜ」

「ああ親方！　やっぱり上手くいったでしょ。ヴェロニク、あなたはほんとうに力ある方ね」

「ヴェロニク、あんたのこと気味悪がったりして悪かったよ。赤んぼうを抱いたときにも、ちっとは気分が良かったが、今はそれとは比べものにならねえ。まるでおれ自身が生まれたての赤んぼうになったみてえだ。ヴェロニク、あんた一流の魔女だな」

「違うよ。霊媒師だよ。ね？」ノアがそっと言う。

「いいってことさ。どっちだってあたしは気にしないよ」ヴェロニクがヒヒヒと笑った。

「親方から悪魔をおいだしたんでしょ？　いったいどうやったの？」ノアが訊ねる。

「ヒキガエルの卵をすりつぶしたのにコウモリの血を混ぜて、薬草のお茶といっしょに飲んでもらったのさ」

「ははあ！」

「ホホホ。おもしろい子だね。本気にしちまって」

その日以来、親方の頭痛は決して戻ってくることはなかった。こうして三月の終わりに縮絨工親方のオットーは本来の自分をとりもどした。

セーヌ右岸

回復したオットーは、地下室に通うかわりに「まち」、つまりセーヌ右岸に出かけるようになった。ぶらぶら通りを歩き、商店を冷やかしたり行商人と話をしたり、ぼんやり川の流れを眺めたり。こんな贅沢は、オットーの五十年の人生で初めてのことだ。

そのうちオットーはパリの地理にだいぶ詳しくなった。

まず、オットーとドミニクが居候している下宿《ホスピキウム》があるのがセーヌ左岸。ノアの祖父によって建てられた住まいは、専属の管理人、料理人、掃除夫、洗濯女を持つ最高級の下宿で、下宿人たちもそれぞれ自分専用の従者をともなって入居している。四旬節がおわったらごちそうがでるよ、というノアの言葉は、今や食欲が完全に戻ったオットーにはかなり魅力的だ。

ノアほどのおぼっちゃまでないふつうの学生は、数人で一軒の家を借りて共同生活をする。なかには他の学生の下男になって屋根裏部屋に住み込み、働きながら学業にいそしむ学生もいる。これはオットーをおおいに感心させた。借家人代表のプランシパルは、家主との家賃交渉などの場面でけっこうな働きをするという。宿探しをしていたオットーを邪険に追い払ったのも、いま思えばこのプランシパルだった。

このほかに学寮《コレギウム》に住む学生がいる。最初の学寮はつい十年ほど前にシテ島で誕生した。当時からパリの住宅事情は悪化していて、宿無しの貧乏学生を見かねた巡礼帰りの男が、オテル・デューに寄付をして、ここに十八人分のベッドと食事を確保したことから始まったという。学生たちは、宿と食事を提供される代わりに、オテル・デューで亡くなったあわれな死者のために盛大に泣き男を務めてお返しをする。

寄付で建てられた学寮にはパトロンがつくった規約があり、貧しい学生には奨学金が支給される。そして今や、このタイプの学寮がセーヌ左岸にどんどん増え続けていた。こうなってくると先生たちも、プチ・ポンのたもとで場所取りをして青空講義をするよりは、学寮に学生たちを集めるほうが便利だと考えるようになる。それは道理だろうと、オットーも思う。

こういうわけで、パリの人びとはセーヌ左岸全体を「大学」と呼ぶようになった。文字どおり世界各地から集まった教師と学生がここに住んでいる。ここで「大通り」といえばサン・ジャック通りのことで、地区を南北に貫く大通り沿いには、下宿屋や飯屋や居酒屋が軒を連ね、客引きや学生同士の喧嘩《けんか》やお上りさんでいつも騒がしい。ラテン語に交じって、プロヴァンスやザクセンやイングランドなど、あらゆる地方の方言が飛び交い、ときには遠く東方や地中海の向こうからやってきた異邦人らの話す聞き慣れない発音も混じっている。

イングランドから来たノアはシテ島のノートルダム大聖堂付属の司教座聖堂学校に通ってい

る。神学を勉強するならここが世界一だそうだ。学生は自動的に聖職者の身分を与えられることになっているから、ノアも踵までの黒い僧服を着込んでノートルダムに通う。今のノアから司祭さまのすがたを想像するのはとうてい不可能だということで、オットーとドミニクの意見は完全に一致している。ジョングルールの方がはるかに似合っている。だが、ノアみたいな青年が聖職者になるのは悪いことじゃない。

ドミニクの方もオットーにいわせればたいした変わり者だ。少なくともオットーの田舎にあんな娘はいない。最初に会ったときには農夫の格好だったが、それはマルディ・グラのための仮装というだけでもなかったことがやがてわかった。女だてらに医学を学びたいなどというのは、さすがにこのパリでもふつうではないらしく、家族みんなに反対されたあげく、ドミニクは黙って家を出た。かといって、優秀な教師がみなパリをめざしてやってくるのにパリを離れるのはばかだ。ドミニクは男の姿になって家族の目を逃れ、ついでに若い女とみれば悪さをする輩から身を守っていた。ちなみに、マルディ・グラの夜以来、ドミニクは男装をきっぱりやめた。色黒でガリガリでのっぽで髪が短いんだから、わざわざ男装する必要なんてないよ、それにいざとなったらぼくが守ってあげる、とノアが優しい憎まれ口をきいたからだ。

ドミニクはサレルノから来たジュリアーノという教師《マギステル》のあとをくっついている。その教師もとはプチ・ポンのたもとで講義をしていたけれど、今は「麦わら通り」に学生を集めるようになり、ドミニクも麦わらと蠟板《ろうばん》を小脇に抱えて教場に通っている。

オットー自身はといえば、成りゆきで「大学」に住んでいるだけで、学生でもなんでもない身には、「まち」の方がはるかになじみのある場所に思われた。

「まち」、つまりシテ島の北側のセーヌ右岸には、肉屋や魚屋やパン屋の露天商が並び、なめし革商人の店や屠畜場もあって、まさに商工業の中心。縮絨工として長年やってきたオットーはここに来ると気が休まるのだった。

そんなある日、オットーがいつものようにセーヌ川の河岸通りをぶらぶらしていると、軒先から彼の名を大声で呼ぶ人があった。パリにひとりの知りあいもいないオットーはそれを無視して歩き続けたが、店先から自分と同年配の男が走り出てきていきなり腕をつかまれた。

「よう！　オットーだろ。縮絨工の。たまげたなあ！」

懐かしげに話しかける男の顔をオットーはまじまじと見た。それははるか昔、アルスフェルトの村を飛び出してしまった悪友のクリストフだった。

「クリストフか！　お前、パリにいたのか！」

「ああ。いまじゃここに店を持ってる。七宝細工の親方だぜ。お前こそ、こんなところで何してる？　――ははあ、巡礼だな」クリストフはオットーが首からさげている貝の飾りに気づいてひとりうなずいた。「風の噂できいたぜ。美人のかみさんがいるんだってな」

「それにしてもお前、立派になったなぁ。あの生意気な小僧が――」

「いろいろあったけどよ。ありがてえことに今はこのとおり。商売繁盛だぜ」

それからオットーはクリストフに引っぱられるようにして、七宝細工師の工房を見学した。オットーの田舎の仕事場とは比べものにならない立派な工房で、職人が三人並んで一心不乱にこまかい作業に没頭している。オットーは心底感心し、それと同時にむらむらと仕事をしたい思いがわきおこってきた。クリストフはオットーの心の内を見透かしたように言った。

「お前、しばらくおれの工房を手伝わないか」

「なんだと？」

「ひまをもてあましてるんだろ？　え？　かみさんはいっしょに来てないんだろうが」

「——よく、わかったな」

「巡礼さん連中はシテの大聖堂あたりをうろついてるのが相場だ。セーヌ右岸なんかをひとりでうろついているのを見れば、わけありってひと目でわかるぜ」


「おれは明日、友だちの工房に移る」

その夜、オットーはノアとドミニクに告げた。ノアがきょとんとした。

「いきなりどうしたのさ。パリに友だちなんかひとりもいないんじゃなかった？　遠慮ならいらないよ。いつまでもここにいてよ」

オットーは「まち」で幼なじみの七宝細工師にばったりでくわしたこと、仕事の手伝いを頼まれたいきさつを説明した。

「手伝い？」ドミニクが納得がいかない顔をする。「親方は縮絨工よね。七宝細工の仕事のお手伝いなんてできるの？」

「まあ、何とかならあな」

オットーがクリストフの工房で寝起きするようになった頃、縮絨工組合の親方ハンスの巡礼団は盛大にサンチャゴに向けてパリを出発した。

巡礼をやめたことに最初あまり賛成できなかったノアもドミニクも、オットーが七宝細工師の工房で嬉々として仕事をはじめると、やはり親方は働いているのがいちばん合っているようだと納得した。

クリストフが猫の手も借りたいほど忙しいのは事実だった。

「お前さん、ランディの大市って知ってるか」ある日、クリストフがオットーに言った。「パリから少し北に行ったところにあるサン・ドニ聖堂は知ってるだろ？　フランスの国王はかならずそこに葬られることになってるんだ。そのサン・ドニで、毎年聖バルナバの日から聖ヨハネの祝日まで大市がたつのさ。少し前にすげえお宝をサン・ドニ修道院が手に入れてな、それがランディの大市で初めて公開されるのさ。いいか驚くな。そのサン・ドニ修道院長さまから、このおれの腕をみこんで注文が来たんだぜ。院長さまはどこにも負けない豪華な七宝細工の箱をご所望だ。金に糸目はつけないとよ」

「そりゃたいしたもんだ！　で、やっぱりあれかい。お宝ってのは聖遺物だろう？」

オットーは聖遺物に目がなかった。

今まで聖遺物をみたのはたった一度だけ。イエスさまが十字架に磔《はりつけ》になったとき、その手足を打ち付けた三本の釘のうちの一本だ。その「聖釘《せいちょう》」はきらびやかな金の箱に入れられて、オットーの田舎のアルスフェルトの村にまで巡回されてきた。

そんなありがたい聖遺物を入れる容器を、目の前のこいつが作っている。パリでクリストフに会ったのは神さまのお引き合わせに違いない。

「おれは明日、サン・ドニの修道院長さんのところに打ち合わせに行ってくる」クリストフが言った。

「なあ、そのときおれもいっしょに――」

「それはだめだ」クリストフは言下に首を振った。「ランディの大市の日まで、お宝は誰も見ることができねえんだよ」

「――だろうな」オットーは落胆をあらわにため息をついたが「おい、どんな聖遺物かちょっとだけでも教えてくれよ」と未練たらしく言った。クリストフはニヤッと笑った。

「受難のキリスト像だ。ただし――」クリストフは人さし指を振ってみせた。「ただの像じゃない。人びとの祈りに応えてあるときは唇を動かし、またあるときは涙を流す」

オットーは口をあんぐり開けた。

「ヴェネツィアあたりで発見されたと聞いている。おれもまだその奇跡を拝ませてもらったことはない。おい、誰にも言うなよ」

「わかってるとも。ああ、早く見てえもんだ」

「ランディの大市まであとふた月しかない。お前も忙しくなるぞ。ああ、そうだ。午後から大聖堂にもひとっ走り行ってこなくちゃならねえ。あっちでも聖体容器とロザリオが欲しいそうだ。

なあ、オットー、信じられるか。田舎もんのクリストフが、今じゃパリのカテドラルから注文を受ける親方になったんだぜ。ちょうどいいからついでにお前さんのことも紹介しておこう」

試験

「このごろあなたちょっと殺気立ってない⁉」

ドミニクはノアが司教座聖堂付属学校から戻ってくるのを捕まえようと下宿《ホスピキウム》の談話室で待ちかまえていた。

ノアは広い部屋のすみっこで机に向かっているドミニクをちらりと見ただけで、立ち止まりもせず僧服の長いマントを引きずるようにして自室に消えてしまった。

しばらくして戻ってきたノアを見てドミニクは目をむいた。

深緑のチュニックの上に着こんだ膝下丈の上着《サーコート》は右半分が明るい緑で左はオレンジ。下からのぞいている靴下も左右で色違い。そして、先端に詰め物をしていやというほど長く尖らせた赤いビロード靴を履いている。靴には宝石がぜいたくに縫い付けてあった。その宝石のひとつでもあれば、ドミニクはどんなに楽になるかしれない。

「ノア、あなたどうかしちゃってる。眼がチカチカするわ。道化師にでもなるつもり？」

「いいんだよ」ノアは気だるげに答え、そばの椅子にどさっと腰をおろした。「こうでもしなきゃやってられないよ。それに、道化師ならむしろ光栄だね」

ドミニクは筆写していた本の束を手に持ってノアの前に立った。

「こうでもしなきゃって、どういう意味？　いったい何がそんなに不満なの」

「何でもいいだろ。ドミニクには関係ないよ」ノアが顔をそむけた。

「そうはいかないわ。毎日まいにち不機嫌な顔してまわりをウロウロされたら、私だって気が散ってしかたないわ。この本の写し、あと三日で終わらせなきゃならないのよ！」

「そんなことぼくに関係ないよ。それに、本なんて買えばいいだろ」

「あーあ！　これだから貴族のおぼっちゃまは」ドミニクは大げさにため息をついてみせた。「あなたは知らないでしょうけど、本ってすごく高いのよ。私みたいな苦学生はみんなこうして教科書を書き写してるの。返す日までにぜんぶ筆写してしまわないとならないんだからね」

「ああもううるさいなぁ。そんなことぼくだって知ってるさ。それならさっさと部屋にひっこんでやればいいだろ」

「ノア」ドミニクは椅子を引っぱってきてすわり、ノアの目を見すえた。目のまわりにはアザができている。「あなた、なにかまずいことに巻き込まれたりしてない？」

「へ？」

その間抜けな顔を見てドミニクは表情をゆるめた。

「ああ！　違うんだ。よかった」

「いったい何を言ってるのさ」

「最近、町じゃ喧嘩ばっかりよね。みんなちょっとしたことですぐ腹を立てて、怒鳴りあったり殴りあったり。ねえ、あれって同郷団《ナシオン》同士の争いなんでしょう？　あなたはもちろんイングランドだし、貴族のおぼっちゃまだし、ぬけさくだし、いいカモじゃない。悪い奴らの標的にされてないかと――。そのアザ、殴られたんでしょ」

「ぬけさく、って何だよ。あれはね、見た目は派手だけどただの憂さ晴らしだよ。まあ、たまには怪我人が出ることもあるけど」ノアは掌で眼のまわりをおさえた。

「憂さ晴らし？　ほんと？」

「そうだよ。お互いすきなこと言いあって遊んでるようなものさ。たとえばぼくたちイングランド人は、憂うつな奴らだといつもからかわれるんだ」

「へえ。じゃ、フランス人は？」

「洒落者でお高くとまってて血の気が多くて恋愛好き」

「なるほど。当たってるわ」

「試験期間だろ？　みんなぴりぴりしてるんだよ」

「試験？　ああ、そうか。じゃ、あなたもそれで機嫌が悪いの？」

ノアは決まり悪そうな顔になった。

「情けないけど、正直、かなり追いつめられてる」

「どういうこと？」

「カンタベリから手紙が届いたんだ。この試験でいい成績を取れないようなら、城に戻って跡を継がなくちゃならない」

「なんだそんなこと。そういえば、あなたが勉強してるとこ、見たことないものね。試験でうまくいきさえすればいいんでしょ？　それくらいがんばりなさいよ」

「簡単に言うなよ。自慢じゃないけどドミニクとは頭の出来が違うんだからさ」


その翌日、ノアは青ざめた顔をして友だちといっしょに帰ってきて、夕飯も取らず部屋にこもって長いことひそひそと話しこんでいた。

「ちょっとまずいことになった」

夜おそくになって、ノアがうち明けた。言わないことにはドミニクがつきまとって寝かせてくれそうもなかった。

「今日、教会法の先生の授業をみんなでボイコットしたんだ」

授業ボイコットは珍しいことではない。やる気がない教師やつまらない講義をする教師に対して、学生は集団授業ボイコットで圧力をかける。教師は学生が払う聴講料で生活しているから、それは即、収入減を意味する。それに、ボイコットされるような教師という烙印をおされたが最後、学生を集めることが難しくなるからそうとうな痛手だ。

逆に、良い評判がたてば、あふれんばかりの聴衆に囲まれた人気教師になる。百年前、パリのノートルダム司教座聖堂付属学校で哲学者のアベラールが神学講義を始めたときには、五千人もの学生が集まったそうだ。

「あーあ。ぼくももう少し早く生まれてアベラール先生の講義を聞いてみたかったな」

「ずいぶん感心なことね。けど、アベラールのその後を知らないの？」

「知ってるさ、もちろん」

アベラールは学生のひとりだった二十歳も年下の若く美しく聡明なエロイーズと恋に落ちた。彼女に近づくためにエロイーズの家の住み込みの家庭教師となり、やがてエロイーズを妊娠させた。それからすったもんだの末、ふたりは結婚し男の子も生まれる。しかし、かねてからこの関係を快く思っていなかったエロイーズのおじは、ある夜、アベラールを襲撃して彼の局部をちょん切ってしまったのだ。

「たしか、そのおじさまは、ノートルダム大聖堂の参事会員だったわよね」

「そうなんだよ。名前はフュルベール。やることがおかしいよ」

「ものすごいスキャンダルになったに違いないわね。けど、私、エロイーズにはちょっと憧れる」

「どのあたり？　きみよりも美人だったところ？　それとも教師と恋に落ちて子どもを産んだこと？」

ノアを無視してドミニクは続ける。

「エロイーズは一流の学者だったのよ。アベラールと出会った頃にはもう彼女の名声はパリ中に鳴りひびいていた。女だろうと関係なかった。それに、エロイーズは優秀な医者でもあったし」

「きみならきっとエロイーズに負けないすごい学者になれるさ」

「あら、それはどうもありがとう」

「本気で言ってるんだよ」

ドミニクは不意に真顔になった。

「学者なんて……」

「なんだよ?」

「――あなたは男で、しかもお金持ちの貴族なんですもの、わかりっこないわ!」

「そりゃ、たしかにぼくはお坊ちゃまで世間知らずだけどさ」ノアはうんざりだった。ドミニクが女の子に生まれたのと同じくらいに、貴族の跡取りに生まれついたのも、自分のせいではないのに。「きみが何かわけがあってどうしても医者になろうと決意してることくらいはわかるよ。それにぼくだって好きこのんで貴族のお坊ちゃまをやってるわけじゃないんだ、きみにはわ、わ、わからないかもしれないけど。きみは頭がいいしすごい努力家だ。エロイーズくらいの学者なんて簡単だよ」

「私が医者になろうと思ったのはね――」ドミニクはそこまで言いかけてやめた。

「それより、さっき授業ボイコットって言ってたわよね。それで?」

「うん。まあ、ぼくらも苛ついていたのは確かだけどさ、これまでボイコットされなかったのが不思議なくらいの先生なんだよ。しょっちゅう休講するし、鐘が鳴ってから十分も過ぎてから来るし、難しい質問されるとはぐらかして答えないし、テキストを進むのもすごくのろいし。それで、ちょっと懲らしめてやろうとしただけだったんだ。けど、運悪くそれがルカ神父の耳に入っちゃってさ」

「ルカ神父って?」

「ノートルダム大聖堂の主席司祭だよ。司教座聖堂参事会の会長でもある。学校でもいくつかクラスを持っている」

「ふうん。偉い人なんだね。ボイコットはいつもは知られないで済むの？」

「というより、うちの学校ではボイコットは珍しいんだ。先生たちはほとんどノートルダムの司教座聖堂参事会員で司祭や助祭でもあるし、みんなちゃんと授業をしてくれる。だから、今日の授業ボイコットはかなり目立っちゃったってわけだ。それに、学校にしてみればボイコットされるような教師がいるなんてのは汚点なんだよ。そして、ルカ神父は教会や付属学校の評判をすごく気にする人なんだ」

「要するに、見栄っ張りってことね」

「はっきり言うな。でもまあ、そういうこと。それにさ、もしも教師に不満を持った学生がパリからこぞっていなくなれば、学生相手に商売をしてる下宿屋とか飯屋の客が減るだろ？　そんなことになったら司教座聖堂付属学校に文句が来る。だからその前に手を打っとこうと思ったんだろうね。ボイコットのあと、教会法の先生はルカ神父に呼びつけられてこっぴどく叱られたんだって」

「当然の報いじゃない」

「そうなんだけどさ。さっき来た友だちがそのあと教会法の先生につかまって、誰が首謀者か教えろってしつこく訊かれたんだよ。唇がわなわな震えててふつうじゃなかったって」

「もしかして、あなたが首謀者なの？」

「ち、違うよ！　なのにさ、友だちが黙ってたら、いわなくてもわかってる、ノアだってことは知ってるぞって」

「ほんとに違う？」

「ぼくはできるだけ目立ちたくない学生なんだよ」

「でも、ボイコットしたのは事実でしょ」

「ぼくひとりだけ授業に出ろっていうの？　あの状況で」

「なら、そのうち誤解は解けるんじゃないの」

「無理。ぼくが首謀者だって先生は思い込んじゃってる。すごく怒ってたらしい。このままじゃ、ぼく教会法を落としちゃうよ！　ほら、カンタベリから手紙が来たって言っただろ。まずいんだ」

「うーん」ドミニクが腕を組んだ。「落としちゃうっていうけど、試験がうまくいけば問題ないでしょ？」

「無理だよ。口頭試問なんだよ。もしぼくが完ぺきに答えられたとしても——そんなことはないけど——先生がダメだって言えばだめなんだ。あーあ！　どうしよう」

　それからの数日、ドミニクはしょげかえっているノアはそっとしておくに限ると自分は写本に専念した。明日は口頭試問だという日の夜、ノアがこっそり出かけようとしているのを、ドミニクは見のがさなかった。

「ノア！　いったい今からどこに行くの？　明日は試験でしょ」

「もう、その言い方、ほんとに姉貴にそっくり。やめて欲しいなぁ」

「ねえ、どこに行くの？」

「友だちのところだよ」

「何をしに？」

「なんでドミニクに報告しなくちゃならないのさ」

「だって、あなた、今回の試験でいい成績取らなかったら大変だって、さんざん騒いだじゃないの。私だってずっと心配してたのよ」

ノアはドミニクを無視してドアに向かおうとした。

「待ちなさい。サン・ジャック通りの酒場に行くなんてばかなこと考えてるんじゃないでしょうね。ねえノア、いくら口頭試問だって最後まであきらめちゃだめよ」

「酒場？　まさか。勉強会に行くんだよ」

「勉強会？」ドミニクが鸚鵡返しに言う。

「そうさ。勉強会があるんだ。今夜」

「へー！　どこで？」

「麦わら通り」

「珍しいわね。しかもこんなに直前になって」

「ドミニク、ぼくもう行かなくちゃ」

「はい、はい。それじゃお見送りするわ」

「いいよ、来ないでよ」

ノアがドアを開けるとそこにいつかの友だちが待っていた。

「こんばんは」ドミニクがノアの後ろから保護者的な笑みを浮かべる。「勉強会なんですってね。ノアのことよろしくね」

「お前、言っちゃったのかよ」友だちがノアにささやいた。

「言ってないよ」ノアも小声で返す。

「何をコソコソ話してるの？　ノア、あなたやっぱり何か隠してるわね」

「別になにも」

「うそ。白状なさい」

友だちは気配を察してそそくさと立ち去ってしまった。

「ほんとうに勉強会があるんだ」ノアがうんざりして言う。

「誰が勉強会をやろうって言いだしたの」

「――友だちだよ。みんなで集まって勉強しようって」

「――」

ドミニクに睨まれてノアはついに降参した。いつもと同じだ。言わないと放してもらえない。

「じゃあ、言うよ。勉強会のこと言いだしたのは先生だよ。教会法の」

ノアはため息をつく。このあとの嵐の展開が予想される。

「教会法？　それ、あなたたちがボイコットした先生じゃないの！」

「そうだよ」

「なんでその先生が？」

「そんなこと知らないよ。とにかく急にそういう連絡がまわってきたんだ」

「おかしいと思わない？　やる気のない先生が急に勉強会なんて」

「そうかな」

「そうよ。あなたもそう思ったはずよ。みんなも」

「だからさ」ノアは破れかぶれになった。ここでいつまでもドミニクと押し問答していたら間に合わない。「先生はぼくたちに明日の試験に役立つことを教えてくれるつもりなんだと思うよ」

「試験に役立つこと⁉　それって要するに、明日の口頭試問でなにを聞くかを前もって教えておくってことじゃないの」

ドミニクが断罪する。

「先生は方針を変えたんだと思うよ。このまま試験をしたら落第者が大量にでる。みんな勉強なんてちっともしてないからさ。いくら口頭試問だからって、他の先生の手前、試験がぜんぜんできない学生を合格にはできない。けど、落第者をたくさん出しちゃったら、やっぱりダメ教師ってことになって、今度はルカ神父から叱られるだけじゃすまなくなる。だから先生はぼくたちと妥協する道を選んだんだ。言っとくけど、これはぼくらの予想だからね」

ノアは覚悟をきめてぺらぺら喋った。どうせドミニクになにかができるわけではないんだから。

「ノア、それは不正よ」ドミニクがきっぱりと言う。

「そう、かもしれないけど……」

「これから司祭さまになろうという人たちがそんなことをするの」ドミニクはおそろしく静かに言った。

「そんなこわい顔をしないでよ。ぼくが言いだしたことじゃないし。それに、これをきっかけにぼくらが勉強することになって試験も合格すればぜんぶ丸く収まるじゃないか」

「そういうのは詭弁だと思う」

「――じゃあ、これを考えてみたことある？　ぼくが教会法を落としたら、間違いなく父上はぼくをカンタベリに呼び戻す。そして、ぼくがパリにいなくなったら、きみだってもうこの下宿《ホスピキウム》にはいられないんだよ。マギステルの聴講料って高いんだろ？　こういっちゃナンだけどさ、聴講料の他に下宿代も払うなんてきみには無理なんじゃない？　医者になるのをあきらめる？」

ドミニクはウッとうなって唇を噛んだ。

「ねえ、いちおう勉強会なんだからさ。それに、ぼくだけ行かなかったら、やっぱり首謀者だったって認めるようなもんじゃないか。それにさ、どんなことが行われているのか見ておくのも悪くないよ」

ドミニクはしぶしぶ同意した。


口頭試問の当日、昼近くになって、ドミニクは部屋の中で眠りこけているノアをみつけた。最初、ドミニクはノアが試験から戻ってきて疲れて寝ているのだと思い、そっとしておいた。夕方になっても起きてこないので、もしかしたら病気かもしれないと思い直した。けれど、近寄ってみるとノアの全身から酒の匂いがプンプンした。乱暴に揺り起こされて目覚めたノアが最初に発したのは「試験は？」だった。ノアは口頭試問にぜんぜん行かなかったのだ。

「あんたって、まったく呆れるわ！」ドミニクは本気で怒っていた。「あれだけ人のことを心配させておいて、結局は酔っ払って試験を受け損なうなんてね！　救いがたいバカだわ」

「うわっ。頭がいたい。ドミニク、お願いだからもっと小さい声で喋ってよ。それから鎧戸を閉めて」

ドミニクが差しだしたカップから水を飲みほし、ノアはぼんやりと事態を理解した。ノアは遅れて勉強会に向かう途中、麦わら通りの入り口で同郷団《ナシオン》同士の激しい殴り合いに遭遇した。そしてどさくさに紛れて何者かに殴られた。そのあと、どうやって自分のベッドまで戻ったのかはまるでおぼえていない。もちろん、酒を飲んだ記憶もない。

ただひとつ確かなのは、これで完全に教会法を落としたということだった。

聖木曜日の女

ノアの通う司教座聖堂学校の試験は、毎年、四旬節と降誕祭の頃に実施される。今回の試験はすべて終了し、結果発表はこれからだ。

そして四旬節は今日の夕方で終わる。日没後からは「過越《すぎこし》の聖なる三日間」といわれる特別な期間になる。そしてそのあとに、いよいよ一年でもっとも大きな祝日、復活祭《イースター》がやってくる。ドミニクは春の訪れを意味するこの祝日がいちばん好きだった。

今、ドミニクとノアはセーヌ右岸をオットー親方が住まいにしている金銀細工師の工房めざしてうららかな春の陽ざしの中を歩いていた。今年は復活祭が四月上旬と遅く、足もとには赤や紫や白のアネモネがたくさん咲いている。ドミニクは彼女のためにアネモネを手折ろうとしているノアの服をぐいと引っぱった。

「なんだよ」

「やめたほうがいいわ。毒があるから」

「毒!?」ノアは急いで手を引っ込めた。

「茎の汁に触るとかぶれるわよ。あなた、皮膚が弱かったでしょ」

「よくわかったね。さすがだね」

ドミニクはフンと鼻を鳴らした。それより親方だ。

サンチャゴ行きをやめてしばらくパリにとどまることを、アルスフェルトで待っている奥さんにちゃんと知らせてあげて、と何度も頼んだのに、親方は生返事ばかりでいっこうに手紙を書こうとしない。

「今日こそは目の前で書いてもらわなくちゃ」ドミニクは歩きながらきっぱりと言う。

「ねえ、親方はもう子どもじゃないんだよ。必要と思えば書くさ。ドミニクはちょっと世話を焼きすぎだよ」

「そう？」

「そうだよ。自覚しなよ。ぼくのことだって勉強しろとか、どこに誰と出かけるのとかさ、まるで母親か姉貴だよ」

「だって、あなたったらとても頼りないんだもの」

「問題はそこだよ」

「でしょう？」

「違うよ。あのね、きみやみんながぼくのことを世間知らずのお坊ちゃま扱いしてるのはわかってるけどさ、ぼくだっていろいろと考えてるんだよ。これでも」

「それ、とっても疑わしいんだけど……」

「だから、そこなの。少しはみんなを信用しなよ。それよか自分の心配でもしたら」

「自分の心配？」

「忘れてるかもしれないけどさ、親方のことあれこれ言う前に、自分だって家出娘だってこと」

「ああ。そのこと――」

「他人事みたいだな」

「うちの家族は心配なんてしてないわよ」

「へえ、そうか！」

「そうよ！　どうせわかりっこないわ。あなたみたいな甘ったれた貴族の――」

「お坊ちゃまには？　まあ、いいよ。そういいたいなら」

いいあっているうちにクリストフ親方の工房に到着した。工房はいつ来ても活気がある。聖木曜日の今日も、客が五人も店先に列をなし、その対応で徒弟は忙しそうだ。奥の方では数人の職人と徒弟が台にかがみ込んで細かい作業をしている。ときおりクリストフ親方の怒鳴り声が飛んでくる。

ドミニクはそばの作業台をのぞきこんだ。

徒弟のひとりは釜から出されたばかりの聖体容器――そこには天使と使徒の姿が美しいブルーの七宝細工で表現されている――を熱心に磨き上げている。別の徒弟は銀のカップを布で丁寧にこすり、その隣では職人が金のロザリオの最後の仕上げに余念がない。ドミニクは息をつめてそれらを見学した。

「よう！　ひさしぶりだな」

オットーが後ろから元気な声をかけた。重そうな籠をさげて立っている。

「聖木曜日だから、カテドラルの晩のミサにいっしょに行こうって誘いに来たんだ。親方、すごく調子よさそうだね」

「ああ、このとおりよ。ちょっと入れや。うまい葡萄酒を仕入れたところだ」

クリストフ親方の工房の二階は商談用の大きな部屋として使われている。

家具調度はまるで貴族の館にあるような立派なもので、壁際に並べたテーブルには、商品見本として精緻な細工の聖遺物箱や宝石をちりばめたペンダントなどが陳列してある。武器屋や、鍛冶屋や、皮なめし職人や、蠟燭職人など、さまざまな職人のなかでも、クリストフ親方のような金銀細工師はトップクラスに分類され、都市でも一目置かれる存在だ。仕事柄、お得意さんも身分の高い金持ちばかりになる。

七宝細工《エマイユ》ではもちろんリモージュのものが最高級だけれど、クリストフ親方は故郷の村を飛び出してからそのリモージュで長いこと修業をしたという。少年は徒弟からはじめて、職人、そして親方になり、そのあとは故郷に戻らず四百キロ北にのぼってパリで勝負に出た。修業で身につけた腕と、生まれ持ったセンスの良さで、クリストフはたちまちセーヌ右岸でもっとも有名な金銀細工師になった。やがてノートルダム大聖堂の聖堂参事会や由緒ある大修道院も競うようにクリストフの七宝細工を求めるようになったのだ。

椅子に腰かけるやいなや、ドミニクはノアがとめるのを無視してオットー親方に試験期間中の「泥酔事件」を話して聞かせた。ノアは観念したように目を閉じている。オットーは人のよさそうな大きな顔を思いっきり曇らせた。

「で、それっきり誰に殴られたかもわかんねえままか」

「うん」ノアはしぶしぶうなずく。「でも、見当はついてる。同郷団《ナシオン》のいざこざに巻き込まれたんだ。たぶん、あの喋り方だとノルマンディのやつらだよ」

「じゃあ、お前さんは、その、ええと、ほら、被害者じゃねえかよ。そんなやつのせいで落第しちまったなんて、ひでえ話だな」

「結果発表はまだだけどね」ノアが口の中でつぶやく。

「そんなの決まってるだろうよ。試験をうけなかったんだろ？　ん？」

オットーは遠慮なしだ。

「親方、そんなにはっきり言わないでよ。ノアだってすごくしょげてるんだから」

「パリってところは物騒な町なんだぜ。おにいさん、あんた騙されやすそうな顔してるから気をつけな」

いつのまにか二階に上がってきたクリストフ親方も容赦なくズバズバ言う。ノアはちょっとムッとした顔をしたが、そこは育ちの良さで素直にうなずいた。

「ここんところ、パリはどんどんひどくなるねえ」

「そうかい？」とオットー。

「そうともよ。おれがリモージュからパリに出てきてからだってずいぶん変わったよ。世界中から学生が集まって、学生の組合とやらを作ってあっちこっちで気勢を上げてるだろう。同郷団《ナシオン》とか言ってかたまってるが、ひとりじゃなにもできねえ連中だよ。学部ごとの集団もあるんだと。その一方で、人気教師とやらも続々とパリ入りしてる。その教師をおっかけてヨーロッパ中を放浪している学生もいるって話だ。とんだお調子もんだな」

ノアはニヤニヤしてドミニクを見た。

「こうよそ者が増えたんじゃあな。町も変わったよ」

「でも、クリストフ親方だって、私たちからすればよそ者だわ」ドミニクは言ってみる。

「ああ、そりゃそうだわ。あんたの言う通りよ。だがな、おれたちゃ、ここで毎日汗水たらして働いている。ところが学生連中ときたら故郷の親に金の無心をする手紙を送って、その金を勉強に使いもせずに飲み屋で散財してる。おれはね、さんざんそういうのを見てるんだ。親ごさんが心の底から気の毒になるね」

今度はドミニクがニヤニヤする番だった。

「たちの悪いことに、学生ってのは特権をもってる。おにいさん、あんたもその服装をしてるところをみると僧侶ってわけだろ？」

「いちおう僧服を着用するきまりなんです。ぼくたち学生は聖職者身分をもつことになってるので」

「なるほどな。それで左岸に行くと黒い服の連中がうようよしてるってわけだな」

「クリストフ親方、オットー親方はちゃんと役に立ってますか？」ドミニクが話題を変えた。

「おう。こいつの腕は鈍《なま》っちゃいなかったな。おれが思った通りだったよ」

「鈍ってない？　それはどういうことですか」

「なんだ。お前たち、聞いてねえのか」

「話すほどのことでもねえ」オットーが素っ気なく言う。

「なんなの親方？　教えてよ」ノアは俄然興味をひかれてきく。

「みっともねえ昔ばなしよ」

いやがるオットーに代わってクリストフ親方が教えてくれたのは、こういうことだった。

今、オットーはシュミットと名のっているが、ほんとうの名はオットー・ゴールドシュミット。父親は腕のいい金銀細工師だった。ふつうならオットーも金銀細工師になるところだ。一流の金銀細工師に絶対必要なのは指先の器用さだ。オットーの父親は、息子にはそれが欠けていると冷静に判断した。そして、まだ徒弟だったオットーは、父親の命ずるまま縮絨工親方のところに弟子入りしなおし、縮絨工となった。

「まあ、そういうわけだから、このオットーは七宝細工の素人じゃないのさ。素人どころか、おれに言わせりゃそこらの金細工師よりよっぽど上等よ。なんせ親方は厳しかったからなぁ」クリストフは豪快に笑った。

「じゃ、もしかして昔クリストフ親方が飛び出しちゃったっていうのは、オットーのお父さんの工房？」

「ご名答！　親方はさぞかし怒ってたろうよ。お前にもとばっちりがいったんだろう」

「昔のことよ。親父はあのとおり頑固者だったからな。おれも親父に早いとこ見切りをつけられてよかったんだ。それに親父だって、もし今のお前を見たら喜んだにちげえねえ」

「すごいや！　じゃ、オットー親方もなにか作ってるんだね」

「そうはいかねえよ。おれはせいぜい使いっ走りがいいとこだ」

「さっき、下の工房で聖体容器を見たわ。あんなきれいな色、よく出せるのね」ドミニクがクリストフに言う。

「気にいったかい。ガラスに色をつけるにはほんの少しだけ金属を混ぜるのよ。そのさじ加減が、ま、七宝細工師の腕の見せどころってわけだ」

「こんな貴重品ばっかり作ってて、泥棒に狙われたことはないんですか？」

ノアが訊いた。このあいだのことといい、たしかに町は物騒だとノアも実感していた。

「そりゃあいつも用心してるさ。夜になったら品物はぜんぶ頑丈な木箱につめて奥の部屋にしまい込んで、徒弟に交代で番をさせてる。大事な商品を盗まれでもしたらおれの信用まるつぶれだからな。大修道院や大聖堂の聖遺物箱を作ってるときなんか気の休まるときがねえよ」

「お前さんたち、ここだけの話だけどよ」オットーはがまんできなかった。「今クリストフはすごいお宝をおさめる聖遺物箱を作ってるんだよ。詳しいことは言えねえけどよ。な？」

クリストフはやれやれという顔をした。

「こいつ、それを知ってから手がつけられねえほど興奮しちまってな」

「そりゃあそうさ。おれなんか聖遺物を見たのは、これまでたったの一度きりだよ。それも村の教会で遠くの方からチラッとな。それがこのクリストフときたら、その聖遺物を収める容器を作ってるときた。田舎もんの洟垂れ小僧のあのクリストフがだぜ！　それもこれも親父の工房を飛び出してリモージュで修業したからだ。これこそ神のお導きにちげえねえ。このパリでおれたちが再会したのもな」

オットーはひとりで納得して胸の前で十字を切った。

「これまでどんな聖遺物をごらんになったんですか？　教えてください。私も聖遺物なんてほとんど見たことないもの」

　そういうドミニクをノアは軽蔑したように横目で見た。

「単純だなあ。言っとくけど、ぼくも聖遺物が持っている力は否定しないよ。ただし、それが本当にホントの本物ならね」

「ノア、そりゃあいってえどういうことだい？」オットーが目を三角にする。

「あんまり言いたくはないけど、聖遺物といわれているものには偽物がけっこう多いんだ。そうですよね、クリストフ親方？」

「そうだな」七宝細工師はオットーの視線を気にしながら言った。「実はノアの言う通りなんだよ。聖遺物商人から聞いた話だけどよ、イエスさまが十字架にはりつけられたときの釘、あれなんざ釘を持ってるって宣伝している教会や修道院が、ヨーロッパや中東を回れば無数にあるってさ。釘は三本しかねえはずなのにな。それから、ふたつの教会が、自分たちの持っている聖遺物のうちどっちが本物かやりあうってのもよくある話さ。ちょっと変わったところじゃこんなのがあったな。聖マルティヌスと聖ゲルマヌスのうち、病気を治す力はどっちが上か決めるってことになって、このふたりの聖人の棺を並べて置いて、そのあいだに身体が麻痺してうごかねえ病人を一晩寝かせておいたんだと。そしたら、どうなったと思う？　朝になったら聖マルティヌス側の半分だけが動くようになったんだぜ」

「おお！」

　オットー親方は心底感心した。クリストフもうなずく。

「まあな。たしかに聖遺物の力はたいしたもんだ。それにな、聖釘《せいちょう》の話にしたって、こう考えることもできる。ありがたい釘を少しずつ分けて配れば、釘を持ってる教会がたくさん出てきたっておかしくねえ。仕事柄、おれも聖遺物はかなり見てきたが、たいていはケシ粒くらい小せえもんだよ。言われなきゃ何のどの部分かもわからねえ。けど、小せえから偽物だってことはねえんだ。だろ？　ただな、たしかに偽物は存在する。聖遺物商人といいながら実は盗賊団の首領だってのもいるし、身を持ち崩した修道士やなんかが持ち込んでくるのは、たいてい怪しいね。疑ってかかる方がいい」

「これまで親方が見た中には、どんな偽物があったんですか？」

「そうよな。言っとくが、持ち主は絶対に偽物だと認めやしねえぜ。ただ、おれはイエスさまの乳歯ってのを聖遺物商人が持ってきたときはどうも怪しいと思ったね」

「それは面白いですね」ノアが即座に言った。「イエスさまは三日後に復活して、それから天に昇られました。もしその乳歯が本物なら、昇天したイエスさまの乳歯だけは地上に残ったということになります。それはぼくも少しおかしいような気がします」

「おれはそんな小難しいことを考えたわけじゃなかったがよ、乳歯っていうわりにはばかに大きい歯だったんだ。たぶんあれは大人の歯だったね。しかも最近抜けたばかりの。奴の歯だったかもしんねえ」

「あ、そういう……」ノアはしゅんとした。

「こんなこともあったぜ。イエスさまが最後の晩餐のときに、弟子の足を洗われただろ。そのときに足をふいた布の切れ端ってのを、ある修道院でみせられたんだ。その布をおさめる七宝細工の聖遺物箱を作ってくれって注文だった。だがな、おれはそのちょうど一週間前にも別の修道院でまったく同じ布を見てたんだよ。大きさも、汚れ具合も、布に青い線が一本はいっているところもなにもかも同じやつだ。おれはすぐにピンときたね。盗んだんだ、と」

「そのことを言ったんですか？」ドミニクが訊く。

「まさか！　おれの仕事はいわれた通りの品物を作ることさ。けどな、その時は、似たような布を前に見た覚えがあるって口をすべらしちまったのよ」クリストフは思いだし笑いをした。「隠すどころか、修道院長は得意満面で説明してくれたよ。院長さまが言うには、何度も同じ夢を見る、それはイエスさまが使われた布が自分の修道院を訪れた大勢の病人を癒やしている夢だ。つまり、布はこっちに来たがっている。来て、病人を癒やそうとしている。ならば、その聖遺物の意志を尊重しなけりゃならない、それは神ご自身の意志だから、とまあこういうわけだ。それにもし、神がそれを望まれないなら、聖なる布は激しく抵抗するからこちらには来ないはずだ、とな」

「来ないっていうのは、つまり、盗みが成功しない、ということ？」

「ものは言いようだよな。結果として略奪は大成功。晴れて修道院のものになった。そして、修道院長が夢でみた通り、訪れた病人を何人も治したそうだ」

「なーるほど。やっぱり神さまのお望みだったんだな」オットーが鼻息荒くうなずいた。

「ああ、そうなんだろうな。それからは聖なる布の評判のおかげで修道院には巡礼者が列をなすようになった。おかげでおれも院長さまからたんまり謝礼をはずんでもらったよ」

「なんだか、修道院が自分とこの評判を高めるために盗んだみたいに思えるよ。その夢のお告げってほんとうにあったのかなぁ」

ノアが首をかしげた。オットーが異議を唱えた。

「ノア、病人が癒やされてるんだぞ。ただの盗みならこれは説明がつかねえだろうが」

「うん。それはたしかにそうだけど――」

「まあ、なんだな。紙一重だよ」クリストフが言う。

「うーん……」ドミニクが顎に手をあてて唸った。

「さっきからなにを唸ってるのさ」

「えっ？　唸ってた？」

「そう。唸ってた」

「あ、ごめん。気にしないで」

オットーが立ちあがった。

「どれ、そろそろ出かけるとするか。聖なる布の話を聞いたあとじゃ、今日の洗足式はよけえにありがてえ気持ちがすることだろうよ。これからおれたちはノートルダム大聖堂《カテドラル》の聖遺物係と会うことになってるんだ。日没まではまだ間があるから、お前らもちょっとつき合えや。構わねえだろ、クリストフ？」

ふたりの親方、司教座聖堂付属学校の神学生ノア、医学生のドミニクがカテドラルの正面左手にある聖堂参事会員の住まいのエリアに近づいたとき、建物の向こう側から話し声が聞こえてきた。声の様子では、ひとりがもう一方を叱りつけているようだ。

四人はその場で足を止めた。立ち聞きする気はなくてもはっきりと聞こえてしまう。やがて、叱られている方は親方が会う約束をしていた聖遺物係で助祭のジャンだということがわかった。耳につく甲高い声でときおりなにかを遠慮がちに言っている。おそらくその相手は司教座聖堂参事会会長で主席司祭のルカ神父だろう。ノアは、ルカ神父のねちねちした喋り方に聞き覚えがあった。ときおり「聖遺物」という言葉が聞こえてくる。

クリストフ親方が合図をしたので、三人はその場から離れてノートルダム大聖堂前の広場に移動した。

「まずい場面にでくわしちまったな」クリストフ親方が言った。

「お前、なんか心当たりがあるのか」

「ああ。ほら、おれはいまサン・ドニ修道院の聖遺物箱を作ってるだろ?」

あとの三人は同時に大きくうなずいた。秘密のお宝を収める箱を、クリストフ親方は朝から晩までほとんどひとりで作っているのだ。そして、今やオットーの興奮がノアとドミニクにまで感染してしまっていた。

「そのお宝を逃しちまったことで、ルカ神父はおかんむりなのさ。こうなるのはおれには分かってたよ。というのも、聖遺物商人ははじめ、このノートルダム大聖堂にお宝を持ち込んだんだよ。

ところが、聖遺物係のジャンが、なんとかかんとか難癖をつけて買わなかった」

「なぜジャン神父は買わなかったんでしょう」

「ノア、言っとくがジャンは助祭だぞ。まだ司祭さまじゃない。お前さん神学生だろうが」クリストフ親方はノアを一睨みして続ける。「理由なんかおれが知るかよ。だが、ふつうに考えりゃ理由はふたつだ。値段が高すぎたか、偽物か」

「じゃ、サン・ドニのお宝は偽物⁉」ノアが素っ頓狂な声を出す。

「しーっ！　まったくお前さんときたら。おれがいつそんなことを言った」クリストフがたしなめる。

そのとき、ジャンがこちらに向かってくるのがみえた。

「お待たせして申しわけございません」聖遺物蒐集担当者は両手を胸の前で組み、軽く頭をさげた。ノアと同じ黒いスータンを着ている。頬が少し紅潮している。

「いま着いたところでさ」七宝細工師の親方は如才なく答える。

「では、さっそく見ていただきましょうか。そちらは、神学生ですか」

「司教座聖堂付属学校の学生のノアと申します」ノアがあいさつをする。

「私は、医学生のドミニクです。麦わら通りの教場で勉強しています。あの、私たちも見学していいですか」

「ではご案内いたしましょう。どうぞ中に」

ジャンは先に立ってカテドラルに入った。建設中の身廊のはるか先に立派な主祭壇がみえる。

ドミニクは天に届くかと思われる高い天井を見あげた。ジャンは主祭壇の手前で跪いて十字を切り、客を招いてさらに後陣《アプス》の一角にあるドアを開けた。半円形に張り出した部分に、聖遺物が陳列してある。ジャンはそのひとつを示して、クリストフ親方の方を振り向いた。

「今回お願いしたいのは、こちらの聖遺物箱でございます。何世紀も前に作られたもので、そうとう傷んでいます。急がせて恐縮ですが、八月の聖母被昇天の祝日までに修復をお願いできますか。その日には披露したいものですから」

「ようがす。おまかせください」七宝細工師は即座に返事をした。

「あと、二、三点、小さな修復をしていただきたいものがございます。そちらは香部屋の方にまとめてあります」

「承知しました。それじゃ、ちょっと寄って見てきましょう」

クリストフとオットーが香部屋に行っているあいだ、ノアとドミニクはジャンといっしょに聖堂前広場で待っていた。

「さっきは驚かれたでしょうね」

ジャン助祭がいきなり切りだした。若者は返答に困ってまごまごした。

「カテドラルの脇で私と話していたのは主席司祭のルカ神父です。ノアはルカ神父を知っていますね？」

「はい。ときどき、聖堂付属学校の廊下でお見かけします」

ノアは答えた。自分たちが教会法の授業をボイコットしたことや、そのことで教師がルカ神父から叱責されたことを、このジャン助祭はどれくらい知っているのだろうか――。

「こんなことでは、私は聖堂参事会員をやめさせられるかもしれません」ジャンはため息をついた。「ルカ神父は非常に能力ある方です。このノートルダム大聖堂は、あの方が聖堂参事会会長であるからこそうまく運営されているようなものです。もちろん、そういう方を主席司祭に任命されたモーリス・ド・シュリー司教さまの眼力がすぐれておられるのは言うまでもないことですよ。この大聖堂にしても、手狭になった聖堂の建設という大決断をされたのは司教さまですからね。歴史にその名を刻むに違いありません。ただ、司教さまはものすごくご多忙ですから、聖堂関係の実務的な細かいことはルカ神父がすべて眼を光らせているのです。私みたいな鈍才が司教座聖堂参事会員としてあの方のもとで働けるのは光栄なことです」

「あのう――」ドミニクがおずおずと言う。「さっき、ちょっと聞こえてしまったのですけど、サン・ドニが手に入れた聖遺物のことでなにか問題が起きているのですか」

「ドミニク、失礼だぞ」ノアがあわててとめようとする。

「いいんですよ。あんな大きな声だったのですから。クリストフ親方と親しいならだいたいご存知でしょう。実は、あの品物は最初、私のところに来たのです」

「はい。そう聞きました」とドミニク。

「それを断ってしまったというのはほんとうですか？」こうなればノアも積極的に質問する。

「ええ、ほんとうです」

「どうしてですか？」

「それはですね――」ジャンは口をひらきかけて迷った。「いや、今度のことでは私が間違っていたのかもしれません」

「どういうことでしょう？」

「あの品物を見せられたとき、私は直感的にあやしいと感じたのです。私の専門は聖遺物蒐集ですから、これでも多少は目が肥えているつもりです。直感などというのは当てにならないと若い方は考えるかもしれません。でも、ある程度経験を積んでくると、なぜかそういうことがピンとくるものなのです」

「それでは、助祭さまは偽物だとピンときたんですね？」ドミニクが興奮気味に言う。

「――まあ、そういうことになります。ただ、そのあと、サン・ドニがあれを買い入れたと聞いて少し驚いたのです。サン・ドニ修道院も聖遺物蒐集にかけては長い経験がありますからね。ほんとうに、今回は私が間違っていたかもしれない……」

「ランディの大市で公開されるそうですね」ノアが言う。大きな目玉になるのは間違いないと、クリストフ親方は言っていた。

「ええ。大勢がつめかけるでしょうね。ルカ神父はノートルダム大聖堂の評判を高めることをご自分の使命とお考えですから、あの聖遺物でサン・ドニの巡礼地としての人気が高まれば、もう私など……」

「そんなにご自分を責めないでくださいな」ドミニクがたまらずに言った。ジャンは悄然と顔を上げた。

「ああ、済みません。若いお嬢さんにまでこんな愚痴を」

「失敗なんて誰にでもありますよ」ノアがしいて明るい声を出す。「自慢じゃないですけど、ぼくなんか、たぶん落第です」

「ノア、やめなさいって」ドミニクがノアを小突いた。「ジャン助祭、たとえ今回のことがあっても、それだけでクビになったりはしないでしょう？」

「いえ、私はこれまでも失敗ばかりなのですよ。どれだけルカ神父をイライラさせてきたことか。今度こそはだめかもしれません」ジャンは弱々しい笑みを見せた。「……ただ、私はちょっと気がかりで――」

「何ですか？」とノア。

「ルカ神父は、どこかの教会が珍しい聖遺物を手に入れたと知れば、それを上回る第一級品をなんとしても手にいれようとなさるような方です。ルカ神父がこのノートルダム大聖堂を、ヨーロッパ一の巡礼地にしたいという火のような望みを抱いておられるのはよくわかるのです。でも、私からみると、ルカ神父はその思いが強すぎていつか……」

　その時、パンとなにかがはじける音がして、聖堂前広場の鳩がいっせいにバサバサと飛び立った。

「え？　何ですか」

「――いえ、何でもありません。つまらないことを申しました。それより、そろそろ聖木曜日の夕べのミサが始まりますよ。私も準備がありますので、これで失礼します。また、近いうちに遊びに来てください」

ジャンがスータンの裾を翻して去るのをふたりはじっと見送った。

「ちょっと気の毒」

「うん。ルカ神父ってキツいからなぁ。さっきもかなりネチネチ言われてたよね」

「聖遺物蒐集ってずいぶん気を遣う役目よね。すごい聖遺物を持っている教会や修道院は、それだけ多くの巡礼者を集めることができるんですもの。責任重大だわ。それに本物を見わける眼を持たなくちゃいけないし」

「なんだお前たち、やけに深刻な顔して」オットーが近づいてふたりを覗きこんだ。「さあ、行くぞ。早く行かねえと良い席がとれねえんだ」


聖木曜日の夕べのミサのなかで行われる洗足式の由来は次の聖書の記述による。

「(イエスは) 夕食の席から立ち上がって、上着を脱ぎ、手ぬぐいをとって腰に巻き、それから水をたらいに入れて、弟子たちの足を洗い、腰に巻いた手ぬぐいでふき始められた」

この象徴的なできごとは最後の晩餐の席で行われ、この直後、イエスは弟子のひとりユダの手によってユダヤ総督ポンティオ・ピラトに引き渡された。それを予見していたイエスは、最後に、互いに足を洗いあうように使徒らに言い残したのだ。

今夜の洗足式のために信徒の中から選ばれた十二人はおずおずと祭壇に近づき、最前列に用意された椅子に並んで腰かけた。パリ司教のモーリス・ド・シュリー以下、十二名の司祭たちが祭壇を回って下りてきて、一人ひとり信徒の前でかがみ込み、その足を洗い、それを布でぬぐった。

オットー、ノア、ドミニクはその一連の儀式をじっと見守っていた。

ふと、ドミニクはオットーが身体を硬くしたのに気づいた。その視線は、足を洗われているひとりの女に注がれている。

「どうしたの？」ドミニクが声をかけた。しかしオットーはそれが耳に入らないように女を凝視している。

やがて洗足式がおわり、十二人の信徒らが一列に並んで顔をこちら側に向けて会衆席に戻ってきた。オットーはさきほどの女が脇を通るときに、何ごとかを言ったようだった。女は表情を変えずにそのまま行き過ぎた。するとオットーはいきなり立ち上がった。ガタンという大きな音がして、近くの信徒が眉をひそめてこっちを向いた。

オットーはベンチに座っている信徒を無理やりまたいで通路に出ると、聖堂の外に向かった。ドミニクもノアを引っぱってあわててそのあとを追った。ミサの最中のこんな振る舞いは不作法きわまりないが、オットーがまた発作をおこそうとしているのかもと心配になったのだ。

大聖堂の外はとっぷりと暮れて人影はほとんどなかった。ノアが遠慮がちに「親方！」と呼んだ。返事はない。ドミニクも「親方！　どこなの。返事をして」と叫びながらあたりを探し回った。

なおしばらくそうしていると、暗闇からいきなり声がした。

「ここだよ。悪かったたな」

オテル・デューの方角からオットーが姿を現した。

「ああ！　いったいどうしたの？　気分が悪くなったの？」ドミニクが駆け寄る。

「いいや」オットーは首を振る。

「じゃ、どうしたのさ。ミサの最中だよ。洗足式、楽しみにしてたじゃないか」

「ああ、すまなかった。ほんとにすまなかったよ」と言いながらオットーはその場にしゃがみ込んだ。ドミニクがあわてて支えた。

「だいじょうぶだ。ちょっと息が切れただけだ。こうしてればだいぶいい」

「聖堂のなかであの女の人に話しかけていたわよね。知りあいなの？」どドミニク。

「あれはオテル・デューの地下で赤んぼうを抱いてた女だ。間違いねえ」

「えっ？　まさか――」

「心配することたねえよ。おれはもう地下には行ってねえから。けどさっき、あの女があそこにいたんだ。幽霊みてえな顔だったろ？」

「私には、よく見えなかったわ」

「あの顔つきが気になってな。まるでちっと前のおれとおんなじだ」

若者たちに七宝細工師の工房に送ってもらいながらオットーは、こう話した。

「あの女――名前は知らねえけどよ、おれが最初に地下に行ったときに隣にいた女なんだ。ぼんやりして死人みてえだったのに、赤んぼうを抱いたら別人のように元気になってな。あやし方も慣れたもんだった。それから、おれが地下に行くとあの女も必ずいた。あるとき、たまたま修道女もセバスチャンもいなかったんで、おれはちっと話しかけてみたんだ。気の毒なことに自分の赤んぼうを亡くしたばかりだったんだよ」オットーはそこでふうとため息をついた。「気の毒なことよな。おれの十人の子どもはひとりも死ななかった。考えてみりゃこれは奇跡だよ。おれはしがねえ縮絨工だけどよ、これだけはどんなに金を積んだって、王侯貴族だって、恵まれるとは限らねえ」

「そうだね」ノアがしみじみとうなずく。

「今日、あの女がまた幽霊みてえだったんで、どうしても気になって追いかけてったんだ。つかまえてみておどろいたね――」

「どうしたの?」

「女はまるで覚えちゃいなかったんだよ。おれのことも。地下のことも。赤んぼうのことも」

マギステル・ジュリアーノ

ノアの試験結果はやはりさんざんだった。

教会法は当然落第。他の科目もすれすれ不合格か、すれすれ合格。

カンタベリに結果を知らせると、夏には城に戻り今度こそ心を据えて領主としての修業をすることと、相応しい妻をめとることを命ずる手紙が折り返し届いた。

ノアは思ったよりさっぱりした気分だった。

申し訳ないのは、そのとばっちりを受けてドミニクまで下宿《ホスピキウム》を出なくてはならないことだ。なんとか残れるように、祖父にかけあうというノアを、ドミニクは断った。

「いいのよ。もう充分すぎるほどお世話になったわ。カンタベリに帰ったらおじいさまのジャンに私の心からの感謝を伝えてね」

「でもさ、きみ、これからどうするつもり？　家に戻るの？」

「ジュリアーノ先生の助手をさせてもらえることになったの。少しだけど謝礼も出るし、あとは、他の学生の勉強を手伝ったり、写本をしたりして稼ぐわ。なんとかなる」

「たくましいんだな。やっぱりぼくみたいな――」

「お金持ちのお坊ちゃまとは違う、でしょ？」

「うん。認めるよそれは。あーあ、もしぼくがあのときジョングルールになってたら人生違ってたかな」

「今さらそんなこと言ってみてもしょうがないでしょ。あ、そういえば、最近パリにすごいジョングルールが出現したらしいわね」

「え⁉」

「知らないの？」

「それ、誰からきいたのさ」

「よく覚えてないわ。麦わら通りの教場で誰かがそんな話をしてるのを小耳にはさんだだけ。それよりノア、あなたいつカンタベリに戻るの？　親方といっしょにちっちゃいお別れの会をしてあげる」

「いいよそんなの」

「遠慮しないでよ」

「まだ、当分いるからさ」

「そうなの？」

「これで大陸も見納めだから、ランディの大市を見てから帰ればいいと言われてる」

「うわ！　じゃ、サン・ドニのお宝も見られるのね」

「そうなんだ。それに大道芸もある」

「オットー親方も喜ぶわよ。親方ったら、学校のことなんてぜんぜん分からないのに、ノアの試験のことをすごく心配してたのよ。ちゃんと結果を知らせた？」

「知らせたよ。そしたら、あのとき殴られなきゃ落第しなかったのにってまた言いだしてさ、犯人を捜しておれがとっちめてやるって、止めるのに大変だったんだよ」

「――そういえばあのときノアは勉強会に行こうとしてたわよね。勉強会に参加したほかの学生はどうだったの？　みんな試験に受かったの？」

「さあね。もうそんなの興味ないよ」

「でも、ちょっと気にならない？　いったいどんな勉強会だったのかしら」

「だから、あのときも言ったじゃないか。きっと、試験に出るところを教えてもらったんだよ」

「だとしたら、全員合格したに違いないわ」

「うーん……それはどうかな。教会法の講義はほんと酷かったんだ。先生もそうだけど、学生の方もさ。信じないかもしれないけど、ぼくなんかこれでもちゃんとやってた方なんだよ。講義にほとんど出なくて、出てきても居眠りしてた学生がいっぱいいたしね。あいつらも合格してるとしたら――」

「ね、ちょっと調べてみたら？　なにか面白いことがわかるかも」

「なんだよ、ノア。いまさらそんなこと」

「どうせイングランドに帰るんだろ。往生際がわるいぞ」

ノアが探りを入れると、友だちはたいていそんなふうにはぐらかそうとした。それでも、最終的にわかったのは、あの日勉強会に誘われたのはできの悪い学生ばかりだったこと、落第したのはノアだけということだった。つまり、勉強会に参加した者は全員が合格したわけだ。素行が悪く、近く放校になるだろうと噂されていた奴までも。そのうちのひとりが、試験では教えられた内容とまったく同じことを聞かれ、教えられたとおりに答えればよかった、とこっそり教えてくれた。

もっと調べてみると、勉強会と称して試験直前にできの悪い学生を集めていたのは、教会法の先生だけではなかった。教師の自宅に集められた学生は、試験の「ヤマ」を事細かに教え込まれた。もうひとつ、奇妙なことがわかった。教師から「集中力が続く茶」なるものを飲ませられた学生がいたことだ。

「お茶⁉」

ノアからそれを聞いたドミニクが目を丸くした。

「それがとんでもなく苦いんだって。耐えられずに吐きだしちゃう学生が多いらしいけど、それを飲んでいるあいだは眠らなくてもぜんぜん平気で、おまけに頭が冴えてるから勉強がはかどるんだ」

「あなたの学校って少しおかしいわ」

「先生たちは必死なんだよ。ボイコットされたり、不合格者が大量に出たり、学生がちっとも集まらなかったりしたら主席司祭のルカ神父に睨まれる。悪くすればクビだ。わかるだろ？」

「ええ。まあね」ドミニクは消沈していたジャンの顔を思いだした。「でも、天下のパリの聖堂付属学校がこんな状態になっちゃってるのをアベラール先生が知ったら、さぞ嘆くでしょうね」

「言っとくけど、そんな先生ばっかりじゃないよ。優秀な神学の先生はみんなここに集まってる。けど、きみの言うのもある部分はほんとうさ。今回調べてみてわかったんだけど、先生同士の足の引っ張り合いがすごいんだ。たとえば、人気のある先生が作ったテキストを、学生を部屋に忍び込ませて盗みだして、さも自分が書いたものであるような顔をして講義をするとか。学生の答案をべつのにすり替えるとか、あることないことでっち上げて同僚の悪い評判をたてるとか。情けないよ。学校やめることになって、むしろ良かったな」

「そうだ。あなた、来月のランディの大市まではどうせやることないんでしょ。気晴らしに麦わら通りに来てみない？　聖堂付属学校とはずいぶん違ってるとおもうわよ」

　ドミニクの医学教師、マギステル・ジュリアーノは、医学の先進地サレルノで研鑽を積んだとあって、これまでヨーロッパでは知られていなかった新しい医学知識をたくさん知っていた。サレルノからジュリアーノ先生のあとをくっついてきた放浪学生《ゴリアール》も何人かいるという。ゴリアールというのは一般に評判が悪い。無学な農民をバカにするし、特権貴族には悪態をつくし、教会の権威にことごとくたてつくし、例外なく酒と女に溺れる……これがたいていのゴリアールだ。しかし、ジュリアーノ先生はそういう学生を厳しく戒め、真摯に医学の道を志す者しか、付いてくることを許さないという。

　麦わら通りの教場に着くと、ドミニクは医学の教師《マギステル》を、ニコロ・ジュリアーノ先生、とノアに紹介した。四十歳くらいで、浅黒く彫りの深い顔に立派な口髭を生やし、黒い瞳をしている。もしかしたら少しアラブの血が入っているのかもしれない。丈の長い紫色のローブとラシャの黒い頭巾。このような頭巾を着用するのは、宮廷や大貴族の屋敷に出入りを許された高名な医師だけだとノアは知っていた。

　ドミニクはさっそく、「集中力が続く茶」なるものが存在するのか、質問を始めた。ノアの方は興味深く教場を観察した。奥の書見台には革表紙の高価な挿し絵入りの写本が広げられ、その脇に燭台がある。書見台にはほかに、インク壺、ペン、ナイフ、定規などがきちんとそろえてあった。教場には椅子というものはなく、学生たちはそのまま床に座り、持ってきた蠟板にノートを取る。家にもどってからそれを丁寧に羊皮紙に清書するのだ。寒い季節には持参した麦わらを敷いてそのうえにすわる。「麦わら通り」といわれるのはこのためだ。今日の講義はもう終わったあとらしく、学生がひとり、せっせと散らばった藁くずを掃除していた。

「眠らなくていいお茶ですか――」ジュリアーノ先生がドミニクの質問に答えている。「ふうむ……。あてはまるかどうかわかりませんが、古代には、シャーマンや巫女が、儀式の際にある種の強い薬草を服用していましたね」

「じゃあ、学生が飲まされたお茶というのもそういうたぐいのものだと思われますか？」

「かもしれませんね。今でも、魔女とか悪魔祓い師といわれる人びとがその種の薬を作っています。が、その調合法はかれら独自のもので外には漏れてきません。おそらく、何種類かの薬草と、動物性の物質を調合して得られるものだとは思いますが――」

「ドミニク！　ほら、オットー親方も、ヴェロニクが作ってくれたお茶を飲まされたって言ってたじゃないか。ヴェロニクんところにはさ、ドアの向こうに薬を煮る大釜があったはずなんだ。覚えてるだろ？」ノアが横から口を出した。

「オットー親方というのは、たしか……」

「ええ。以前、先生に相談した親方のことです。そのとき先生は、胸の中にたまった悪いものを出さなければとおっしゃって。だから、私、ヴェロニクのところに連れていったんです」

「その方は魔女ですか」先生は真面目な顔をして訊いた。

「みんなは魔女と噂しています。でも、私は違うと思います。特殊な霊力を身につけた方です。

それに、すぐれた施療師でもあります。もちろん、先生のようにちゃんとした学問を修めたわけではないけれど」

「なるほど」先生は大きくうなずいた。「人がふつうではあり得ないようなかたちで治癒すると、我々は畏れをいだきます。あるいは逆に、さっきまで元気だった人が急におかしな言動をはじめたり、パタンと倒れてそのまま死んでしまったりすると。そして、これらを悪魔のしわざと考える。実は、そういう場合も、解剖をしてみると原因が分かることが多いのです」

「解剖！」ノアは飛びあがった。「あの、それって、死んだ人のからだをばらばらにすることですよね」

「まあ、そういうことです」マギステルは表情のない黒い瞳でノアを見た。

「私、解剖にはすごく興味があるんです。先生、どうして解剖をなさらないのですか」

ノアはギョッとしてドミニクを見つめた。

「実は、大昔には行われていたのですよ。古代エジプトでは脳外科手術が行われた記録があります。このあいだの講義で話したローマ帝国時代のガレノスは、動物、とくに豚の解剖をかなりやりました。しかし、人体解剖となると――」

「サレルノの医学はヨーロッパ一と聞きました。それでも？」

「たしかにサレルノで解剖学は必修ですがね、さっきも言ったようにほとんど動物が対象なのです。人体解剖は、あっても、まあ、五年に一度くらいでしょうか。私も一回だけです、これまでに経験したのは。しかし、人の身体の内部の構造を知ることは、医学にとってはこの上なく重要です。私は機会があればやるつもりでいますよ」

「機会、とおっしゃいますと?」

「身寄りのない犯罪人の死者が出たら教えてもらう約束を教会の神父さんとしてあります。そのときにはあなたにも連絡してあげましょう。ノア、あなたもいっしょにどうですか」

ノアはあわてて手を振った。


「あー、今日はすごい一日だった」ノアは下宿《ホスピキウム》にもどるなり口をひらいた。「あのマギステル、ほんとうに解剖をするつもりかな」

「先生は本気よ。ノアったらみっともないくらい怖がっちゃって」

「だって、それがふつうだと思うよ。それにさ、身体がちゃんときれいにそろってないと、復活のときに困ると思うんだ。ぼくたちみんな、最後の審判をうけて復活するんだよ」

「サラセン人も同じ理由から解剖はしないんですって」

「だろ? やっぱりこれは神学的に問題があるよ。ドミニクもそんなのに関わるのはやめたほうがいいよ」

「私には神学なんてわからない。はっきり分かるのは、病気を治したかったら原因を知らなくちゃならないってことよ」

「じゃあ、ヴェロニクがオットー親方を治したのはどう説明するのさ。原因は何だったの?」

「四体液説って聞いたことある? ローマ帝国時代に皇帝の侍医をしていたガレノスというギリ

シア人の医者がいたの。偉大なお医者さまだったのよ。ガレノスは難しい眼の手術をしたり、新しい手術器具なんかも考案した人なんだけど、いちばん重要なのは、人間のからだには四つの液体、つまり、体液がめぐっていると考えたことなの。血液・粘液・黒胆汁・黄胆汁の四つね。ここに異常があると病気になるの。異常があるかどうかは脈を診たり、患者の尿や便を検査して知るのよ。ここまではわかった？」

「はい。ドミニク先生、きみ、なかなか説明がうまいよ」

「ふん。ジュリアーノ先生も私たちも、ガレノスが書き残した医学書をつかって勉強しているのよ。でね、異常がある場合には、痛むところの反対側から瀉血をして治すの」

「ああ、瀉血なら知ってる。カンタベリでも何度か見たよ。けど、瀉血をしに来るのは医者じゃなかったよ。理髪師が来てたと思う」

「ええ。医学というのが学問の仲間入りをしたのはつい最近なの。それまではこういうのは手仕事の扱いだったから、瀉血も職人がしてたのよ。でもね、ジュリアーノ先生がおっしゃるには、それは医師の仕事であるべきなんですって」

「なるほど。で、オットー親方のことは？」

「修道院にはたいてい施療院がついてるように、病人のお世話は伝統的に修道院で行われてきたでしょ？　そして修道院では、ガレノスの四体液説と同時に、原罪とか、その人が生まれたときの星とか、魂とかも、病気の原因になると考えてきたのよ。ジュリアーノ先生が、オットー親方は胸に悪いものがたまっているっておっしゃったのはそういうこと。ただし、先生は原罪とか魂という言葉は使わなかったんだけどね」

「何て言ったの？」

「精神に異常がある。平たく言えば、心が疲れているって」

「ふうん……。親方は食欲もなくしてひどい頭痛がしてたじゃないか。その原因が心が疲れていたから？　ぼくにはよくわからないや」

「私も半信半疑ではあったのだけどね。親方はずっと働きづめでやってきて、末の娘さんが所帯を持ったとたんにあんなふうになったと言ってたでしょう。そういうときには、心の問題も考えてみる必要があるんですって。で、私はヴェロニクのことを思いついたのよ。霊媒師のヴェロニクなら心のことには詳しいはずだってね。当たりだったでしょ」

「うん。それは認める」

「ヴェロニクのお茶は、親方のそういう心の部分に働きかけたんじゃないかと思うわ。で、これは私の推測だけど、ヴェロニクがやっている悪魔祓い的な儀式って、実は悪魔というよりは、その人の心の中のなにかに作用しているんだと思うの。ヴェロニクがそれをどのくらい自覚しているかはわからないけど。迷信といわれていることのなかにもちゃんと理由があるって、ジュリアーノ先生はいつも言われるの。思いこみを棄てて、そのなかにある真実を見るようにしなくちゃいけないって――」

「ところでさ」ノアは医学のことになるとどまることを知らないドミニクをしげしげと眺めた。「きみがこんなふうに医学に興味をもったのは、なにかきっかけがあったの？　ぼくは偏見なんてないつもりだけど、女の子で医学をやりたいなんて、やっぱりきみって変わってるよ」

「きっかけ？　そりゃああるわよ」


ドミニクの家族は両親、祖父、三人の姉。パリ周辺の貧しい農家だ。

男子を望んでいた家族のなかに四人目の娘としてして生まれおちた瞬間から、ドミニクは両親をがっかりさせ続けてきた。農作業を手伝わせるには役に立たないし、かといって玉の輿を望める美人でもない。成長するにしたがってそれはますます顕著になった。ドミニクは背丈と手足ばかりひょろひょろ伸びて身体にはまったく肉がつかず、姉たちはまるでアメンボねとばかにした。オリーヴ色の髪も、およそ娘らしさとはかけ離れていた。ドミニクは藍色の染料を行商人からこっそり買い込んで、それで髪をまっ黒に染め、ついでに髪を短く切ってしまった。他方、輝く金髪の三人の姉たちは、この両親からどうして、と誰もが首をひねるほどの楚々とした美人となり、ひとりは土地持ちの富農、ひとりは裕福な毛皮商人、ひとりは領主さまに見そめられた。

ドミニク自身は口減らしのために幼い頃から修道院に預けられた。修道院では誰もあからさまにドミニクを邪魔者扱いしなかったし、容姿のことをばかにしたりもしなかったので、ドミニクにとっては家にいるよりはずっとよかった。なにより有りがたかったのは、ラテン語の読み書きと計算を教えてもらったことだ。ところが姉たちがぜんぶ嫁いでしまうと、両親は家事をさせるためにドミニクを家に呼び戻した。戻ったドミニクに、子どものとき以来出なくなっていた吃音がぶり返した。母親はおぞましい者を見るような目つきでドミニクを見た。吃音は悪魔憑きのしるし、母親はそう信じていたのだ。母親はドミニクを無理やり祈禱師のところに連れていった。それがヴェロニクだった。

そんな家族の中でただひとり、ドミニクを理解してくれたのは祖父だった。一度だけ、ドミニクは学問をさせてもらえないかと両親に頼んでみたことがあった。両親は思いっきり笑い飛ばしただけだった。

半年ほど前、不幸な事故がおきた。通りを横切ろうとしていた祖父がサン・トノレ門の近くで疾走してきた馬車にはねられたのだ。いや、正確には、はねられそうになったところを学僧に助けられた。祖父も怪我をしたが、蹄で頭を蹴られた学僧は三日後に死んでしまった。

そのときの家族の冷たい対応がドミニクを決定的に頑なにした。両親も姉たちも、命を犠牲にした学僧に感謝するどころか恨んだ。うまくいけば、何をするにも人の手を借りなければならなくなっていた祖父の厄介払いができたのに、よけいなことをしてくれたものだ。それが家族の言い分だった。

学僧の死から二か月後に、事故以来、寝たきりになっていた祖父も死んだ。

そして、ドミニクはその日に家をでた。

千百九十一年　夏

ランディの大市

パリから北に十キロの場所に、サン・ドニ聖堂がある。この聖堂が建設されるまでには、いっぷう変わったいきさつがあった。

三世紀なかば、ガリアの地をキリスト教に改宗させるべく、ディオニジオ、つまり聖ドニが、教皇によってパリに派遣された。ディオニジオとその仲間は熱心に宣教にはげみ、多くの人びとをキリスト教徒にすることに成功した。

ところで当時、ガリアはローマ帝国の支配下にあった。そして、キリスト教徒というのは、皇帝を神のごとく崇拝する代わりにイエス・キリストを信仰する人びとである。当然、ローマ皇帝はこの状況を歓迎しなかった。ちなみに、ローマ帝国が方針転換をしてキリスト教を帝国の国教と定めたのは、これより一世紀もあとのことだ。

ローマ皇帝からパリの統治を任されていた総督は日に日に警戒感を強めてゆく。そしてある日、シテ島に居を構えていたディオニジオとふたりの仲間を捕らえて投獄し、信仰を棄てるよう厳しく迫った。拒否されると彼らに容赦なく拷問を加えた。しかし、ディオニジオたちは屈しなかった。憤った総督は、ついにこの三人をパリの丘の上にたつ異教の神殿で処刑してしまった。

ところが、事はこれで一件落着とはならなかった。

首を斬り落とされてもなおディオニジオは生きていたのである。それだけでなく、落ちた自分の首を拾いあげて手に持ち、そのまま数キロも歩き続けた。その間、手の中の首は人びとに神の愛を説き続けた。ついにディオニジオは、ある女性信者の家で力尽き、今度こそほんとうに神に命をゆだねた。その場所には記念に小さな礼拝堂が建てられた。

それからさらに二百年後、パリの守護聖人である聖ジュヌヴィエーヴは、この礼拝堂の上にバシリカを建てた。これが聖《サン》ドニ聖堂の始まりである。

この逸話は、オットーをいたく感激させた。

「すげえなあ。聖人さんは首を斬られたって死ななかったんだ。こういうのがほんとうの奇跡っていうもんよ！　守護聖人の修道女さんも、そこにこんな立派な教会を建てさせるなんざ、いいことをしてくれたねえ！」

「うん。そうだね」

ノアはかなり辟易しながらも根気よく相づちをうった。ドミニクが横でにたりと笑う。親方にこの話を吹き込んだのはあなただからね、という笑いだ。

今、オットー、ノア、ドミニクの三人は、サン・ドニと同じ数キロの道のりを歩いて、今日開幕となるランディの大市のごった返す会場に到着したところだった。空は青く、陽ざしはもう夏の始まりを感じさせた。

大市は毎年、六月の第一水曜日から二十四日の聖ヨハネの祝日まで開催される。初日にはパリ司教がサン・ドニ修道院に足をはこび、商人たちを祝福するおごそかな儀式が執り行われる。これはどうしたって一見の価値がある。それだけでなく、三人は大市の期間中は、何度でも来るつもりだった。いちばんの目当てはもちろん、クリストフ親方がずっとかかり切りで製作してきた聖遺物箱と、その中に収められているアッと驚くお宝だ。そしてノアは、パリに出現したすごいジョングルールがランディの大市でも芸を披露すると聞き込んできて、期待に胸躍らせていた。

高く尖った派手な司教冠《ミトラ》をかぶり、裾に刺繍が入ったダルマティカの上からまっ赤なカズラをまとったモーリス・ド・シュリー司教さまが現れた。左手に持った輝く司教杖《しきょうじょう》は黄金製で、先端が渦を巻き、その中心部には司教が人びとの牧者であることを象徴する羊の彫り物がはめ込まれている。その豪華絢爛たる姿に、商人も客たちもすっかり気圧されてしまった。

司教による商人の祝別がすむと、いよいよ大市の開幕、露天商たちの出番だ。

移動式屋台もあれば、固定された縁台もある。珍しい食べ物を盛った屋台、台所道具売りの屋台、ラシャ生地売りの露店、毛皮や羊皮紙を扱う商人、靴の修理屋に裁縫屋、居酒屋もあればそれらに混じって金貸しもちゃっかり店を開いている。

ノアはふと、懐かしいものを目にして駆けよった。店主がさっそく説明にかかろうとするのをノアはとどめた。

「だいじょうぶです。これならぼくはよく知ってるから」

「なあに、ノア？」「なんだいそりゃ」

ドミニクと親方が肩越しにのぞき込む。

縁台にはたくさんのぶ厚い吹きガラスのビンが並べられ、中に液体が入っている。ビンの大きさはさまざまで、小さいものには紐《ひも》が結びつけられていて首からぶら下げることができる。大きめのビンには表面に図柄が彫り込まれている。

「これは、カンタベリ・ウォーターというんだ。ただの水じゃないんだよ。カンタベリ大司教だったトマス・ベケットさまの血がこの水には溶けているんだ。トマス・ベケット大司教のことは知ってるだろ？　大司教さまは国王ヘンリ二世と対立して、刺客にカンタベリ大聖堂内で暗殺されてしまったんだ。ぼくが生まれる二年前のことだけどね」

「それは王さまの命令だったんかい」オットー親方が訊く。

「そうだよ」

「王さまってのはときどきひでえことをするからな」親方はやれやれというふうに頭を振った。

「その事件のあと、修道士たちはベケット大司教から流れ出た血とか、殉教のとき身につけていた血に染まった衣服なんかを集めてぜんぶ取っておいたんだ。で、その血の染みた布をひたした水が、このカンタベリ・ウォーターなんだよ」

「へえ！」ふたりはそれぞれビンを手に取って日にすかしてみた。露天商が愛想笑いをしながら口をひらいた。

「神学生さんにゃかないませんな。学生さん、カンタベリのご出身で？　どうりでお詳しい。これはみんなわっしがカンタベリから仕入れてきたものです。トマス・ベケット大司教さまは、殉教された三年後にはもう、アレクサンデル三世教皇さまから聖人の列に加えられたのです。こんなことはめったにないことですぜ」

それを聞くとオットー親方は身を乗りだした。

「それで、このカンタベリ・ウォーターっちゅうもんは、どんなありがてえものなんです？」

「万能薬です。飲んでもいいし、傷にすり込んでもけっこう。たちまち病が去ってピンピンしてきます。傷なんてあとかたもなくきれいさっぱり消えますぜ。こうして、首にかけてお守りに持って歩くこともできます」

「ほんとに病気が治るのか？」

「聖人さまにかけて嘘いつわりは申しません。──ああ、それじゃひとつ、わっしが自分で体験した奇跡をお話ししましょうか。シャルトルでのことですがね、わっしのカンタベリ・ウォーターを石工のみなさんが気持ちよく買ってくれたんでさ。ところがひとりだけ、ベケット大司教なんて聖人なものか、インチキ水に騙されるな、もし大司教が奇跡を起こせるならいますぐおれの息の根を止めてみろと嘲笑《あざわら》った石工がいたんですよ。わっしも、他の石工のみなさんも恐ろしくなって、離れた場所で十字を切ってただ震えてました」

「で？」親方はかたずを呑んだ。

「そのときには何も変わったことは起きなかったです。けんども、夜になって家に帰ってから、その石工が喉をかきむしって苦しみだしたってんです。仲間が駆けつけて、昼間わっしから買ったカンタベリ・ウォーターを飲ませたら、たちまちケロリと治っちまいました。やっこさん、翌日あわててカンタベリ・ウォーターを買いにきましたっけ」

「そいつはすげえ……」親方がゴクリとつばを飲んだ。

「おじさん、こっちの大きいビンの表面に彫られているのは何？」ドミニクが訊く。

「これはトマス・ベケット大司教さまの殉教の場面です。カンタベリ修道院の修道士さんたちが丁寧に作ったものですぜ。おひとつどうです、おじょうさん」

ドミニクはお伺いをたてるようにノアを振り返った。

「記念にふたりにプレゼントするよ」貴族のお坊ちゃまは鷹揚なところをみせた。

「あと、これはなんちゅうもんですかな」

「こちらは殉教されたときに大司教さまが着ておられた外套の切れ端です。もちろん、大司教さまの血液が染みこんでますよ。それからこちらのバス織り布は大司教さまのシャツです。小さいもんですが、お力にはかわりありませんぜ」露天商は木の聖遺物箱に収められた生地片を示した。

「それから、今日はこういうものも持ってきました。お客さん方に特別お目にかけましょう」

露天商が縁台の下からもったいぶって取りだしたのは、掌にすっぽりと乗ってしまう革製の小さな四角い袋だった。二枚の革をあわせて縁かがりをし、表面には十字の型押しがある。この中に、ベケット大司教の頭髪が入っているのだと、商人は説明した。

「正真正銘の髪の毛ですぜ」露天商は縁台の下から今度は薄布で作られた同じような四角い小袋を取りだしてオットーに渡した。中をのぞき込むと、ごく短い髪が一本入っていた。長さは一センチもないだろう。「これと同じものが、この革の小袋に封入されてるってわけで」

「こいつはええれえ高そうだな」オットーが物欲しそうな眼で革の小物を見た。

「お察しのとおりで。これを肌身離さず持ってさえいれば、盗賊に襲われることもないし、悪魔に魅入られることも決してない。死ぬまで大司教さまが守ってくださるありがたいお守りです。これはうちの目玉商品ですんでね。なかなかお譲りするわけにはいかねえですが、どうしてもとおっしゃるなら」といって商人が示した値段は飛びあがるほど高かった。

「親方、これはさすがに無理だよ。こんどいつか、カンタベリで似たようなのを探してあげるよ」

ノアがすかさず横から言った。

オットーは未練たらしく振り返りながら、カンタベリ・ウォーター売りの露台をあとにした。大市にはまだまだ珍しいものがたくさんあった。いちばん人だかりがしているのは、やはり聖遺物を扱う店で、小さな袋に入った聖遺物は、肌身離さず持っていられるために、お土産としてはいちばん人気があるようだ。

聖遺物を扱うブローカーというものは何百年も前から存在した。彼らは、聖地イェルサレムとか、各地に散らばっている聖人たちの殉教地で合法非合法問わずあらゆる手段——ときにはカタコンベの盗掘も平気でやってのけた——で聖遺物を集めまくり、それを抱えて修道院や教会をめぐる。とくに、キリスト教が伝わるのが遅かったドイツやイングランドにはめぼしい聖遺物が少なかったから、ブローカーにしてみればいちばんの狙いどころだ。修道院や教会としても、由緒正しい聖遺物を所有しているかどうかは自分たちのランク付けにかかわるから、価値ある聖遺物なら金に糸目をつけずに手に入れようとする。つまり、修道院長や司教のいちばんだいじな仕事は聖遺物蒐集であるといっても過言ではなかった。

　聖遺物ブローカーとしてもっとも有名なのは九世紀なかばに活動していたデウスドナという人物だ。デウスドナは助祭であったというが、実態はやり手の聖遺物ブローカーで、客にはフランク王国のカール大帝や、『カール大帝伝』を書いた学者のアインハルトや、ドイツのフルダ修道院があった。記録によると、九世紀前半にフルダ修道院長だったラバヌス・マウルスは、じつにたくさんの聖遺物を買っている――聖アレクサンドルの足、聖ウルバヌスの骨、聖コンコルディアの頭、聖フェリツィッシムスの腕、聖カストゥルスの足、聖セバスティアヌスの歯、などなど。このあと彼がマインツ大司教になったことと、聖遺物蒐集に成功してフルダ修道院の名声を高めたこととは無関係ではあるまい。

　次に三人が足をとめたのは、各地の巡礼記念品を扱う店だった。

「なんだこりゃあ！」親方が声を上げたのは、ここにもカンタベリ・ウォーターが並べられていたからだ。「しかも、こっちの方が安い。おい、ノア、ちょいと早まったな」

「いいよ。ここにはほかにもいろんなのがあるよ」

「こちらはうちでいちばん人気のアンプラでございます」商人が愛想よく言った。

「ほう。アンプラってのはなんだい？」

「この粘土製の入れ物のことです。表面に聖メナスの像が施されておりまして、五百年ほど前の時代のものになります。稀少品ですよ。そちらは洗礼者ヨハネが刻まれたアンプラになります。どちらも聖地イェルサレムから持ち帰られた珍しい品です」

「なかには何が入ってるの？」ノアが訊ねる。

「聖メナスさまの方には聖性を帯びた油が入っております。聖人のご遺体が安置された堂内で燃やされた油でございますね。聖ヨハネさまの方には、聖なる水が入れてございます。これは聖人のご遺体が収められた棺の上蓋の穴から水を注ぎ、それを下で受けて得られたものでございます。ご遺体に直接触れた水ですから、めったに手に入らない非常に価値のあるものですよ。それから、こちらのガラスの容器はオステンソリウムと申しまして、ゴルゴタの丘の土が詰めてございます」

「驚いた！　なんでもあるのね」

「よし。おれはマルガレータにこれをひとつ買うとするよ。サンチャゴ巡礼にゃ行き損なったが、このありがてえアンプラとやらを持って帰りゃあいつも満足だろうよ」

「うん。そうしてあげなよ、親方」とノア。

「サンチャゴの巡礼記念品をおさがしですか？　それなら、これなどいかがでしょう」

商人はすかさずホタテ貝の首かざりを取りだして親方にみせた。

「奥さまへの巡礼記念品でしたらこちらがぴったりですよ。貝の内側にサンチャゴ大聖堂も描かれていますし、鎖だって上等なものです」

「おお。ホタテ貝だな。サンチャゴ巡礼といったらこれだもんな」

「ほんとにステキね。そういえば、どうしてサンチャゴのシンボルがホタテ貝なの？」

「そんなことおれが知るかよ。ほら、せがれどもがこうして巡礼のお守りにくれたんだ」

オットー親方は、上着の下から自分のホタテ貝の首かざりを引っぱり出してドミニクにみせた。

「おじょうさん、ホタテ貝はサンチャゴへの巡礼路を示しているのですよ。ごらんなさい、貝の表面の線はみな、サンチャゴに向かって伸びているようにみえるでしょう。それにですね、巡礼者は、巡礼路ぞいの修道院でホタテ貝一杯分の小麦を施してもらえる決まりでもあるんです」

「まあ、おもしろい。たしかに世界各地からサンチャゴめざして道がつながっているみたいにみえるわ。親方、買っていっておあげなさいな」

「うん……」親方は迷った。「これはちとばかし高すぎねえか。うちのやつにゃもったいねえ」

「そんなことないわよ」

「いやいや。おやじ、もちっと、こう、地味なやつはねえか」

「でしたら――」商人は慣れた様子で別の小さな袋を取りだした。布の袋からホタテ貝の形をしたメダイが出てきた。「こちらなんかはどうですか。ごく小さいメダイですけれど、貝殻の表現なんかは見事でしょう。内側には聖ヤコボのお顔がついてます。よかったらお子さん方の分もいっしょにどうです。ネックレスひとつ分でメダイ五個では？　お買い得ですよ」

「いや、ひとつでいいだ」

縮絨工のオットーはきっぱりと言い、商人にメダイの代金を支払った。

買い物が済んだ三人は、そのあと会場中の露天商を冷やかして回った。

ビザンツの商人が台車を押しながら声をからして聖遺物をみせて回っている。なんと、台に乗っているのは聖ヤコボの頭蓋骨だ。他には飢えたイスラエルの民がモーセに率いられて荒れ野をさまよっているときに神が天から降らせた「マナ」や、イエスが昇天するときに残した足あとまでそろっている。

「足あとなんて、どうやって持ってきたの?」ドミニクがノアにささやく。「ほんとだと思う?」

「あやしいね。それにさ、もし本物ならあんなほこりっぽい人ごみの中で聖遺物をさらして歩くわけないよ。だって、聖ヤコボの頭蓋骨だよ」ノアも小声で答える。

他にも興味深い聖遺物には事欠かなかった。サラセン商人の店では、イエスが十字架に架けられたときに口もとに差し上げられたスポンジのかけら、カナの婚礼のときに葡萄酒に変えられた水が入っていた樽のかけら、五千人が一度に食事をしたときに集められた残りのパンのかけらが、それぞれ立派な聖遺物容器に入っていた。それらの小さな破片は、説明されなければただの黒っぽい石くれのようにしかみえなかった。

頭にターバンを巻き、オリエント風の丈の長いローブの上から幅広の絹の帯をしめた恰幅の良いサラセン商人は、言葉巧みにそれら聖遺物の説明をした。口を開くたびに手入れの行き届いた口髭がぷるぷると揺れた。商人はさすがに説明上手で、聞いているうちに、なぜイスラム教徒のアラブ人が、などという疑問は吹っ飛び、神さまへのありがたい気持ちがふつふつとわき上がってくる。ドミニクでさえそうなのだから、オットー親方の感激ぶりは尋常ではなかった。

「おい、あれを見ろ。ほら、あのロバだよ」オットーが興奮気味に指さした。少し先に、おとなしそうな茶色の若いロバが商人に曳かれてトコトコと歩いている。まわりに数人の人だかりができている。

「かわいいわね」とドミニク。「そうかな」とノア。

「お前ら、あれはただのロバじゃない。イエスさまがイェルサレムに入城したときに乗っていたロバだぞ」

「え？　まさか！」

「そのまさかだよ」

若者ふたりはもう一度ロバをよく見た。けなげな働き者らしいつぶらな瞳をしている。つまりどこからどこまでもふつうのロバだ。

親方がさらに言いつのる。

「あのな、ロバはイエスさまを運んだご褒美に、永遠の命を神さまからもらったんだ。だから今もこうして生きて歩き回れるってわけだ。おれはちょっくら尻尾でも触らしてもらうよ。お前らはどうする？」

ふたりは同時に首を横に振った。親方が嬉々として去るのを見ながらドミニクが小声で言った。

「そんなはずないわよね？」

「わからない」ノアはあきらめて答えた。「なんとも言えないよ。ほんとにそうかもしれない。ぼくは聖遺物のことはあんまり詳しくないんだ」

「神学校でロバのこと習わなかったの？」ドミニクが咎めるように言う。

「聖遺物のことはちょっとは勉強したよ。けど、ロバの話はなぁ」

「あーあ、コロリと騙されちまって」ふたりの後ろからわざとらしい大きな声がした。

振り返ると、さっきのロバと瓜二つの茶色の子ロバを曳いた商人が立っていた。商人は粗布でできた帽子を脱いで額の汗をぬぐった。

「暑いねえ。こう人が多くちゃ大変だ。ふたりとも、あの親方の知りあいかい？」

ノアがうなずくと、商人は遠ざかってゆくロバとそれを取り囲む一行を眼を細めて眺めた。

「あっちのロバは偽物だよ。イェルサレム入城のときにイエスさまをのせてったロバは、そのあと神さまからご褒美に自由を与えられたんだ。永遠の命じゃなく。で、ロバは人を乗せたり荷物を運んだりする仕事から解放されて、割れた海の底をのーんびり歩いて、はるばるイタリアのヴェローナまで渡ってきたんだ。幸運なロバはそこで一生を終えて、そのあと聖遺物として信心されるようになった。これがほんとうの話だよ」商人は自信たっぷりにドミニクに片目をつぶってみせた。

「じゃあ、そこのロバは？　なんでロバを曳いてるの？」ノアが訊ねる。

「ああ。これはその幸運なロバの子孫だよ。どうだい、ロバの聖遺物なんて興味ないかい——」

「とってもおもしろいお話だったわ。ありがとう」

そう言うと、ドミニクはノアを引っぱってその場をそそくさと離れた。

「もう、ロバの話はうんざり」

「あのふたりが対決したらおもしろいだろうなぁ」

「ばからしい。あ、こんなこと言ったらダメよね。どっちかは本物かもしれないもの」

「どっちも偽物っぽいな。親方が騙されてなにか買っちゃったりしてないか見にいった方がいいかも」

「そうね。探しに行きましょう。それにきっとどこかで大道芸をやってるわ」

縮絨工親方のオットーは、とっくの昔にロバから離れて大道芸に見入っていた。

ドミニクとノアが親方を見つけたときには、先端に丸い房をつけたフードをかぶったちびで太っちょの芸人が、ベルトに引っかけたふたつの太鼓を巧みに演奏して客寄せをしているところだった。その脇に大きな襟付きの上着を着てリュートを抱えたなかなかハンサムな吟遊詩人が静かに控えている。なめらかな琥珀色の肌と、目のまわりに引いた太いアイラインが印象的だ。ノアはその顔を見たとき、一瞬、故郷カンタベリの風の匂いをかいだような気がした。ひょっとしたら、カンタベリにいた頃によく出入りしていた旅芸人の一座の中にでもいたのかもしれない。

充分な数の観客があつまり、やがてリュートの演奏と歌が始まった。

ノアはわれを忘れて聴き入った。これまでたくさんのジョングルールやトゥルバドゥールに出会い、その演奏を聴き、自らも演奏してきたけれど、今この演奏ほど心を打ったものは、ただひとつを除いてない。そのひとつとは、もちろん、十歳の時にトロワの大市で初めて体験したものだ。

メルト。それがこの類い稀な才能をもつジョングルールの名前だと、その日ノアは知った。

からくり仕掛け

サン・ドニ修道院のお宝の御開帳は、ランディの大市の最終日までずれ込んだ。六月二十四日、聖ヨハネの祝日である。

ノア、ドミニク、オットーの三人はもはや通い慣れた感のあるサン・ドニへの道を歩いていた。クリストフ親方は、おとといからサン・ドニ修道院に泊まり込みだという。

陽ざしは強く、オットーはいつもの巡礼用マントを脱ぎ、ドミニクは藍の染料が抜けてつややかなオリーヴ色に戻った髪をまとめてつばの広い麦わら帽子をかぶり、足首まである目のさめるようなブルーのチュニックに美しい白のベルトをしめていた。ベルトはカンタベリのノアの姉から贈られたものだ。そのベルトにはドミニクお気に入りの大型のポシェットがぶら下がっている。そしてノアは、道化師のように派手な縦縞の服を嬉々として着こんでいた。今回も左右の色が違う。ドミニクは最初その「衣装」にひとこと言ってやろうとしたが思い直した。ノアはもうすぐカンタベリに戻って領主さまになるのだ。大きな気持ちで見守ってあげよう。

道すがら、いつにも増して上機嫌なノアが、聖ヨハネの祝日が夏至のあたりにあるのは偶然ではないのだと、またもや聞きかじりの知識を披露した。

夏至というのは一年でもっとも昼間が長い。逆にいえば、この日を境に昼が衰えはじめ、代わって夜が力を持ちはじめる。そして、洗礼者ヨハネはイエスが登場すると、「あの方は栄え、私は衰えねばならない」と言った。だから、この日にあわせて聖ヨハネは祝われる……云々。それから、聖ヨハネ祭の前日、女性たちは「聖ヨハネの薬草」といわれる薬草を摘んで枕の下に入れて眠る。薬草は愛の媚薬だから。

「きみにはこの話は関係ないだろうけどね」ノアが歯をむいて笑った。

「あら、聖ヨハネ祭の前に薬草を摘むのは魔女だって私はおじいちゃんから教わったわよ」

「ああそうだ。そんで、魔女はおかしな薬をつくって人間を狂わせるんだぞ」

「あはは。たしかにそういう説もあるよね。とにかく、この季節には不吉なことが起こりやすいんだ。なぜって、夏至の夜には魔女たちがはげ山に集まって宴会を開くからなんだ。どんな料理がでると思う？　そう、当たり！　それも、まだ洗礼を受けないうちに死んでしまった幼い子どもの肉が、魔女の大好物なんだよ。血のソースをかけてヒキガエルの肉を添えて――」

「やめてよ、ノア」

「神学校じゃそんなことを勉強してたのかい？」

「そればっかじゃないよ。けど、悪魔や魔女の性質についてはちゃんと知っとく必要があるんだ。将来、祓魔師《ふつまし》になって悪魔祓いをするときのためにね」

「なるほどね。司祭さまたちは悪魔と戦うんですものね。ねえ、それより、私たち今日ついにお宝が見られるのよ」

「ああ。ここまで長かったなあ。クリストフのやつ、聖遺物箱が間に合わねえんじゃないかって、えらく焦ってたからな」

「だからお披露目が最終日になっちゃったの？」

「それもあるんだけどよ。最後まで引っぱって期待を持たせるのもサン・ドニ修道院長さまの作戦のうちだとよ」

「なるほどね。サン・ドニ聖堂は今だって有名だけど、もっともっと有名になって巡礼者を集めるチャンスですもの。七宝細工の聖遺物箱はみんなをあっと言わせるに違いないわ」

「それに肝心な中身もね。ねえ、オットー親方はどんなお宝か聞いて知ってるんだよね。もう教えてくれたっていいじゃない」

「いんや、そればっかりは言えねえ」

「ノア、おやめなさいよ。クリストフ親方と誰にも言わないって約束してるのよ。どうせ、もうすぐ見られるんだから」


大市の会場は、いよいよサン・ドニのお宝がお披露目されるとあって、昨日までの三倍はいそうなすごい人出だった。それに混じって、商人たちも最後の売り込みに声を張りあげている。

三人とも大市の期間中にイヤと言うほど聖遺物のお土産品を見た。あれほど聖遺物にあこがれていたオットーでさえ、やや食傷気味だ。それに、説明を聞けば聞くほど、逆にじわじわと疑いの気持ちが湧いてきてしまうこともないとはいえなかった。

「昨日の話は私はちょっとダメだったわ」

ドミニクが言っているのは、アレクサンドリアの聖女の聖遺物を持っていた商人のことだ。アレクサンドリアからはるばるやって来たというその聖遺物ブローカーは、家の形をした聖遺物容器に入れられた聖女の骨を陳列していた。売り物ではないという。初めてランディの大市に来た彼は、聖遺物商人としてデビューを果たすためにここで顔を売っておこうという魂胆らしかった。ブローカーはその聖遺物容器をシュラインと呼んだ。ガラスでできた容器の側面からは細長い骨らしきものが確かにみえていた。

説明によると、このアレクサンドリアの聖女の名は聖アポローニア。拷問によってまず歯をぜんぶヤットコで引き抜かれ、そのあと燃えさかる火に投げ込まれるところだったが、その直前、自らその火に飛びこんだ。ところが聖女の身体はまったく焼けなかった。焦げることさえもなかったという。

「だからここにこうして聖なる遺骨があるわけなんで」と聖遺物商人は黄色い歯を見せて笑った。

「それで、おじさんはこの骨をどうやって手に入れたの？」

ノアがいちおう訊いてみた。ちゃんとした由来が聞けるとはあまり期待していなかったが。

「これはアレクサンドリアの由緒ある聖遺物商から譲り受けたもんです。確かなものですよ。私はもとはそこで下働きをしていたんですが、師匠が私を買ってくれましてね、商売を手取り足取り教わりました。どうやって聖遺物を保存したらいいか、とかもね。たとえばですよ、聖人がたまたま遠くの地方で亡くなったとしましょう。聖人といっても、その段階では厳密にいえばまだ聖人じゃありません。いってみりゃ聖人の予備軍てわけで。へへ。正式に聖人に認定されるまでには、短くても数年、長けりゃ数百年かかりますからね。その間、遺体をちゃんと保存しておかなけりゃならないでしょう。どうするかわかります？　まず全身をバラバラにして、内臓は埋葬してしまいます。そして、手足はしっかり茹でるんです。そのあと、肉をきれいにはずして骨だけを持ち帰って保存します。アレクサンドリアでは三世紀頃には殉教者がたくさん出ていますからね、うちの師匠のところでは、そんな時代からこうやって聖人の骨を保存しているんですよ。晴れて聖人になったら、できるかぎり豪華な聖遺物箱を作らせて、その中に収めて教会や修道院に売り込むというわけです――」

「茹でるってのを、ちょっと、その、想像しちまってな」オットー親方が思いだして顔をしかめた。「そうするしかないんだろうけどよ」

「私は、聖遺物商人にならなくてよかったと思ったわ」

「へえ。人体解剖なら平気なのにね」ノアが皮肉を言った。「ぼくがいちばんひっかかったのは、腐らないように処理して保存しておくってところだよ」

「どういうこと？」

「だってさ、聖人ていうのはそもそもご遺体が腐ったりはしないものなんだ。不朽体《ふきゅうたい》っていってね、腐敗しないどころか、何年たったあとでも、たったいま亡くなったばかりのような状態で、芳しい香りを放っているものだって。ご遺体から光が発していることもあるんだ。あとで教皇さまが聖人の認定をするときに、そのことが聖人であるあかしのひとつになるくらいなんだ。ぼくは神学の授業でそう教わったよ」

「じゃあ、あの骨はにせ物？」

「それはなんともいえない。そもそも、あれがほんとうに聖アポローニアのものだったとして、もし彼女も死後すぐに茹でられてたら、腐るも腐らないもわからない」

「あのアレクサンドリアの聖遺物商人は、聖アポローニアの魂はすでに神の火に焼かれていたから、身体は焼けなかったんだとか言ってたわね。意味がよく分からなかったけど。で、結局あの人は何を売りたかったの？」ドミニクが言う。

「歯が痛むときに効く水を売ってたんだよ」

「それは、例のカンタベリ・ウォーターみてえなもんか」

「かもね。きっと聖女の歯から作ったんだと思う。聖遺物はどんなものでも強いパワーを持ってるんだ。その力のことをラテン語でウィルトゥスっていうんだけどね。聖遺物そのものじゃなくても、それに触れたものもウィルトゥスを持つようになるんだ。聖遺物に触れた水はカンタベリ・ウォーターみたいにウィルトゥスを持つし、もし、一枚の布が聖遺物に触れたら、触れる前と後では重さが違うといわれているんだよ」

「ほう！　聖人さまの力ってのは、やっぱりありがてえもんだな」

「私はおじいちゃんから、歯が痛いときにはポロネギを腕に縛り付けると治るって教わったわよ」

「おう。たしかにそうだった。腹痛《はらいた》の時にはウサギの足を首にぶら下げとくといいんだぞ。知ってるか、ノア」

「知ってる。コウモリの血をまぶたに塗っておけば夜でもよくみえるとか、ね。でも、そういうのはみんな迷信なんだ。教会の教えではないんだよ」

いつも大道芸が行われていた広場に、仮説の木造櫓が設置されていた。ここが聖遺物お披露目の場所になるに違いない。付近の農民から着飾った領主の奥方まで、老若男女がぞくぞくとそのまわりに集まりはじめた。そして、ようやく、サン・ドニ修道院長が櫓の上に姿を現した。彼は期待にふくらむ群衆をゆっくりと見わたし、これから「聖なる受難のキリスト像」をごらんにいれる、と告げた。

「お集まりのみなさま方は、おそらくご受難のキリスト像というものを、これまでにも何度か目にされておられることでございましょう。しかしながら、これからお目にかけるご像は、そういったものとはまったく異なるものであります。私自身、このようなご像がこの世に存在するとはまったく想像することもできませんでした。目の前にして、ようやく、この不信仰な僕《しもべ》の目も開かれたという次第でございます。おそらくみなさま方も、本日、私と同じ信仰体験をなさるに違いありません」修道院長は好奇心に満ちた多数の眼が自分に注がれているのを満足げに見わたした。「さて、この木彫りのご受難像はかなり古い時代の作であります。一説にはクローヴィス王がお妃のクロティルドさまに感謝のしるしとして贈ったものといわれております。ということは、五世紀の終わりか六世紀の初めということになりましょう。その後、何度か持ち主が代わり、いまこうして私どもの前にお姿を現したわけです。さて、みなさま方はどのような奇跡を現すご像なのか、早く知りたいとうずうずなさっておられる。ですが、私はあえて今ここでは申しあげません。みなさま方ご自身に体験していただきたいからです。本日もまた、神は奇跡をお示しになり、われら迷える子羊を真の信仰へと導き賜うに違いありません」

修道院長が合図をすると、舞台上にクリストフ親方と助手が現れた。ふたりは大きな聖遺物箱を慎重に顕示台に乗せた。それが済むと助手はうやうやしく一礼して引き下がり、親方の方は院長に促されてその場に残った。

「ごらんください。この世にもみごとな聖遺物箱は、当代一流の七宝細工師、クリストフ親方の手によって完成されました。通常、聖遺物箱の製作者がこのようにみなさまの前に出ることはございません。ですが、私は感謝とともにみなさまに彼を紹介したい」

群衆の目が院長の隣の親方に注がれた。七宝細工を施した聖遺物箱が陽の光を反射して燦《きら》めき、その脇で親方が神妙に立っている。

聖遺物箱は縦横が一メートル五十センチほどの直方体で、上部は三角形に尖っている。箱の大きさからすると、聖なる受難のキリスト像は等身大に近いと思われた。

クリストフ親方が聖遺物箱の前にまわって跪き、前面扉に慎重に手をかけた。扉の中央にイエス・キリスト、その左側に聖母マリア、右側にマグダラのマリアが青を基調とした七宝細工で描かれている。

箱がゆっくりと開かれ、受難のキリスト像がはっきりとみえるようになった。それは、やや黒ずんだ木彫りのキリスト像だった。彩色はすでに落ちてしまったのか、木肌の色が見えている。

十字架に磔になったキリストの頭部は全体のバランスからすると少し大きめに作られ、広げられた両腕の掌には釘がしっかりと打ちつけられていた。そして、主イエスの顔は、まるでほんとうの人間を鋳型で写したかのようだった。すなわち、今まさに十字架上で息絶えようとする瞬間で止まっていた。救い主は苦痛に頬をゆがめ、眼を固く閉じ、唇を半分開けていた。苦悶の吐息さえ聞こえてきそうだった。これほど恐ろしいまでに写実的な表現は、この場にいる誰も目にしたことがなかった。

ノアはそっと周囲を見まわした。親方は口を半開きにして瞬きもせず像に釘付け、ほかの大半の人びとも同様だ。ドミニクも頬を紅潮させ無意識に両手を組み合わせて像を見あげている。ふと、ノアは群衆の中にノートルダム大聖堂の聖遺物係ジャン助祭の姿を見つけた。ジャンは青ざめた顔をして受難のキリスト像をくいいるように見つめている。この前会ったときよりも少し頬がこけたようだ。その近くに主席司祭のルカ神父の黒いスータンもみえる。ノアがドミニクをつつくと、ドミニクは大きくうなずいた。

「知ってる。それにほら、向こうの木の陰にさっきちらっとヴェロニクがみえた気がしたわ」

クリストフ親方は扉を開けた状態の聖遺物箱を顕示台の上にしっかり安置すると、背を低くし、後ずさりしたまま櫓を降りた。修道院長がもみ手をしながら口を開いた。

「いかがでございましょう。五〜六世紀の作としてはほかではみられない表現であることは、一目瞭然でございます。ただし、私がさきほど申しあげた奇跡とはこのことではございません。もうしばらく、そのままお待ちください。みなさま方のために、主が奇跡を起こされるまで――」

それを聞いた人びとが顕示台に一歩近づいたため、群衆の輪がぐっと小さくなった。照りつける太陽の下で人びとは咳《しわぶ》きひとつせず像を見あげ続けた。

そのとき、ついにそれは起きた。なんと、苦痛に歪んでいたキリストの唇がゆっくり動いたのだ。半開きだった口はいまや完全に閉じていた。と見る間にまた開き始めた。まるで何かを語ろうとしているかのように。最初に気づいた誰かが声をあげ、ざわめきが瞬く間に広がった。

「あれを見ろ！」

今度はキリストの閉じられたまぶたの端から涙がツーッと伝わって落ちた。

今や群衆は完全にパニック状態だった。あるものは跪き、あるものは地面にひれ伏してむせび泣き、若い女が泡を吹いて倒れ、それを見た別の女も白目をむいてバタッと倒れた。あるものは気が狂ったように像を指さして笑い続けていた。

やがてその場のほとんど全員が十字を切り跪いた。人びとの感激がひとつとなって最高潮に達したとおぼしきタイミングで、修道院長が両手を空に向かって大きく広げ、声をはりあげた。

「このご受難のキリストは、我々の祈りに応えて唇を動かし涙を流されます。神は私たち人間の苦悩を決して見捨てることはありません。ともに苦しみともに涙を流してくださいます」それからさりげなくつけくわえた。「この涙を受けてわがサン・ドニの修道士がお作りした涙の小瓶が用意してございます。ご希望の方におわけいたしますが、ごく少数しかございませんので」

「やわるね」ドミニクがささやいた。ノアは黙っている。オットー親方は頭を振った。

「えらく高いことだろうて。わしみてえな貧乏人にゃとうてい手が出ねえよ」

「欲しいの？」ドミニクが訊く。

「なんてこと訊くだ。決まってるだろうが」

「クリストフ親方に頼めばいいじゃない。きっと手に入れてくれるわよ」

「いんや。そういうわけにはいかねえさ。あのありがたい涙の小瓶ちゅうもんは、そういうふうに手に入れちゃいけねえもんだ」

櫓の下にしつらえられた縁台にはまたたくまに黒山の人だかりができた。さっきまで感激の涙を流していた人びとが、隣人を押しのけ、われ先に前に出ようとしている。

ドミニクは親方の背中にやさしく手を置いて、人の輪から離れようとした。

その時、聞き覚えのある甲高いかすれ声がどこかから聞こえた。最初は何を言っているのかわからなかった。しかし、その声はどんどん櫓に近づきながらこう叫び続けていた。

「偽物だ。騙されちゃいけない。それは偽物なのだ！」

ドミニクはびっくりして立ち止まった。

「いやだ！　あれジャン助祭よ。見て。なんかおかしいわ」

泳ぐように両手で人ごみをかき分けながら、青ざめた頬を震わせたジャン助祭が近づいてきた。感動に水を差された人びとは怒りの視線をジャンに向けるか、哀れな狂人を見るような薄笑いをうかべている。腕っ節の強そうな男がジャンの黒いスータンの襟首に今にもつかみかかろうとしていた。

ジャン助祭のそばにルカ神父がようやく追いつき、その腕を取った。ジャン助祭がそれを荒々しくふりほどく。ふたりは何かを言いあらそっていた。おそらく、やめなさいというルカ神父にジャンが激しく反抗しているのだ。

「これはおもしろくなってきました」

三人のすぐそばで声がした。ノアはパッと顔を輝かせた。

「メルト！　ずっと探してたんだ。どこにいたのさ」

「ずっとここで見物していましたよ」

ジョングルールのメルトはいつも通りの大きな襟付きの上着を着ているが、リュートは抱えていない。大道芸はもう終わったのだ。ノアはランディの大市の期間中に、旅芸人が宿泊している修道院の宿坊に足繁く出入りして、メルトとはすっかり意気投合していた。

「おもしろがってる場合じゃないわ。何とかしないと。そうでしょ親方」ドミニクはいてもたってもいられない。

「ああ。ちとばかしまずいことになりそうだ」

「ほら、ノア、あなたも……」

「――ぼく、見たんだ」

「え？」

「へんなものが見えた」ノアがくり返す。

「そうですね」メルトがうなずく。

「どうしちゃったのよ、ふたりとも。何を見たっていうの？」

「おうノア、はっきり言わねえか」

「それがさ――」ノアは口ごもり、メルトと視線を合わせてごくりとつばを飲み、声をひそめて言った。「さっき、受難のキリスト像が口を動かしただろ？　あのとき、見えたんだよ」

「だから、何が？」

「はっきりとは分からないけど、何かの仕掛けだよ」

「仕掛け⁉」親方とドミニクが同時に声を上げた。

「しーっ。声がでかいよ」

ドミニクがあわてて手で口をおさえ、恐る恐る回りを見た。皆、ジャンとルカの騒ぎの方に釘づけだ。

「私もノアと同じものを見ました。私は口が開いた瞬間に、そばでよく観察していたのです。以前、ヴェネツィアで同じような像を見たことがあったので、もしやと思って真下に移動していました。口の中に金属のワイヤと棒がはっきりとみえました。あの像はからくり仕掛けです」

「うそ――」ドミニクが呆然《ぼうぜん》とつぶやく。

「ふてえやろうだ。どこのどいつが作ったか知らねえが、よくもおれたちを騙しやがったな。あの水を買いてえなんて思ったのが情けねえよ」親方の顔は怒りでまっ赤だ。

「やっぱりジャン助祭の直感は当たってたのね。でも、どうする？　ひどい騒ぎになってるわ」

たしかに、ジャンは殺気立った群衆に幾重にも取り囲まれていた。ルカ神父はいつのまにかはじき出されてしまったようだ。

「こうなれば白黒はっきりつけるしかありませんね」メルトが硬い表情で言った。

「白黒？　どうするの」ノアが不安そうに言う。

「まずサン・ドニの修道院長をつかまえましょう。ノア、きみもいっしょに来てくれませんか。証言してもらわねば」

ドミニクと親方を残してふたりはいってしまった。ドミニクはさっき見かけたヴェロニクのことが急に気になった。ヴェロニクなら何か気づいたことがあるかもしれない。


サン・ドニ修道院長は騒ぎがしだいに大きくなりはじめたときに、いったん院長室に戻っていた。精神に異常をきたし、騒ぎをおこす修道士はここでもときどきいる。あからさまには語られないが、原因の多くは厳しい禁欲生活からくるものだ。そういうときは、ひたすら聖母マリアに救いを願わなければならない。クレルヴォー大修道院を設立し、二十年ほど前に聖人の列に加えられたあの偉大なる聖ベルナールのように。聖ベルナールのもとに神の母マリアは現れ、彼のかわいた唇に授乳されたのだ。自分の知っているある年若き修道士は、悩みの極限にあったとき、出現された聖母マリアの接吻を受けて恍惚の極みを体験し、立ち直った。私はそれを聞いたとき、どんなに羨ましかったことか。

騒ぎを起こしたジャンという助祭には、これまで二、三度会ったことがある。いつも主席司祭の顔色をうかがい、神経質そうに引きつった笑いを浮かべていた。おそらく彼も、「聖なる受難のキリスト像」の入手を逃したことで、極度の緊張を強いられていたに違いない。哀れなものだ。

サン・ドニ修道院長は、聖遺物が偽物であるというジャンの迷言など、少しも気にしていなかった。もちろん、あとでルカ主席司祭にはひとこと言っておかねばならないが、それで済むだろう――ともかく、今年の聖遺物の公開は大成功だった。

そう考えていたところに、メルトが若者をともなってやって来たので、院長は驚いた。

今年のランディの大市は、ジョングルールのメルトのおかげで例年にもまして大盛況だった。院長は先日、労をねぎらうために旅芸人の宿坊を訪ね、メルトと話してみてびっくりした。メルトは各国の事情に詳しく、言葉の端々に高い教養を感じさせた。おぬしはただの旅芸人ではあるまい、と問う院長にメルトは、実はジョングルールとして諸国を遍歴しながら、司祭《プレスター》ヨハネス《ジョン》の足跡をたどっています、と白状した。院長はその答えにいたく納得し、パリに立ち寄ったときにはあらゆる便宜を図ろうと約束したのだった。

そのメルトがこう言った。

「院長さま、さきほどの助祭の叫びを何とお聞きになりましたか」

「こわい顔をして何だというのだ。あのような状態になってしまう修道士を私はいやというほど見てきている。珍しいことではない」

「院長さま、あの助祭が申したのは真実です。受難のキリスト像は偽物です。唇を動かしたり涙を流したりするのは、からくり仕掛けによってでございます」

院長はすぐには返事をしなかった。

「メルト、おぬしと知り合ってまだ数日だが、いい加減なことをいう人間ではないのはわかっている。そう言うからには根拠があるのだろうな」

「はい。先ほど、像のすぐ近くで観察しておりましたところ、開いたキリスト像の口の中にワイヤらしきものを見ました。仕掛けは表からは見えないよう巧みに隠されていますが、真下からのぞき込むようにすれば上顎にあたる部分に仕掛けが隠されているのが見えます。こちらのノアも、たまたま同じものを間近で見ました。申しおくれましたが、ノアはノートルダム司教座聖堂付属学校の神学生でございます」

院長はノアに目をやった。めったにものに動じない院長も、さすがにノアの道化師もどきの衣装をうさんくさそうに上から下まで見た。

「ノアか。そなた、学僧というのはほんとうか。みたところ、メルトと同じ旅芸人のようだが。それとも、そなたも身をやつして司祭ヨハネスの国を探しているのか」

司祭ヨハネスの国？

「いえ。あの、ぼく、私は本日はこのような身なりをしてはいますが、学僧でございます」

「そうか。ならば聞くが、そなたが見たというからくり仕掛け、全能の神にかけて間違いはないか」

「はい。間違いありません。私は偶然にですが、あの受難のキリスト像の口の中で何かが動くのを見ました。たぶん、ちょうどそれが見える角度にいたのだと思います。最初は何だか分かりませんでしたが、メルトと話して確信しました。恐ろしいことですが、キリスト像の中にからくり仕掛けが隠されているのだと思います」

院長は吐息とともに言った。「――それを見抜けなかったとはな。では、聖遺物商人を連れてこなければならぬな」

「まだここにいればいいのですが……」

メルトが言った。院長は力なく笑った。

「であろうな。で？　おぬしの考えをきかせてくれ」

「へたに事態をおさめようとするより、真実を白日の下にさらした方がすっきりします。サン・ドニ修道院も――失礼な言い方ですが――聖遺物ブローカーに騙されたのです。院長さま、みなの目の前であの像を解体するのです。それが最もよい方法だと思います」

「解体！　それも公開で？　ずいぶんと大胆なやり方を――だが、たしかにもっとも明瞭ではあるな」

サン・ドニ修道院長が櫓の上に立つと、いきり立っていた人びとはしだいに静まり、最後は水をうったようになった。それから、修道院長が「受難のキリスト像」には疑わしき点があるため、これから像を解体すると告げた。人びとは驚いて顔を見あわせた。

櫓に登った修道士が、三人がかりでノミやハンマーでキリスト像を解体していった。ハンマーが振りおろされるたびに女たちの悲鳴があがった。涙をながす者や、顔をそむける者、もうやめろと怒鳴り続ける者、両手を組み合わせて聖母マリアへの祈りを唱え続ける者もあったが、大半は瞬きもせずに解体作業を見守っていた。

やがて、「受難のキリスト像」の頭部が胴体から切り離された。解体に当たっていた修道士たちが、アッと息を呑むのが離れた場所からもわかった。修道士は群衆によく見えるように胴体を抱えて傾けた。空洞のはずの胴体には、機械仕掛けらしきものが収められていることがはっきり見えた。修道士は苦心惨憺のすえ胴体部分を解体し、そこに隠されていたからくり仕掛けの全体を取りだした。頭部からもワイヤ類が引っぱりだされ、最後に水が入った小瓶が転げおちて割れた。

聖遺物窃盗団

「終わりよければすべてよし」

オットーは、ランディの大市最終日の「事件」にこれほどぴったりあてはまる言葉はそうあるもんじゃねえ、とひとり納得していた。

たしかに初めはどうなることかとヒヤヒヤした。あの「聖なるキリスト像」が動いたときには腰が抜けるほどぶったまげ、奇跡が起きた！　と早合点もした。それから、ジャン助祭が「偽物だ」と騒ぎだした。あの意気地なしめ、とうとう気が触れちまったな、とオットーは思ったのだった。

しかしそのあと、サン・ドニ修道院長に直談判して、「聖なる受難のキリスト像」の解体を認めさせたメルトの作戦は大成功だった。

ついさっきまで見物人を感動させていた「キリスト像」があれよあれよという間にバラバラにされ、太陽のもとでそのからくりが暴かれた。つまりは、前代未聞のオチがついたのだ。オットーに言わせれば、これが今年のランディの大市でいちばんの「演《だ》し物」だった。

狂人扱いされていたジャン助祭は、たちまちヒーローに昇格した。どこかに姿をくらまして知らんぷりを極めこんでいたルカ神父が、ちゃっかりとジャンの隣に戻ってきたところを見たオットーは、どうしてしたたかなものだと笑いをもらした。

からくり仕掛けを見抜いたノアも、ちょっとした人気者になった。見物人に取り囲まれて質問ぜめになり、それを適当にかわして逃げようとするうちに、ノアが旅芸人ではなくて——あいつなぜか時々わけのわからん格好をする、とオットーはドミニクに言った——パリの聖堂付属学校の学生だというのがバレて、放してもらえなくなった。

ただ、サン・ドニ修道院ばかりはさぞかし痛手を被ったことだろうと、オットーはひそかに気を揉んだ。ところが、修道院長が潔く失敗を認めてしまうと、形成は逆転した。メルトは、最後の院長の「お言葉」などは、計算されつくした演出だとあとで言ったが、結局、悪いのは偽物を売り込んだ聖遺物ブローカーひとりということになり、サン・ドニ修道院の潔さがほめ讃えられ、民衆の同情を一心に集めてしまった。まったく、世の中ってのは不思議なもんだな、とオットーは思った。

それから、もうひとつ、思いがけないおまけがついた。

ノートルダム大聖堂主席司祭のルカ神父が、ノアのおかげで司教座聖堂付属学校の人気があがったと言いだしたのだ。パリ司教のモーリス・ド・シュリーもそれに同意して、ノアに礼をしようということになった。ノアはただメルトにひょこひょこくっついて行っただけなのに、司祭さまの考えることとってのはよくわからねえな、とオットーはクリストフに感想を述べた。

ルカ主席司祭は、教会法の先生だけでなく、ノアを教えた司教座聖堂付属学校の教師全員をひとりずつ呼び出し、ノアの成績を見直してもらう段取りをとりつけた。ありていに言えば、ノアに及第点をつけろと脅したわけだ。そうしておいて、カテドラルの聖堂参事会会長の名で、カンタベリに手紙を送った。ノアの活躍を褒め、ぜひ司教座聖堂付属学校で勉学を続けさせてほしいという内容だったらしい。そこまで言われてノアの父親に文句のあるはずはなかった。

「なんだか私、釈然としないのよね。今回のこととノアの成績は関係ないのに」ノアのパリ残留が決まった日に、ドミニクはオットーに相談に来た。「ほんとに私、まだあの下宿《ホスピキウム》にいていいのかしら？」

「ああ、ドミニクの気持ちはおれにもようくわかる。けど、いてやりな。あいつはお調子もんだからな。お目付役だと思って住んでればいいさ。ノアは何て言ってるだ」

「喜んでるわよ。ルカ神父もジャン助祭もいい人だって。ねえ親方、お目付役なんて、私そんなに口うるさくしてた、ノアに？」

「まあな。でもそれでちょうどいい」

ドミニクは肩をすくめた。「わかったわ。ルカ神父は、ノアのおかげで真実が明らかにされたとか言ってるけど、本音はサン・ドニ修道院の鼻っ柱をへし折ってやったってほくそ笑んでるんだと思わない？」

「なかなかうまいことを言うじゃねえか。ああ。おれも同じ考えだね」

「ところで、クリストフ親方の様子はどう？　せっかく仕上げた聖遺物箱がむだになってしまったんですもの。さぞかしがっかりしてるでしょうね」

「いいや、ところがそうでもねえんだな。中身は偽物だったが、クリストフの聖遺物箱は本物だ。それに、サン・ドニの修道院長さんがああやって紹介したもんだから、またお客が増えたんだよ。ものごとってのはうまくできてるな」

「それならよかったわ。うまくできてるっていえば、ジャン助祭もそうよ。あのあと、ルカ神父がジャン助祭に謝ったらしいわ。それだけじゃないのよ。ジャンは来年の復活祭には司祭に叙階されるんですって！」

「そりゃ、どこもかしこも目出てえことだ。やっぱり終わりよければすべてよし、だな」

＊

七月、国王フィリップ二世がアッコンを奪回したとの報がもたらされ、パリは喜びに沸いた。ジョングルールのメルトも、その報せをパリで聞いた。ランディの大市以来、ノアにすっかり兄貴分としてなつかれてしまい、カンタベリの家族からのたっての頼みもあって、しばらくパリにとどまり、下宿《ホスピキウム》に客として滞在することになったのだ。

フランス王が第三回の十字軍遠征に出発したのは一年前の七月。当時、聖地はアイユーブ朝のサラディンによってほとんど奪われており、教皇グレゴリウス八世の聖地奪還の呼びかけに、フランス王をはじめ、イングランド王と神聖ローマ帝国皇帝が応じたのだ。

ところが、先に出発していた神聖ローマ皇帝のフリードリヒ一世はキリキア川で落馬して溺死。あとを継いだフィリップ二世と、イングランドのリチャード一世がフランス中部ウェズレイから聖地に向かった。

この若き国王フィリップ二世を、パリ市民は非常に慕っていた。王は、十一年前、カペー朝の伝統にしたがい、病に倒れた先王に代わって王位に就いた。ときに十五歳。明晰な頭脳をもった小柄な王は、居ならぶ名家をおさえて政治に口出しをさせなかった。そして、十字軍遠征に出発する前にパリにとって重要ないくつかの政策を実行に移した。

そのひとつが、「フィリップ王の壁」といわれる城壁の建設だ。信じられないことに、これまでパリは外敵に対して丸腰だった。大昔、シテ島に石垣が積まれたことはあったが、十二万のパリ住民を守る「城壁」と呼べるようなものはこれまで存在しなかったのだ。

城壁の構築はまず右岸から始められ、工事は今も続いている。城壁は高さ十メートル、幅三メートルで、約七十メートルおきに円筒形の塔が建つ。できあがったら右岸だけで全長二千五百メートルになる計画だという。

その一方で、聡明な王はパリの商業振興策も着々と推し進めた。まず、右岸のシャンポーの市場を常設市場として拡大し、市場の近くにあったイノサン墓地を塀で囲ませた。また、町中にただよう悪臭を断つために、広場と主要道路を頑丈な硬い岩の石畳で覆うよう命令を出した。

国王の留守中も、国庫の管理はテンプル騎士団に任された。王はテンプル騎士団の財務長官《トレゾリエ》エーマール修道士をことのほか信頼し、王室金庫のふたつの鍵のうちのひとつをエーマール修道士に預けた。十字軍出発に際し、王はルーヴル勅令とよばれる遺言を残した。そこには、国王のすべての収入は年三期に分けてパリのタンプルに寄託されるべし、と述べられている。タンプルはテンプル騎士団の商業・金融部門の表玄関で、その長官であるエーマールの肩書きは「テンプル騎士団財務長官兼王室財務長官」なのである。

このような万全の準備を整えて王は旅立った。欠けているものがあったとすれば、王妃の見送りがなかったことだろうか。出発に先立つこと四カ月前、王妃イザベル・ド・エノーは十九歳の若さで静かに世を去っていた。

フィリップ二世は四月にアッコンに到着し、当地のテンプル騎士団のメゾンに投宿。キプロス征服のため遅れて到着したイングランド王と六月に合流し、七月十二日にアッコンを陥落させた。しかし、出発直後から仲違いして別行動を取っていた両王は、アッコン陥落後はますます不仲となっていった。

フィリップ二世がアッコンを発ってパリに向かったのは八月二日のことだ。表向きの帰国理由は体調不良だが、その裏に政治問題があるのは明らかだった。

メルトがノートルダム大聖堂主席司祭《カテドラル》のルカにひそかに呼び出されたのは、国王が帰還の途についたとの報せが伝わってほどない頃だった。

最初、メルトはルカ神父の用件にまったく心当たりがなかった。ランディの大市の一件があったから、互いに顔くらいは知っていた。しかし、自宅に招かれるほどの仲ではないし、それも裏口から誰にも見つからないように入ってきて欲しいと言われては、不審に思わないほうがおかしい。しかし、ルカ神父から何度も請われて、結局は、指定通りの目立たない黒服で、ある夜、シテ島にあるルカ神父の住居を訪ねたのだ。

「ああ、よくおいでくださった！　こんなふうにお呼びだてしてほんとうに申し訳ない」ルカ神父はメルトの顔を見るとほっとした表情をみせた。「さあ、中にお入りください。飲みものはいかがです」

聖堂参事会会長ルカ神父の住まいは、ちょっとした城のように立派だった。床に敷かれたペルシアの絨毯や、きらめくガラスの燭台や、簡素だが造作の良い家具調度を見るまでもなく、全体がそうとうに金のかかったものであるのは明らかだ。

聖堂参事会員は聖職者ではあるが、戒律を守りながら集団生活する修道士とは異なり、独立した住居に住み、個人の財産を持つこともゆるされている。多くは大土地所有者だという。おそらくルカ神父もそうした大土地所有者のひとりで、聖職禄の他にも多くの収入源があることが想像された。もちろん司教座聖堂参事会員として、彼も「共住生活規則」である聖アウグスティヌス会則にのっとって生活しているはずだ。

ルカ神父はメルトの視線に気づいて困ったような笑いをみせた。

「これらは私の父祖の代から伝わるものです。私の祖先のひとりは教皇使節も務めたことがありまして――。ここには高価な品も多くありますが、私はただの財産の継承者にすぎません。どうか私のことを誤解なさいませんよう」

「いいえ、無用なご心配はならないでください。それで――?」メルトは先を促した。

「はい。あなたさまは、最近、奇妙な聖遺物窃盗団が暗躍しているという噂をご存知でしょうか。実はこの三か月のあいだに、訓練された窃盗団によると思われる聖遺物盗難があいついでいるのです。いずれも奇妙な特徴がありまして、同じ窃盗団のしわざとみて間違いないと思います。最初はフランス南部のサン・ピエール修道院で起きました。ここは小さな修道院で、所蔵していた聖遺物も聖人の遺骨の一部などで、特別に有名なものがあったわけではありません。次はそのひと月後に北フランスのヴォーセル修道院です。ここでもやはり同じやり口で盗難が起きていますす。次はまたそのひと月後、北部の――名前は伏せますが――さる大聖堂の宝物庫です。この他にも外部には漏れていない事件が複数あると私は考えております。

盗まれたものですか? サン・ピエール修道院では殉教した聖人の右腕と聖灰が盗まれました。ヴォーセルでは古代の貴重な写本の多くと殉教者の血に染まった衣服です。そして、大聖堂では殉教者の聖血と聖なる乳が狙われました。ええ、聖母マリアの母乳を所有している教会や修道院は実はいくつもあるのです。この大聖堂ではブロンズと水晶で作られた聖遺物容器に入った聖血が盗まれたようです。ようです、と申しあげるのは、当の大聖堂では聖遺物が盗まれてしまったなどとは決して公表しないからです。しかし、仲間うちでの情報は早いですからね。お互いに知っていながら素知らぬ振りをしているのです。

　理由はおわかりでしょうね？　聖遺物が盗まれたということは、その教会なり修道院なりが、聖遺物を所有するに相応しくないと、その聖人ご自身がお考えになったことを意味します。そんなことが知れ渡れば評判はがた落ちですし、巡礼者も激減します。ですので、どこでも、できれば秘密裏に聖遺物を取り返して、何ごともなかったかのようにことを収めたいのです。

　私が怖れるのは、やつらがいずれここパリを狙うのではないかということです。と言いますのも、実は、このノートルダム大聖堂には、近く、第一級の聖遺物が到着することになっているからなのです。このたびのアッコン奪回の報はご存知でしょうね。テンプル騎士団はそれを祝してフランス国王に聖遺物を寄進することにしたのです。そしてこの聖遺物は、フィリップ二世王のご帰還にあわせ、降誕祭にノートルダム大聖堂で公開することになっています。私は聖堂参事会の会長として、何としてでもこの聖遺物を守らねばならない責任があるのです。

　あなたにこうしてお越しいただいたのは、ほかでもありません。この窃盗団の調査をお願いしたいのです。私の知るところでは、あなたは世界各地を回り多くの経験も積んでいらっしゃる。司祭ヨハネスの国を探しておられると聞きましたが、ほんとうですか。――ああ、やはり。そういうあなたさまだからこそお願いするのです。どうか、お力をお貸しください」

「それで私たちを巻きこんだの？　相談もなしに？」

メルトの話をここまで聞いて、ドミニクが非難をこめて言った。

「巻きこんだってのはちょっと言いすぎ……かもしれないけどね」ノアがメルトの顔色をちらっとうかがう。

「いんや。おれたちは巻きこまれただ」オットーが断固として言った。

「事前に相談しなかったのは間違っていたかもしれません」メルトが認めた。「でも私は、みなさんにもぜひいっしょにやって欲しいのです」

四人は今、左岸にある下宿《ホスピキウム》にいる。他の学生に聞かれないようにノアの部屋に集まってひそひそ話をしているつもりだったが、だんだん声が大きくなってしまった。

「ともかく、話のつづきをきこうよ。そのあとで言いたいことがあれば言えばいいじゃないか」ノアが提案した。

「それでもいいがよ、おれはできねえと思ったらはっきり言うからな」

「親方がそう言うならいいわ」ドミニクもしぶしぶ同意した。

「じゃあ、最初の質問。窃盗団の奇妙な特徴ってなに？　それから、テンプル騎士団は王さまに何を贈ったの？」とノアが言った。

「まず事件の特徴からいきましょう。この窃盗団は巡礼団をよそおって修道院や教会にやってきます。十人くらいの集団だそうです。どの修道院にも巡礼者のための宿坊がありますから、彼らはそこに宿泊します。そして、その修道院が所蔵している聖遺物を拝ませて欲しいと頼みます。これは、巡礼者は誰でもしていることですから、別段怪しまれることはありません。聖遺物は宝物庫にまとめて保管されていたり、聖堂の地下墓所《クリプタ》にあったり、祭壇の後ろに飾られていたり、といろいろです。たいていは、聖遺物の管理を担当している修道士が巡礼団をそこに案内します。ところが、どの事件でも、案内係が覚えているのはここまでなのです。それ以後のことをまるで覚えていません」

「それはたしかに奇妙ね――」ドミニクがつぶやく。

「係は翌日になってはじめて聖遺物がなくなっていることに気づいて驚きますが、巡礼団はもう消え失せたあとです。私は現場に行って実際にその聖遺物係と話してみたいと思っています。事件を覚えていないとは言っていますが、直接話せば何かわかるかもしれません。これには、ノアにいっしょに来て欲しいと考えているのです」

「行くよ！　ぼく、けっこう退屈してたんだ。おもしろそうだね」ノアは目を輝かせた。

「それから、オットー親方には、今回に似た事件が過去にあったかどうかを調べて欲しいのです。商売柄、クリストフ親方は聖遺物には詳しいはずですので」

「おれは退屈なんてしてねえがよ、聖遺物を盗もうなんてヤツらを野放しにはできねえ。そういうことなら、よし、引き受けた」

「それからドミニク、きみは医学を学んでいますね。人の記憶を消してしまうような薬があるかどうか調べてはもらえませんか。できれば高名なマギステルの助けも借りたいですね。もちろん、事件のことは伏せて」

「――いいわ。それならやってみる。もしそんな薬があるなら私も興味があるし」

「ほうら、やっぱりみんなやる気になっただろ」ノアが嬉しそうに言った。「じゃ、次。テンプル騎士団は王さまに何を贈ったの？」

「それがわからないのです。いや、ルカ神父自身もまだ聞いていないそうです。確かなのは、テンプル騎士団が聖地イェルサレムで発見した第一級の聖遺物ということです」

「聖地かぁ。あのさ、実はぼくのおじさんもテンプル騎士団員で聖地にいるんだ。小さい頃に会ったっきりなんだけど」ノアは遠い目をしてちょっと胸を張った。メルトはノアを見て微笑んだ。

「さっきから第一級とか言ってるがよ、聖遺物に階級なんてあるんかい？」親方が口をはさむ。

「あるのです。第一級の聖遺物といえるのは、イエスさまや聖母マリアさまや聖人のお身体です。もちろん、イエスさまは復活したあとで昇天されたので、ほかの聖人のようにご遺体は残りませんでした。けれども、たとえばイエスさまの臍《へそ》の緒とか、ユダヤ教の伝統にしたがって割礼を受けられたときに切り取った包皮とか、抜けた乳歯とかは存在します。あと、マリアさまの母乳や涙や髪、イエスさまがゴルゴタの丘まで十字架を背負って歩かれたときに顔をぬぐった布——これにはイエスさまの汗が染み込んでいます、十字架上で流された血……。そのほかに、イエスさまに直接触れたものも第一級の聖遺物です。たとえば、ベツレヘムでお生まれになったときの飼い葉桶やイエスさまのゆりかご、最後の晩餐に使われたテーブルや聖杯、ご受難のときの茨の冠、磔になった十字架、口もとに差しだされたスポンジ、手足を打ちつけた釘、脇腹を刺した槍、などです。そのほかの聖人の場合は、骨や肉や内蔵や皮膚、それから髪や血液や遺灰などが第一級の聖遺物になります」

「ほう！　それを知ってりゃあランディの大市ももっと楽しめたのにな」

「てことは、第二級とか第三級もあるの？」ドミニクも興味深そうに訊ねる。

「ええそうです。これはまた時間のあるときにでもお話ししましょう」

「ひとつだけ教えて。私たち、ランディの大市でお土産を買ったの。カンタベリ・ウォーターはどれになるの？」

「うーん。あれは第四級ですね。トマス・ベケット・カンタベリ大司教が殉教したときに身につけていた衣服、ことに血の染み込んだ衣服は第二級の聖遺物です。そして、この第二級の聖遺物に接触したものが第四級の聖遺物という考え方をするからです」

「それじゃ、おれがうちのやつに土産を買ったところで売ってたアンプラってやつはどうだい。洗礼者ヨハネの棺を流れて集めた水とか言ってたな」

「聖人の遺体に触れたものという意味で、第三級の聖遺物でしょう」

「ねえ、そんなことよりぼくはテンプル騎士団は何を発見したかの方が気になるよ」

「たぶんもうすぐわかると思いますよ。聖遺物を公開する予定の降誕祭の頃にサンチャゴ帰りの大巡礼団がノートルダム大聖堂に到着するらしいです。ルカ神父はいやな予感がするとおっしゃっていました。どうも、巡礼団と聞くだけで心配になるようですね。だいぶ神経質になっておられました。サン・ドニの事件もありましたし、無理もないですが」

「あ！　ずっと訊こうと思ってたんだ。サン・ドニ修道院で院長さまに会いに行ったとき、司祭ヨハネスの話が出たよね。あれ、ほんとうなの？」

「ああ、あれですか。そうです。私はジョングルールとして旅芸人をしながら、実は司祭ヨハネスの国を探しているのです」メルトが白状した。

「おお！　その話ならおれも聞いたことくれえはあるぞ。どっか遠くの国の王さまだろ」

「たしか、インドにあるキリスト教の国の王さまなのよね」ドミニクも言う。

「インドだという説もあるし、地中海の向こうのアフリカのどこかにあるともいわれます。先の国王フィリップ七世は司祭ヨハネスからの書簡を受け取っておられます。そこには、サラセン人との戦いで苦戦していることが書かれていたようです。その国がどこにあるのか、司祭ヨハネスは健在なのか、わからないことだらけなのです。私はこの話を聞いたときからなぜだか無性に興味をひかれてしまって」

「すごい、すごいやメルト。じゃあ、ジョングルールは旅をするための手段なんだね。それなのにあのリュート！　メルトは何をやっても一流だね」

「ノアったら、メルトのことになると手がつけられないわ」

ドミニクがあきれた。

調査

ノアとメルトは、その翌日にさっそくヴォーセル修道院にむけて出発した。

フランスの北端にあるヴォーセル修道院までパリからおよそ二百五十キロ。日の出から日没まで走り通したとして、往復で十日はかかる。修道院での滞在を含めれば、最低でも二週間はみる必要があった。

ヴォーセル修道院に到着してルカ神父の紹介状をみせると、修院長はほっとしたような顔を見せた。事件以来、聖遺物係がすっかり気落ちして引きこもってしまい、手のつけようがないという。たしかに、修道院長が当人を呼び出しても、うつむいたまままろくに受け答えもできないほどだった。メルトはトマと呼ばれる修道士の緊張を解こうと、ノアと三人で外に出た。回廊や中庭を歩きながら口の重いトマ修道士からようやく聞き出した内容は次のようなものだった。

その日、十名の巡礼団が到着し訪問者のための宿舎に入った。巡礼団長のほかは誰も口を開かず、帽子を目深にかぶっていたので人相もよくわからなかった。しかしそれは珍しいことではない。巡礼のあいだ、祈りに集中するため沈黙で過ごす人は多いのだ。

日没後、質素な夕食が提供され、そのあと、巡礼団長が写本と聖遺物を拝見したいと言いだした。ヴォーセル修道院では、修道士たちが作成した貴重な写本が多数ある。そこでまず、聖遺物係は巡礼団を写本室に案内した。それが終わると、地下聖堂に安置してある聖人の衣をみせるために階段を下りた。

トマ修道士が覚えているのはここまでだった。それから朝課のためにベッドを出るまでの記憶がとぎれている。朝の労働時間にいつものように写本室の掃除に行き、そこで貴重な写本がごっそり消えているのを発見した。あわてて地下聖堂を見ると、ここでも聖遺物箱がなくなっていた。

うちひしがれたトマ修道士に、メルトはこう質問をした。

「実は、あなたが箱のようなものを抱えて写本室付近を歩いていたのを、別の修道士が見たと証言しているのです。そのことについて覚えていますか」

トマ修道士はこらえきれずワッと泣きだした。

「いいえ！　私はそんなことはしておりません。決して写本を盗んだりはしません！」

トマ修道士を見たと証言した修道士には、あらかじめ確認をとってあった。メルトは質問を続けた。

「ですが、あなたにはその夜の記憶がないのですよね。たしかに箱を運んでいなかったといえますか」

「私は、私は、やっておりません……」トマ修道士は力なくくり返し、両手で顔をおおった。すすり泣きがもれた。「私が箱を抱えていたのを見た仲間がいると、院長さまからも言われました。でも、私はそんなことをした覚えはありません！　どうして私が大事な写本を盗んだりするでしょうか……」

「メルト――」ノアがたまりかねて言った。「この人はやってないよ。ぼくはそう思う」

メルトはわかっているよと眼で合図した。

「トマ修道士、ありがとうございました。あなたがほんとうにその夜のことを覚えておられないか、確認したかったのです。院長さまも、あなたが盗んだなどとは思っておられませんよ。そのほかに、なにかいつもと違ったことはありませんでしたか。どんなことでもいいですから、気づいたことがあったら教えてください」

トマ修道士は涙にぬれた顔を上げた。そして、いいえ、と答えようとしてひとつ思い当たった。

「起きたとき、私の部屋がいつもと違っていました」

「というと？」

「お恥ずかしいことですが、私は就寝前にすべてのものを決まった位置に直さないといられない質《たち》なのです。ですが、あの日は起きてみたら物の位置が少しずれていました」

「なるほど。何か部屋からなくなったものはありますか」

「いいえ」修道士は首を振った。

トマ修道士を帰したあと、メルトとノアは再び目撃者の修道士を呼んでもらった。

年配の正直そうな修道士の証言は前と同じだった。

「トマ修道士はひとりでしたか？」

「はい。そう見えました。暗かったのでよくはわかりませんが」

「あなたはなぜそんな時間にその場所にいたのですか」

「用を足しにでました。この歳になりますと何度も目覚めます」

「箱を抱えていたのはたしかにトマ修道士で間違いありませんね」

「そりゃ、間違いはありません。長い付き合いですからね」

「いつもと違った様子はありましたか」

「――そういわれれば、歩き方が少し変だったですね。どういえばいいか、そう、まるであやつり人形のようでした」

　メルトとノアがパリに戻ると、さっそく四人はノアの部屋に集合した。いつのまにか八月が終わり九月に入っていた。

　ヴォーセル修道院のトマ修道士が「あやつり人形」みたいだったと聞いたとたん、オットーが膝を打った。

「そりゃ、まるであんときのおれだ！」

「そうなんだよ。ぼくもすぐにピンときたんだ。ドミニクもわかるだろ」

「うん。それ、私が調べたこととも合ってるわ。あのね、トマ修道士はやっぱり箱を運んだのだと思う。ただし、本人の意志に反してね」

「ドミニク、そのことを詳しく聞かせておくれ」メルトがうながした。

「初めに言っておくけど、まだぜんぜんわかったわけじゃないのよ。けど、その窃盗団が何か強い薬物を使っていた可能性は高いと思う。ジュリアーノ先生に、人の記憶を消すような薬草があるかどうか聞いてみたの。いつもヘンなことばっかり質問する学生だと思われちゃったけどね。まあ、それはいいわ。先生の答えは前と同じだったわ。シャーマンとか巫女とかが使う強い薬には、使い方によっては人の記憶に作用したり人を操ることができるものもあるようなの。ただ、それがどんな薬なのかは、残念ながらまだよくわからないのよね」

「なーんだ」ノアががっかりした声をだした。

「見つけるわ。いま、古い写本を調べてるの」

「おれの方はな——」親方が言った。「クリストフのやつにそれとなく聞いてみたけどよ、聖遺物を盗んだり盗み返したりは日常茶飯事だってことがわかっただけだ。やり方もありきたりなものよ。こっそり忍び込んで盗ってくる。それだけだ。どっちかっていうと、手のこんだやり方なんかしねえで、もっと乱暴だな。イングランドのヒューって司教さんは、フランスのどっかの修道院に行ったとき、見張りが眼をはなしたすきにマグダラのマリアさまの腕をかみ切っちまったんだと。どうかしてるね。殉教者聖オズワルドの腕もナイフで切って持って帰ったとさ。しかも、それを自分とこの教会に堂々と飾ってるらしい。けどよ、そういうやり方でも、結局はその聖人さんが司教さんに盗んでもらいたがってたってことになるんだと。汝盗むなかれ、って教えはどこへいっちまったんだ。おれはわけがわからなくなったねえ」

みんながちょっと笑った。それからメルトが言った。

「ここまでのところをまとめてみましょう。ノアも私もヴォーセル修道院のトマ修道士はシロだと思いました。修道院でも、トマ修道士の性格からして犯罪に加担したとは考えていません。その一方で、トマ修道士が箱——おそらく写本が入っていたでしょう——を抱えて歩いていたという証言にも真実味があります。では何が起きたのでしょう。やはり、ドミニクが言ったようにトマ修道士に何らかの薬が使われた可能性が浮上します。被害にあったほかの教会や修道院も調べたいところですが、遠方でもあるし、大聖堂はおそらく我々の調査を拒否するので無理でしょう」

「ねえ、親方——」ドミニクがふと思いついて訊いた。「親方はあのオテル・デューの地下で、何か飲まされた？」

「いんや。なにも飲んでねえよ」

「ほんとに？　よく思いだして」

「たしかだ。何も飲み食いはしてねえ。ただあそこにすわって、赤んぼうを抱かされて、それが終わったらとっとと帰されただけだ」

「そうか――。トマ修道士のほうはどうだったのかしら？」

「そういうことは言ってなかった。けど、修道院では食堂以外では飲食しないし、まして写本室や地下聖堂みたいな神聖な場所で何かを口にするなんて考えられないよ。どう思うメルト？」

「私もそう思いますが、いちおう手紙をやって確認しておきましょう」

「ちょっとまてよ。思いだした」親方が声をあげた。「何も飲まされたりはしてねえが、最初の日、帰り際にいやに煙たい部屋に入れられただ。あれはちとばかしおかしくねえか」

「その煙はどんな匂いだった？」

「それが、あんときのことはよく覚えてねえんだよ」

ノアがハッとした。

「親方、ほら、聖木曜日の洗足式で、親方が女の人を追いかけてったことがあったよね。あのとき、親方はこう言ったんだよ。あの人は親方のことをぜんぜん覚えてなかったって」

ヴォーセル修道院の院長から届いた返事によれば、トマ修道士は巡礼団と一緒にいた間、やはりなにも飲み食いしていなかった。ただし、記憶が消えた間のことはわからないわけで、絶対に確実とはいえない。

ドミニクはジュリアーノ先生から借りだしてきた写本を漁りつづけている。

メルトとノアと親方は、洗足式の日の女を探してパリ中を歩き回ったが、少し前に子どもを亡くした女ということ以外、名前も住んでいるところもわからない人間を捜すのは容易ではなく、捜索は行き詰まっていた。

ただひとつわかったのは、あの白い扉がもう使われていないことだった。孤児救済白十字会は消えたのだ。オテル・デューで尋ねてみると、かつては地下室を使っていたが、湿気がひどいため使用をやめているとのことで、地下室が聞いたこともない団体に使用されていたと聞かされて驚いていた。

そんななか、しばらくなりをひそめていた窃盗団が新たな事件を起こした。

今回はフランスではなく、ドイツのフルダ修道院でだった。

フルダ修道院はたくさんの聖遺物をもつことで有名で、そのため聖遺物の保管にはふだんから神経を使っていた。そのかいあってか、今回、窃盗団はミスをした。盗みに失敗したばかりか、巡礼団のひとりが捕まったのである。

今回も巡礼団は十名。ヴォーセル修道院の時と同じく、かしらがひとり喋り、あとの者は頭巾を深くかぶって顔を伏せていた。しかし、巡礼団を装った窃盗団の存在はすでにフルダ修道院に伝わっていた。

修道院はすぐに警戒態勢をとった。聖遺物の数が非常に多いという理由で、巡礼団を三つの小グループに分け、それぞれに修道士をふたりずつつけたのである。巡礼団のかしらはなにかと理由をつけてそれを断ろうとしたが、最後には押しきられるかたちになった。結局、ふたつのグループはおとなしく地下聖堂《クリプタ》の聖遺物を伏し拝んで宿坊に戻った。三つ目のグループ――ここには巡礼団のかしらがいた――で少し奇妙なことがあった。宝物庫に入るとかしらが何ごとかを呟きながら巡礼団のメンバー一人ひとりの肩をポンポンとたたいたのだ。そしてメンバーのうしろに隠れるようにして懐から煙が立ちのぼる小型の香炉をそっと取りだした。修道士のひとりが見つけてそれは何かと問うと、かしらは急に態度を変え、聖遺物の見学をせずに巡礼団を引き連れてそそくさと宿坊に引き上げてしまったという。

翌日、修道士が巡礼団に朝食を知らせに行くと、宿坊はもぬけの殻だった。ただひとり、うつろな眼をした男が藁の寝床にぽつねんと座っていた。男はぼんやりしていて問いかけにろくに答えることができず、夕方になってようやく頭がはっきりしてきた様子だった。改めて質問してみたところ、なぜ自分がフルダ修道院にいるのかわからない、かしらも、巡礼団も知らないと言ってみたり、どこかで会ったのかもしれないと言ってみたり、要領を得ない証言をくり返した。

フルダ修道院では何も盗られた物がなかった以上、それ以上引き止めておく理由も見つからず、結局は男を放免した。被害はなかったが、手がかりもなかった。夏が終わろうとしていた。

＊

夏の終わりに、マギステル・ジュリアーノからドミニクに連絡が入った。いよいよ、犯罪人の死体が手に入るので、イノサン墓地にいっしょに引き取りに行かないかという誘いだ。

ドミニクは手がつけられないほど興奮し始めた。ノアはそんなドミニクを異世界の生き物のように眺め、ジュリアーノ先生が死体の運搬にもうひとり男手が必要だといっていたと聞くと、すっとんでどこかに逃げてしまった。結局ドミニクはセーヌ右岸までひとっ走りして、オットー親方に助けを求めるはめになった。

ジュリアーノ先生、ドミニク、オットー、そして先生の助手の医学生が、台車を曳いてようやく薄暗くなりかけたイノサン墓地に到着すると、若い神父が入り口で待ち受けていた。

神父は先に立ち、黒土がかけられたばかりの新しい墓に案内し、ここに罪人の死体が埋まっていると指さした。

「昨日、いったん埋葬したのですが、ジュリアーノ先生に頼まれていたことを思いだして、ご連絡したしだいです。身寄りの無い人間ですし、おそらく本人もそれを望んでいることでしょう」

「あの、いったいどんな罪を犯した人なのですか」ドミニクが興味をひかれて質問した。

「この人は自ら縊《くび》れたのです」神父は感情をおさえて答えた。

「縊れた――ああ、首をくっちまったってことですかい」親方がうなずいた。「そいつは罪なことですなあ」

「昨日の朝早く発見されて、すぐにここに運ばれてきました。修道院の墓地に葬ることはできないから、と。それでこのイノサン墓地に」

「修道院？」ジュリアーノ先生が聞きとがめた。

「はい。この人はサン・ドニ修道院の修道士でした」神父が答えた。

「修道士とは……。こんなことはよくあるのですか」

「いいえ、マギステル。めったにないことです。我々の生命は神によって与えられたもの。いかなる理由であれそれを自ら絶つことは赦されないおこないです。まして修道士であればそのことはよくわかっているはずでした」

「てことは、よっぽどのわけがあったんだろうな。気の毒によ」親方がこんもりした土をみおろしてため息をついた。

神父はオットー親方の言葉に、つい、口をすべらせた。

「実はこの修道士はサン・ドニ修道院の聖遺物係でした。六月のランディの大市の一件でだいぶ追いつめられていたと聞いています。――すみません。単なるうわさ話です」

その日から、ドミニクはジュリアーノ先生のところに朝から晩まで通って、人体解剖に集中した。一週間後、目の下に青い隈を作ったドミニクが疲れ果てて下宿《ホスピキウム》に戻ってくると、メルトとオットー親方が来ていた。

料理人がドミニクのために特別に準備してくれた野鳥の赤ワイン煮込みと、デザートの洋梨のパイをお腹いっぱい食べ終わると、四人は下宿の談話室に閉じこもった。

「ずいぶん熱心に解剖実習をしているそうですね」メルトが言った。

「ええ。すごく勉強になるわ。こんなチャンスはめったにないんですもの。私、ほんとうに運がよかったわ」

「運がよかった？　ドミニク、首を吊った修道士のことを考えてみたことある？」

「ノア、お願いだから突っかからないで。運がいいってそういう意味じゃないことくらいわかるでしょ」

「——ああ。わかってる。悪かった」ノアは赤くなった。「ほんとにごめん。ぼくは彼がサン・ドニの聖遺物係をしてたってことがずっと気になっててさ」

「それは、きみが何か責任を感じるということですか？」メルトが言った。「だとしたら、そういうのはおやめなさい。私たちが見つけなくても、からくりはいずれ見つかったはずです。それに、気の毒ではありますが、彼は自分の意志で死を選んだのですから」

「そうだ。ノア、メルトの言うとおりだぞ。元気だせ」

「それに、神さまはもう修道士を赦してくださっているに違いありません。教会の教えはともあれ、少なくとも私はそう信じていますよ」

「うん。わかったよ」ノアがメルトの方を向いた。「ランディの大市のことで追いつめられたって噂があるよね。でもさ、結局、ランディの大市は大成功だったじゃないか。だから、少なくとも院長さまはこのことで聖遺物係を追いつめたりはしてないと思うんだ」

「けどよ、たとえひとさまから何にも言われなくても、本人はすごく気にしてたかもしれねえぞ。何を考えてるかなんて傍《はた》じゃわからねえもんよ」親方がしみじみ言った。

「うん。それは、まあ、そうだよね」

「——あのね」ドミニクが口をひらいた。「はっきりするまで言わないことにしてたんだけど、あの修道士さんの両脚の裏に傷があったの。調べたら火傷だとわかったわ。しかもね、その火傷は死後につけられたものだったの」

「死後に？　そりゃどういうことだい」親方が眉を上げた。

「つまり、誰かが、修道士さんが死んだあとに焼いたってこと」

「なんでそんなこと」ノアが顔をしかめる。

「死後というのは確かですか」メルトが訊いた。

「生きているときにできた傷と死後の傷とでは違いがあるの。まあ、焼いたといっても、炎を近づけた程度なんだけどね。問題は誰が、いつ、なんのために、わざわざそんなことをしたのか、ということよ」

「ふうむ。謎は増える一方ですね。ところで、旅芸人仲間からの便りによると、ヴェネツィアで例の聖遺物ブローカーを見たそうです。ええ、あの受難のキリスト像を持ち込んだ聖遺物商人です。聖遺物を派手に買い込んでいるので、あっちではちょっとした有名人のようですよ。あの都市には東方の物産がなんでも集まってくるので、わざわざ聖地まで行かなくてもかなりのものが手に入るのです。ごっそり仕入れた聖遺物を抱えて、このあたりにもまた売り込みに来ることでしょう。どこでも聖遺物は喉から手が出るほど欲しいですし、めぼしい聖遺物を持たないところならなおさらです。逆に、財政状況が厳しい修道院では、持っている聖遺物をひそかに売却するそうで、足もとを見られて買いたたかれると聞いたことがあります」

「なるほど。そりゃ、うまい商売だな」と親方。

「ええ。それに、最近は教皇さまの鑑定書付きの聖遺物がとくに高値で取引されているという話です。買い手にとっても鑑定書があれば安心ですからね。思うに、このブローカーはかなりの情報通だと思います。こんど、彼がパリに現れたら会ってみたいと思うのだけど、どうでしょう」

「情報通っていうのは確かかもしれないけど、この人があの偽のキリスト像を持ち込んだんでしょ。悪いやつだよ」ノアが命を絶った修道士を思っていまいましそうに言う。

「かもしれないですが、彼がわざと偽物を持ってきたと決まったわけではないし――」

「でも、ランディの大市から逃げちゃったのよ。知ってて売り込んだに違いないわ」

「知らなかったから、びっくりして逃げたのかもしれねえぞ」

「いや、そんなかわいいヤツじゃないよ」ノアが言いはった。

「どっちにしても、ジャン助祭のところに行って、次に聖遺物ブローカーが現れたら教えてくれるよう頼んでおこうと思っています。ルカ神父に頼まれた調査もめぼしい進展がないし、やれそうなことはやっておきたいのです」

メルトとノアがジャン助祭をノートルダム大聖堂に訪ねると、ジャンは喜んでふたりを迎えた。ジャンの住居は、ルカ神父のと比べればみすぼらしいといっていいほど質素だった。

ジャンはイノサン墓地の死体のことになると、顔を曇らせた。

「お気の毒なことです。あの受難のキリスト像のことでそうとう悩んでいたのでしょうね。同じ立場の者としてとても他人事とは思えません。それにしても、解剖とは。ずいぶんと珍しいことではありませんか。何かおかしなところでもみつかりましたか」

「いや。何も」メルトが即座に答えた。

「そうですか……」ジャンは眼を伏せた。「それで、今日は私に頼みがおありということですが？」

「今度、聖遺物ブローカーがパリに現れたら知らせて欲しいのです。彼に聞いてみたいことがありますし」

「ああ。そういうことですか。あなた方はルカ神父の依頼で聖遺物窃盗団のことを調べておられるのでしたね。いや、ルカ神父から直接聞いていますからご心配なく。サン・ドニの一件以来、ルカ神父は何でも私に話してくれるようになりましてね。これも、あなたとノアのおかげです。改めてお礼を申しあげます」

「いや、あれはあなたの眼力が正しかったからです。ところで、件《くだん》の聖遺物ブローカーは、果たして受難のキリスト像のからくりを知っていたのでしょうか」

「そうですね」ジャンは少し考えた。「私は知らなかったのではないかと思っています。ご存知のようにあれは最初、ここに持ち込まれたのです。私はひと目見て偽物だと思いました。もちろん、からくり仕掛けのことは知りませんでしたよ。そうではなくて、像の持つ雰囲気といいますか、放つ力といいますか……直感としか表現しようのないものです。ブローカーの男とは長い付き合いですが、私がそう言うと、なぜ疑うのだと珍しく私に食ってかかりまして」

「なるほど。興味深いお話です」

「聖遺物ブローカーがここに像を持ち込んだときにも、あの像は動いたのですか」ノアが訊いた。

「いいえ。ふたりでしばらく待ちましたが、そのときは何も奇跡は起きませんでした。奇跡というのも今となればおかしな言いかたですが」

「それで、彼は次にいつパリに来るでしょうか」

「それはなんともいえません。なにしろ、東は聖地イェルサレムから西はイングランドまで世界中を渡り歩いている男ですからね。いつもふらりと現れるのです。でも、来たら必ず連絡を入れましょう」


「ねえメルト。さっきなぜ言わなかったの」

ジャン助祭の住まいを出るとすぐにノアが訊いた。

「遺体の火傷のことですか」

「そうだよ」

「ジャン助祭にそこまで教える必要はないでしょう。それに――」

「なに？」

「私はずっと疑問に思っているのです。ランディの大市で、ジャン助祭はなぜ偽物だと叫びだしたのだろうか、と」

「それは……もともと偽物だと思っていたし、あのときはちょっとおかしくなっちゃったっていうか、抑えがきかなくなっちゃったんじゃないかな。そういうことってあるだろう？」

「──たしかに、そのとおりかもしれませんね」

話はそれきりで終わった。

千百九十一年　秋

薬草とウインク

十月に入って、パリの町はいよいよ秋が深まってきた。夜明けは遅く、しとしとと雨の降る日が多くなった。

フルダ修道院のあと、窃盗団はまたぱったりと動きを止めた。

きっともうやめたんだよ、とノアは言ったが、あとの三人はそう楽観的にはなれなかった。窃盗団はまだたいした聖遺物を手に入れていない。となると、本命はノートルダム大聖堂《カテドラル》にやってくる第一級の聖遺物だというルカ神父の予想がますます現実味を帯びてきた。

「でもさ、それちょっとおかしくないかな。ぼく、この前あることに気づいたんだ」ノアが早口で言った。「王さまがアッコンを陥落させたのは今年の七月だよね。思いだしてよ、窃盗団がサン・ピエール修道院で最初の事件を起こしたのは五月だったんだよ。つまり――」

「あ、そうか！」ドミニクが叫んだ。

「ね？　窃盗団はアッコンが陥落して、テンプル騎士団が聖遺物を王さまに寄進するってことをその前から知ってたことになる。そんなの変だ」

「おー、ノア、お前さん珍しく冴えてるな」

「じゃ、窃盗団はこんどの聖遺物は盗らないって考えていいのかしら？」ドミニクが考えながら言った。

「いやあ、そんなこたねえだろうよ。すんごいお宝が目の前にありゃあ、欲しくなるに決まってるさ」オットーが断言した。

「そうよね。じゃあ、なぜ五月から動きだしたの？　メルトはどう思う？」

「私はやっぱりテンプル騎士団の聖遺物をねらっていると思いますね。たしかに、寄進が決まったのは、この夏、王がアッコンを陥落させたあとですが、聖遺物が発見されたのは、もっと前のはずです。もしかしたら一年も前かもしれない。テンプル騎士団のフランス管区本部はここパリですし、騎士団は聖地で発見した聖遺物をパリに運びます。つまり、窃盗団は前々からテンプル騎士団のパリ本部を目標にして計画をたてたのかもしれません。そこへ、フィリップ王のアッコン奪還と、聖遺物寄進のニュースが飛びこんできた――」

「さすがだね。やっぱ、メルトは賢いよ。ぼくもだんぜんそう思う」ノアはあっさり前言を翻した。

「節操がないわね。今にはじまったことじゃないけど」ドミニクがあきれる。

「柔軟な人間なんだ、ぼくは」

「どんなお宝だろうなぁ」聖遺物好きの親方が言った。「ランディの大市じゃまんまと偽物をみせられたが、今度はそんなことはねえだろうな」

「テンプル騎士団ですからね。だいじょうぶでしょう」

「じゃ、やっぱり降誕祭までに窃盗団の尻尾をつかまなくちゃ。あーあ、それが大問題だよ」

「ドミニクはどうだい。なにかわかったかい」親方が訊いた。ドミニクはメモがびっしり書かれた羊皮紙を持ってきた。

「やっぱりいちばんあやしい薬草はマンドラゴラね。古代から催眠剤とか吐剤として使われている不気味な植物よ。なにが不気味かっていうと、マンドラゴラの根っこは人間の形をしてるの。マンドラゴラを収穫するときには、犬を使うのを知ってる？　まず犬とマンドラゴラを紐でくくりつけるの。そして、飼い主が遠くの方から犬を呼ぶ。すると、犬は駆けだすでしょ。そのときいっしょに引っこ抜けたマンドラゴラがついてくるのよ。犬を使うのは、そうしないと地面から抜けるときにマンドラゴラが発する耳をつんざくような悲鳴で気が狂って死んじゃうからなの。かわいそうに、犬は犠牲になってしまうんだけどね。それはともかく、マンドラゴラには思っていた以上に強い作用があることがわかったわよ。いちばんの効果は鎮痛作用ね。あとは精力剤とか媚薬としても使用されてきたの。不老不死の効果があると信じている人もいる。それからヒヨスも同じくらいすごい薬草よ。これも古代ギリシア時代から使われていたの。デルフィの神殿の巫女はヒヨスの葉っぱを飲みものに入れて〝忘我の境地〟になっていたとあるわ。そういう状態で神さまと交信していたのね。とくにエジプト産のヒヨスには毒の成分が多いようなの。つまり、こういう強い薬草から毒の成分を抽出して調合すれば、ものすごく強い作用の薬を作れるんじゃないかと思う」

「抽出って成分を取り出すことだよね。実際にはどうやって取り出すの？」ノアが訊いた。

「毒は植物全体にもあるけど、葉っぱや種や花なんかに特に多く含まれていることが多いのね。その部分を乾燥させてから煎じるのが一般的なやり方だと思うわ」

「おっそろしい草だな。そんなもの、どうやって手に入れるだ」

「それが簡単なの。修道院にはたいていどこでも薬草園があるでしょ。マンドラゴラやヒヨス、それからやっぱり毒を持ってるイヌホオズキなんかは薬草園にふつうに植えられている。だから、薬草園を管理している修道士はとうぜん薬草に詳しいというわけ」

「じゃ、やっぱり修道士がグル？」ノアがトマ修道士のことを思いだして言った。

「さあね。ともかく、魔女とか施療師以外にも薬草に詳しい人はいるってこと」

「それから医学の先生もね」ノアがつけ加えた。

「ええ。何が言いたいかわかってるわ。医学の先生はその道の専門家ですもの。あとはユダヤ人ね。アイユーブ朝の宮廷医をしているマイモニデス先生なんてすごく有名なのよ」

「そいつはユダヤ人か」

「ええ。サラセン人の王さまに仕えているの。マイモニデス先生はイングランドの王さまからの誘いを断ったそうよ。ヨーロッパは野蛮だからって」

「はは。当たってるかも。医学ではサラセンの方がずっと上だもんね」

「このごろでは中東からヨーロッパに渡ってきたユダヤ人の医師もけっこういるのよ。ジュリアーノ先生もサレルノの前には中東にいたんじゃないかと思うわ。私はこれから解毒剤も研究してみるつもりよ」

「なんでだい。解毒剤なら毒じゃねえだろうが」

「そうともいえないわ。解毒剤も薬物には変わりないし、強い作用がある。ある種の薬草を一定の割合で調合すれば、病気も治すし、毒にもなるし、解毒剤にもなるのよ。難しいのはその割合なの。狙った効果が出る調合をするには経験がいるし、場合によっては実験もしなくちゃならない。もし失敗したら死人が出るわ。だから、薬を犯罪に使おうと思えば、毒薬にくわしい誰かの協力が必要じゃないかと私は思う」

「カッコいいな、ドミニク。やっぱりエロイーズ並みの学者になれるよ」

「からかわないでよ。私の結論としては、犯人は施療師とか妖術師とか薬草園の栽培をしている修道士とか、とにかく、その道のプロと接触しているはず。または犯人そのものかもしれないわ」

「なるほど。ドミニクの推理には説得力がありますね」メルトがうなずいた。

「ヴェロニクはどうだい」オットーが言った。「ああ、犯人って意味じゃねえよ。薬草にゃ詳しいだろ」

「うん。私もやっぱりヴェロニクに一度会いに行かなくちゃと思ってた」

オットーはサン・ドニ祭の準備で忙しく、ノアは手紙の返事を書かなくちゃとかで——嘘にきまってる——ドミニクは沼地の奥の霊媒師ヴェロニクの家にメルトとふたりで行くことになった。

ヴェロニクの丸太小屋には前と同じく、天井からおびただしい薬草の束がぶら下がっていた。ドミニクとメルトはそれを興味深く見あげた。

「それで、今日は何の用事だい」

ヴェロニクはふたりにこうばしくていい匂いのする甘いお茶をすすめた。ヴェロニクはメルトをひと目見て気に入ったようだった。

「教えて欲しいことがあって。あなたならもう私たちがなぜ来たかわかってるかもしれないけど」

「ほほほ。だいたいのところはね。薬草のことだろ」

「そうなの。ねえ、ヴェロニク、それを飲むと、記憶が消えてしまう薬ってある？」

「あるよ」ヴェロニクはあっさり答えた。

「え？　あるの⁉　なんだ、最初からここに来ればよかったわ。それ、どうやって作るかヴェロニクは知ってる？」

「もちろんさ。薬師はね、なんでも知ってなくちゃならないんだよ」

「ああ！　やっぱりここに来て正解だったわ」

「ただし、誰にでも作れるわけじゃないよ。ヘタすりゃ記憶がきえるどころか、いのちが消えるからね。イヒヒ」

「それじゃ、これはどう？　自分が何をやっているかわからないまま勝手に動いてしまう薬」

ヴェロニクはお茶のカップを置き、訪問者をしげしげと眺めた。

「ふうん……。あんたたちは、ずいぶんとおもしろいことを調べているようだね」

「ヴェロニクさん、私たちはいま、ある事件の調査をしています。もしかしたら、犯人はなにか強い薬をつかって人を操っていたのかもしれないのです。それでこうしてあなたの助けを求めにきました」

「ほう。そういうあんたはジョングルールかい。それとも、冒険者、それとも騎士――」

ドミニクはメルトを白くにごった眼で見あげた。メルトは肩をすくめた。

「しがない旅芸人です。いまはノアの下宿《ホスピキウム》に居候の身ですが。ただ、ひょんなことから事件の調査をするはめになってしまって」

「ほほ。そうかい、そうかい」ヴェロニクは楽しそうにメルトを眺めた。「ランディの大市ではお手柄だったたからねえ」

「ヴェロニク！　やっぱりあそこにいたのね！　私、あの騒ぎのときにあなたのことをさんざん探したのよ」ドミニクが睨んだ。「ねえ、あとで薬の成分を教えてくれない？　実際に作るわけじゃないの。どんな薬草が使われているかを知りたいのよ。でも、ヴェロニクが作ってる薬は病気を治すものなのよね」

「ああ。たいていはそうさ。熱が出たり、食べたものを吐いたり、身体中が錆びついたように動かなくなったり、そういう時に薬草を処方してやるのさ。おどろくほど良くなるよ。あとは、親方のように胸の中に悪いものがたまっている人だね。あれはね、なかなか難しいんだ。いろんなことがもつれた糸みたいにからまっているからね。それから、若い男や女にちょいとした媚薬を処方してやったり、堕胎薬を調合してやることもあるよ」

「堕胎薬をもらいにくる人もいるの?」

「そうともさ。たいていは、妊娠を知られたくない結婚前の若い女か中年女が、せっぱ詰まって来るのさ。常連さんは売春婦だよ。修道女も時には来るね」

「記憶を消したり人を操れる薬が欲しいという人はこれまでにいましたか?」メルトがきいた。

「ああ。そういう客はここには来ないんだよ。この森のもっと奥に住んでいる妖術師が専門さ。ときにはききすぎて、そのまま死ぬこともあるおそろしい薬だよ」

そのあとドミニクは、薬の調合法についてヴェロニクが話すことを注意ぶかくメモした。

帰り際にヴェロニクがつぶやいた。

「もしも、あんたたちが話しているとおりの症状がでてるとしたら、薬だけじゃなく、他の方法も使ってるかもしれないねえ……」

「他の方法ですか。それはどういう――」

「暗示のようなものさ」

「暗示! それはこれまで考えなかったですね。一種の催眠術でしょうか」メルトが驚いて言った。

「私、そっち方面はまったくわからないわ」ドミニクが首を振った。

「そう難しく考えることはないさ。あたしも降霊術のときにはちょいとそんな手をつかうんだよ。ただし、薬と違ってこれは誰にでも効くとはかぎらないからね。それを見極めなけりゃならないのさ。たとえば、客にこの部屋がすごく暑いと思わせたとするよ。暗示がよくかかる人なら放っておいても勝手に服を脱ぎ出すのさ。ヒヒヒ」

「なるほど。旅芸人仲間でも、腕のいい手品師は観客の思いこみをじょうずに利用しますからね。ヴェロニク、大変参考になりました」


「今日はだいぶ収穫があったわね」

ドミニクはヴェロニクの丸太小屋を出るとメルトに言った。胸にはメモを大事に抱えている。

「ええ。実はルカ神父からせっつかれてましてね。薬物と催眠術が使われたという視点で事件を見直してみましょう」

「あとのふたりにもさっそく知らせないと。あなたはルカ神父のところに行く？」

ふたりは沼地のマレを抜けてグラン・ポンのたもとまで来たところだった。

「いっそのこと、このままクリストフ親方のところに寄っていきましょう。オットー親方はサン・ドニ祭の準備で忙しいし、わざわざ下宿《ホスピキウム》まで来てもらうのも大変ですから」

サン・ドニ祭は、毎年十月九日にノートルダム大聖堂で開かれる、聖人ドニのお祭りだ。

今年は、パリの金銀細工師の組合がパトロンになり、聖人の物語劇を上演することが決まっている。組合の代表は七宝細工師のクリストフ親方なので、オットーもなんやかやと忙しいのだ。

劇の上演まであと三日とせまり、さすがのクリストフ親方も工房は職人に任せて、二階で準備に余念がなかった。ふたりが顔を出すと、クリストフ親方は職人仲間の輪から抜けてやってきた。

「おう！　どうだい、この衣装！　これまでのサン・ドニ祭でいちばん豪華な舞台になること間違いなしだ。おや、ドミニク、やけにうれしそうな顔してるねえ。いいことでもあったかい？——ははあ、手がかりをつかんだな。そうだろ？　いやいや、オットーのやつは何も喋っちゃいねえけどよ、お前さんらが聖遺物についてかぎまわってるってことくれえ、おれにだって見当がついてるさ。誰にも言わねえから安心しろや。ああそうだ、明日ノートルダム大聖堂で通し稽古をやるんだ。ノアもさそって見に来ればいい。聖ドニが宙を飛ぶところが見ものだ。お前らぶったまげるぞ。特等席を用意しとくから必ず来いよ」

そのとき、階下からオットーの声がしたので、ふたりは降りていった。

「ヴェロニクんとこの帰りか？　どうだった」

三人は店をでてセーヌ川に沿って歩きながらこそこそ話をした。

「——催眠術と薬か。なかなか手のこんだことをやるもんだな。こりゃ、やっぱりテンプル騎士団のお宝ねらいにちげえねえな」

親方はうなり、いきなり立ち止まった。ドミニクがドシンと親方にぶつかった。

「そういや、あの地下室の煙ったい部屋に入れられたとき、修道女がおれに片目をつぶってみせたっけよ。今の今まで忘れてただ！」

「なにそれ。ウインクされちゃったってこと？」ドミニクが笑った。

「いやいや、そんなんじゃねえさ。いや、ほんとはちょいとドキンとしたけどよ。あの女はかみさんによく似てるでな」親方は思いだして赤くなった。「そのあと、あの女は胸の前で大げさに十字を切っただ」

「修道女が十字を切るのはふつうじゃない？」

「ちょっとまってください。ひょっとしたら、その一連の動作と煙が催眠術を作動させる鍵だったのかもしれませんよ。ドミニク、フルダ修道院の事件を思いだしてください」

「フルダ修道院？　あ！」

「そうです。フルダ修道院では、かしらが香炉を取りだし、巡礼団の人間の肩を叩いたと報告されていますね。この肩たたきは親方のウインクと同じ。つまり、催眠術のきっかけだったのではないでしょうか」

「言われてみりゃあ、そうかもしれねえな。地上に出されたとき、もうひとりの男はなんちゅうか、へんにニタアとしてただ」

「ニタア？」ドミニクが聞きとがめる。「それ、私たちがみつけたときの親方と同じよ。親方もどうしようもなくしまりのない顔をしてたわ。だからノアと私が心配になったんだもの」

「ひでえ言いかただな」

「やはり親方も、少しは暗示にかかっていたのかもしれませんね」

サン・ドニ祭

メルト、ノア、ドミニク、オットーの四人は、クリストフ親方に誘われた通し稽古を見学に行った。親方は約束通りに、聖ドニが空を飛ぶのを見るのにもっとも良い場所を確保しておいてくれた。周りには、金銀細工師組合の親方たちとその弟子、そして、衣装や大道具などの舞台関係者のほかに、聖堂参事会員たちの姿もちらほら見える。ルカ神父も祭壇の近くの席にいた。

今年の見どころは、聖ディオニジオ、つまり聖ドニが斬り落とされた自分の首を持って飛んでいくところだ。聖ドニ祭ではいままで何度もこの聖人の劇が上演されてきたが、役者がほんとうに空を飛んだことはない。だからこそ、今日の通し稽古は入念なチェックが必要だった。

祭壇の前の舞台ではこれから聖ドニが拷問される場面がはじまるところだった。

緋色の紐のついたトーガをまとったローマ人の総督がニタニタ笑いながら、考えつく限りの拷問を加えようとしていた。まず、鞭うち刑が半裸の屈強な男たちによって加えられた。そのたびに聖人の体から赤い血がほとばしる。黒子が鞭の動きに合わせて、血のように赤い紐を何本も投げた。

つぎに総督は、まっ赤に焼けた鉄板に聖ドニを寝かせるように命じた。下っ端役人ふたりが焼けた鉄板にみたてた赤い板を持って登場し、そのうえに聖人を縛りつけた。しかし聖人は苦痛の呻きさえもらさず、すっくと立ちあがる。その背中には火傷のあとひとつない。

いらついた総督は、今度は聖ドニをライオンに喰わせることを思いつく。檻が運ばれ、どう猛なライオンが解き放たれた。ところが、突進してきたライオンは聖人の前までくると、飼い猫のように喉をならしてうずくまり、足をペロペロ舐めはじめた。聖人がやさしくライオンの頭をなでてやると、ライオンはお腹をみせて寝転んでしまった。観客は大喜びだ。

ついに総督は聖ドニを十字架につけることを決意する。役人が両手を釘で打ちつけてゆく。総督が十字架の下に立ち、信仰を棄てるよう迫るが、聖ドニもその仲間も決してうなずくことはない。

最後に、いきり立った総督が、ドニの首を刎ねよと死刑執行人におごそかに命じる。

聖人は台の上にうつぶせに寝かされ、短いチュニックを着た死刑執行人が斧の一撃で首を刎ねてしまう。この場面ですでに役者は頭をすっぽり衣装の中に隠していて、刎ねられたのは作り物の首なのだが、それがあまりの早業だったので、首がゴロンと転がる場面で観客は思わず顔をそむけた。ドミニクとノアも驚いて腰を浮かせてしまった。

そのあと、伝説通りに首のない聖ドニが起きあがり、転がった自分の頭部を拾いあげて手に持った。首をひっこめた役者が上手に演じているため、ほんとうに首がないとしか見えなかった。

そして次の瞬間、首を手にした聖人の身体がふわっと宙に浮いた！　まぎれもなく浮き上がったのだ。青色のチュニックの上から刺繍が施された祭服《カズラ》をつけた聖人は、なぜかその時すでに司教冠《ミトラ》をかぶっている自らの首を右手に抱え、左手には司教杖を持ったままの姿勢で祭壇の上に徐々に浮きあがり、空中で静止した。

ドミニクもノアもオットーもばかみたいにポカンと口をあけて聖人を見あげた。聖ドニの身体は地上から十メートルの高さにあり、顔は小さくしかみえない。大聖堂の天井からじょうぶな紐でつり上げられた聖人は、金銀細工師の親方たちが見まもるなかを、聖堂の入り口方向にすべるように移動し始めた。

聖ドニはいままさに、四人の上を過ぎようとしていた。そのとき、異変が起きた。聖人の身体がグラッと大きく傾き、役者は恐怖で顔を引きつらせ必死でバランスをとろうとした。役者が空中で身体を大きくよじったそのひょうしに、抱えていた聖ドニの首が手から離れた！　首はドスンという不気味な音をたてて、オットーの身体をかすめて床に落ちた。もし、あと少しずれていたら、オットーの頭を直撃していたのは間違いない。

親方たちが口々になにか叫びながら駆け寄ってきた。そのなかのひとりが、床にめりこんでいた聖ドニの首を拾いあげた。張りぼての聖人の顔は無惨に潰れ、その中から石をたくさん詰めた布袋がみえていた。

両わきをノアとドミニクに支えられたオットーは、脂汗をかいて震えあがっていた。クリストフ親方がまっ青な顔で近づき、平身低頭した。謝ってすむようなことじゃない、死んだかもしれないのよ、と喉まで出かかるのをドミニクはやっとこらえた。

「聖人さまがやめろと言ってるだ」オットーが弱々しくつぶやいた。「聖人さまはおれたちが気にくわねえだ……」

「え？　親方、何を言ってるの」ノアがオットーの腕を肩にまわした。

「そう思わねえか、ドミニク」親方がドミニクの腕をつかむ。

「いいえ。思わないわ。そんなんじゃなくてただの事故よ。――ううん、ただのなんてとてもいえない。一歩間違ってたら――」

「うん。考えたくないけど、親方は死んでたかも」ノアが続けた。

「ええ。それに親方だけじゃないわ。私たちだってすぐそばにいたんだもの。いやだ、今になって震えてきたわ」

「とにかくここを出ようよ。あれ？　メルトは？」

聖堂内はおおさわぎになっていた。聖ドニ役の役者——金銀細工師の弟子の中でいちばん身軽な男——が抱きかかえられるようにして地上に降ろされていた。彼自身もあやうく地上十メートルの地点から転落するところだったのだ。

「メルトなら大丈夫だから先に帰ろう」

「親方、歩ける？」

「聖人さまがお怒りでねえのか？」オットーはまだぶつぶつ言っている。

「そんなはずないわよ」

「そうだよ。もしそれを言うなら、どっちかって言うと聖ドニはぼくたちに感謝しているはずだよ。だって、聖遺物をねらう悪いやつをつかまえようとしてるんだからね」

ノアはこの二か月間の自分たちの奮闘を思いだした。

「ノアの言うとおりだわ」

「おれらは、ちっとばかし聖遺物を敬う気持ちが減ってたんでねえか」親方が弱々しい声を出す。

「それはしかたないわ。だって、ランディの大市でもいやというほど怪しげな話を聞いたんですもの」

「そうかい——」

「親方、もうそんなこと考えない方がいいよ。親方に当たらなかったってことが、聖人さまが怒ってないしるしだよ」

「まったくその通りよ。あーあ、後片付けも大変そうね。あさっての聖ドニ祭はどうなるのかしら」


聖ドニ祭の劇は結局中止になった。

クリストフ親方をはじめ、金銀細工師の親方連中はしょげかえっているという。さんざん金をかけて準備した舞台が台無しになり、ほかの職人組合の笑いものになり、聖堂参事会のルカ神父からこってりしぼられたのだ。気の毒だがしかたない。怪我人がでなかっただけでもありがたいことだ。

物語劇はなくなったが、聖遺物の公開はいつも通りに行われた。

聖遺物というのはノートルダム大聖堂が所有している聖マルセルの小骨で、この四世紀の司教は竜を退治してパリを守ったといわれる聖人だ。ただ、聖マルセルの骨は、毎月第一金曜日にも公開されているので、正直、今年のサン・ドニ祭が盛り上がりに欠けたのは否めない。

それを挽回しようと考えたのか、モーリス・ド・シュリー司教は、フィリップ王のご帰還を祝して降誕祭にはすばらしい聖遺物を公開すると大々的に発表した。

「え？　直前まで秘密にするんだと思ってたわ」

ノアとドミニクは、夜になって戻ってきたメルトからそれを聞いてびっくりした。

「そのはずだったろうと私も思います。おそらく、聖ドニの物語劇があんなことになってしまったので、何かひとつ景気のいいことをおっしゃりたかったのではないでしょうか」

「それじゃ、司教様は聖遺物が何かおっしゃった？」ドミニクが乗りだす。

「ええ、はっきりと。ひとつめはイエスさまの臍の緒、ふたつめは聖母マリアさまの髪の毛、そして三つめが聖槍だそうです」

「うわっすごい！　三つもあるんだ」

「ええと……臍の緒は間違いなく第一級よね、マリアさまの髪の毛も第一級でしょ。聖槍はどうなの？」

「聖槍も第一級の聖遺物です。イエスさまの身体に直接触れたものですからね」メルトが答える。

「聖槍って、十字架で亡くなったイエスさまの脇腹を刺した槍よね」ドミニクがノアに確認する。

「そうだよ。兵卒が槍で脇をつき刺すと、血と水が流れ出た、ってヨハネの福音書にある。その槍だよ」

「それをみんなノートルダム大聖堂に寄進しちゃうなんて、テンプル騎士団も太っ腹ね」

「聖遺物は展示の直前までパリのテンプル騎士団の本部に保管となるでしょう。そういえば、最後にちょっとした事件がありましたよ。司教さまが〝今年の降誕祭はパリにとってもっとも神の恵みにあふれたものになるでしょう〟とおっしゃったときに、聖堂の後ろの方で誰かがこう言ったのです。〝聖遺物はその正当な持ち主の手に渡らなければこの町《パリ》に大いなる災いをもたらすものとなる〟。ヴェロニクでしたよ。それも、自分でも何を言っているかわかっていない感じでした」

「霊と交信していたんだわ」

「ドミニク、気味の悪いことというなよ」

「だって、ヴェロニクは霊媒師ですもの」

「それで、どうなったの?」

「ルカ神父がジャン助祭に何か言って、ジャンがヴェロニクをつまみ出しました」

「あーあ。それはやばいんじゃないの」

「他のひとはどんな反応だった?」

「気にもとめていませんでした。ただ、司教さまとルカ神父だけはひどく不快そうでしたね」

べっぴんのハンナ

ハロウィンから万聖節にかけての季節は、生者と死者の交わりのときだ。異界に住む死者や妖精たちが生者の世界を訪れ、生者はつかのま異界をかいま見る。

これがオットー親方にとってはなにより恐ろしい。

「おれが子どもの頃にはよ、幽霊やら死人やらを乗っけた車がおっそろしい音をたてて空を走ってくから気をつけろって親に言われたもんだ。もしもやつらに捕まっちまったらあっちの世界に連れてかれて二度と戻れねえだよ」

万聖節前夜のハロウィンには、町中にカブがあふれる。カブをくりぬいて作ったちょうちんのあかりは、悪霊を退け、良い死者の魂が生者の世界を照らすといわれる。ハロウィンの雰囲気は謝肉祭《カルナヴァル》とよく似ていると、ノアは思う。

そして、この季節に合わせたかのように、例の聖遺物ブローカーがパリに戻ってきた。メルトはさっそく、ノートルダム大聖堂の聖堂参事会員のジャンを通して、すぐにでも会いたいと伝えてもらった。

見知らぬ若者がセーヌ左岸の下宿《ホスピキウム》にやってきたのは、ハロウィン当日の朝だった。聖遺物商の使いだという男は、メルトにメモを渡して走り去った。

「本日、日没直後に〝薔薇小路〟の黒薔薇亭においでくだされたし。　　　聖遺物商　メルクリウス」

「メルクリウス？」脇からメモをのぞき込んだノアが声をあげた。「すごい名前だな。偽名だろうけど」

「メルクリウスはローマ神話では商人の守り神ですからね」

「へえ！　それにしてもごたいそうな名前を選んだね」

「あら、ノアだって人のこといえないわよ」ドミニクが横やりを入れた。「箱舟にのれる特別な人間として神さまから選ばれたんだもの」

「いいんだよ。ノアっていう名前はおじいちゃんがつけてくれたんだ。そんなことより薔薇小路っていったいどこ？　ぼく、聞いたことがない」

「それはね、いま作っているフィリップ王の城壁のすぐ外側にあるわ――」ドミニクが答える。

「ノアには縁がないところ――娼婦街よ」

「ふうん……ぼくはてっきりジャン助祭のところで会うのかと思ってた。けどさ、薔薇小路なんて、娼婦街にしてはロマンチックな名前だね」

「娼婦に関係するものごとを表すときには薔薇が使われることが多いのですよ」

「なぜ？」

「まあ、ノアにはわからなくていいでしょう」メルトが微笑んだ。「このメモからすると、聖遺物商メルクリウスは黒薔薇という娼婦のところにいるようですね。どうしますかドミニク、行きたくなければ待っていてもいいですよ」

「あら、もちろん行くわ。それより、ノアの方が問題じゃない？」

「たしかにそうですね。――ノア、今日はあの道化師の格好で行くことをすすめますよ。神学生が娼婦街を歩くのはおだやかじゃありません」

「わかった。親方には知らせる？」

「あとで話せばいいでしょう。親方も妻帯者ですからね。今日のところは三人で行ってみましょう」

薔薇小路では、ぴったりした上着を着た娼婦があちこちに立って通行人を誘っていた。驚いたことに学生もたくさんいる。誘いにのらなかった学生の後ろから、長い髪をカールさせた娼婦が

「このおかま野郎！」と罵声を浴びせるのを聞いて、ノアはちぢみ上がった。

客の中には、赤い薔薇を一本手に持って娼婦を物色して歩く男もいた。男が差しだした薔薇を娼婦が受け取れば、契約成立のしるしなのだという。

ジョングルールのメルト、道化師のノア、そして農夫に変装したドミニクの組み合わせは、薔薇小路では奇妙にみえたに違いない。娼婦たちは誘いの声をかけるより、ニヤニヤ笑いで三人を見送った。娼婦街が途切れるあたりで、ようやくめざす「黒薔薇亭」がみつかった。他に比べるときちんとした造りの立派な建物だ。

声をかけても返事がなく、三人は開いていたドアから薄暗い部屋に入った。

手前の部屋には広いテーブルと椅子と作り付けの棚、奥の部屋にはかまどがみえた。入り口脇の狭い階段を上ると、中央に大きなベッドがでんとしつらえられ、部屋の一角に何十個もの木箱が天井近くまで積みあげられていた。

そして、生きている人間は誰もいなかった。

かわりに、ベッドの端に半裸の男がうつぶせに息絶えていた。よじれたシーツをかたく握りしめた苦悶の表情から、七転八倒の苦しみの末に死んだことがうかがえた。メルトが近づき、念のため男の首に手をあて首を振った。

ドミニクは震えをおさえて、メルトとともに男を調べた。殴られたあとも、刺されたあとも、致命傷になるような外傷はみつからなかった。ただひとつ、両膝から下の部分が赤黒く変色していた。口のまわりには乾いた白い泡のようなものがついている。おそらく何かを吐いたのだろう。

その間、ノアは部屋を調べた。ぐちゃぐちゃに乱れたベッドを除けば、荒らされたり争ったりした形跡はみられない。床に空っぽのカップが転がり、敷物に液体のしみがあった。ベッドの下をのぞくと、赤い口紅がべったりついたもうひとつのカップと脱ぎ捨てられた衣服や靴が転がっていた。

木箱は紐できつく縛られたまま整然と積みあげられ、一見したところこじ開けられた様子はない。もし木箱のいくつかが盗まれているとしても、この状態ではわからない。そして、暖炉にはまだあたたかい燃えさしがあった。

「この男がメルクリウスでしょう。木箱は仕入れてきた聖遺物ではないでしょうか。問題はどうして死んだのかですね。どう思いますか、ドミニク？」

「苦しんで死んだようね。傷はないからおそらく毒だと思う。自分で飲んだか、飲まされたか……」ドミニクが男を見下ろして恐ろしげに答えた。

「ねえ、このふたつのコップをみて」ノアが床とベッド下を示した。

「ふうむ……。ひとつは女が口をつけたもののようですね。だとすれば、その女がおそらく黒薔薇。どこに消えたのでしょう」

三人はもう一度「黒薔薇亭」をくまなく探してみた。階下の奥の部屋は台所で、かまどの横に裏庭に通じるドアがあった。そこを出たドミニクは、夕やみの中で草の上に下着姿の女が倒れているのを発見した。ドミニクは大声でメルトとノアを呼んだ。

「しっかりして。もうだいじょうぶよ」

ドミニクが声をかけたが反応はない。顔は土気色に変色していた。

「吐かせなければだめだ！」

かけつけたメルトがぐったりした女を後ろから抱え上げた。そして両手でこぶしを作って女の胸にあてがい、一気にグッと力をこめた。鳩尾を強く刺激された女は、グゥという音とともに液体を吐きだした。強い臭気があたりにただよった。

「これ！　この臭いは嗅いだことがある。たぶんヒヨスだわ」

「確か？」ノアが鼻を手でおおう。

「ヒヨスには強い麻酔性臭気があるの。ヴェロニクのところで嗅がせてもらった」

「えっ？　ヴェロニクがこれを持ってるの！」

「ヴェロニクは何でも持ってるわ。メルト、助かりそう？」

「顔色が良くなってきた。ノア、水を探してきてください」

言われてノアは家の中に走って戻り、ようやくビンの底に残っていた水を探し当てた。

娼婦はそれをごくごく飲んだ。メルトとノアが女を抱えて大きなテーブルに寝かせ、ドミニクが二階から上掛けを探してきて、ガタガタ震えている裸同然の女をくるんでやった。そうして身体が温まってくると、だんだん女の意識もはっきりしてきたようだった。女は自分を見守る三人を不思議そうに見まわし、それからしゃがれ声で言った。

「メルクリウスは――？」

三人は顔を見合わせた。

「死にました」メルトが教えてやった。

「死んだ？　ああ……」娼婦は両手で顔を被った。

「何があったか話してくれますか」メルトが言った。「私たちは今日ここで、メルクリウスに会うことになっていたのです。あなたは黒薔薇ですか？」

「黒薔薇？　いいや、ここじゃ、べっぴんのハンナって呼ばれてるよ。お笑いだろ」

娼婦ははすっぱに笑った。たしかに整った顔立ちで、きっと十年前なら皆がふり返るような美人だったに違いなかった。

「あなたはここで何をしていたのですか」

「ここで？　ここはあたしの家なんだよ。黒薔薇亭って名前さ。メルクリウスは、パリに来たときにゃいつもここで暮らしてたのさ」

「ということは、あなたとメルクリウスは夫婦だったのですか」

女はおかしそうに笑った。

「おもしろいことをいうね、ジョングルールのおにいさん。夫婦なんかであるもんかね。――けどまあ、そうだね、この十年くらいは夫婦みたいなもんだったかもね。金はいつも充分に置いていってくれたし。おかげで、客はあんまり取らなくてもよかったからね」

「今日、何があったのですか」

「上を見たんだろ？　だいたい想像がつくだろうよ。ちょいとした薬をのんでから楽しもうとメルクリウスが言ったんだよ。それであたしはいつもの小僧に薬を頼んだんだ。どういう意味か、おにいさんならわかるだろ？」

べっぴんのハンナは上目づかいにメルトを見た。

「それで、コップで薬を飲んだのですね」メルトが淡々と質問を続けた。

「そうさ。ところが、ひとくち飲んだとたんにメルクリウスが何かおかしいと言いだしたのさ。その時にゃあたしはもうぜんぶ飲んじまったあとだった。あの人はほんの少ししか飲まなかったのに、いきなり喉をかきむしって転げまわってさ。まるで地獄だよ。あたしは水をもってきてやろうと転げるように階段を下りたまでしか覚えてないんだ……」

「その薬というのは――」ドミニクが口をはさんだ。「媚薬ですね」

「おやおやおじょうさん、そんなに若いのに物知りだこと。女に男の格好させるのがこのふたりのお好みなのかい？　あんまり客商売にゃ向いてなさそうだけどねぇ」

「ドミニクは医者なんだ」ノアがまっ赤になって言った。

「ほほ。冗談だよ。そうだよ。媚薬さ。ここらを取りしきってるやり手婆にたのめばいくらでも分けてくれる」

「じゃ、今日もそれを？」

「ああ。いつもの小僧が持ってきたんで、何もおかしいとは思わなかった。けど、今となっては遅いよね。できそこないをつかまされちまった――そのせいで、あの人は死んだんだね」娼婦は不意に口をつぐみ、額に手をあて、肩を落とした。

「お気の毒です。その小僧は何か言いましたか」

「ああいう使いはただ黙って顔も見ずに物を置いてくものさ。――でも、おかしいじゃないか。あの人は少しだけしか飲まなかったのに、ぜんぶ飲んだあたしの方が助かるなんて」

「おそらく、あなたの方がいつも薬を飲みつけているからだと思うわ」ドミニクが言った。「そういう場合には、薬の効き方が遅くなるのよ」

「ふん。神さまも嫌みなことをしてくれるじゃないか。あたしが客相手にいつも薬を使ってるせいで生きながらえたとはね」べっぴんのハンナはひっそりと笑った。

「薬を飲んだのは何時くらいだったでしょうか？」ドミニクが訊いた。

「そうさね――」娼婦は少し考えた。「昼すぎ――まだおてんとうさまが高いうちだったね」

「あとひとつ、聞きたいことがあります」メルトが続けた。「メルクリウスは膝から下に火傷をしていました。これについて何が思い当たることは？」

娼婦は顔を上げた。「いま、何て言った？　火傷？　いいや。そんなものは知らないよ。もっとも、今日はあの人の脚なんてちゃんと見ちゃいなかったけどねえ。――おおかた、仕入れに行ったときにでもどこかでうっかり火傷したんだろうよ」

「火傷は新しいものなんです。まるで、たったいま火傷したみたいに」ドミニクが言い、そして小さくつけ加えた。「ひょっとしたら死んだあとに焼かれたのかもしれない……」

「おじょうさん、気味の悪いこと言うのはよしとくれよ。それじゃなにかい、あたしがあの人を殺して、そのあと脚を焼いたとでもいうのかい！」

「いいえ。ハンナさん。そんなことは我々はまったく考えていません。今日、この家にいたのは、あなたとメルクリウスのふたりだけですか」メルトが穏やかに言った。

「そうともさ。半年振りなんだ。これから楽しもうってときに他人なんて入れるもんかね。ここには小間使いなんて気のきいたもんはいないからね」

「わかりました。ありがとうございました。もしよかったら、薬を持ってきましょう。気分がよくなりますよ」

「ああ、ありがとうよ。けど、あたしならもう平気さ。薬なんかこりごりだよ。それよか、二階のメルクリウスをどうしたらいいもんか……」

べっぴんのハンナは大きくため息をついた。

降霊会

メルトからことの顚末を聞いたノートルダム大聖堂のジャン助祭は、手を揉みしだきながら部屋のなかをぐるぐる歩き回った。

「恐ろしいことです。ほんとうに……恐ろしいことです。あのメルクリウスが死んでしまったなんて……。ついこの間、ここで話したばかりでしたのに。しかも、薬を飲んで……なんという最期でしょうか。

――ご遺体ですか？　それは私どもにおまかせください。ノートルダム大聖堂もこれまでメルクリウスにはずいぶん世話になっています。おそらく、ルカ神父は私どもで葬儀ミサをあげるようおっしゃるはずです。親族？　いいえ、私が知る限り、メルクリウスは天涯孤独の身でした。そうですね、ハンナという、その売春……女性が参列を望むなら、ルカ神父にお伺いしてみましょう。

それにしても、メルクリウスのパリの宿がまさか薔薇小路とは——。もともと、個人的なことはあまり話さない男でしたが。そうですね、かれこれ十年ほどの付き合いになりますか。全体にどこか秘密めいた男でした。聖遺物商人というのはえてしてそういうもので……。

え？　今なんとおっしゃいましたか？　火傷⁉　それはずいぶんと奇妙なお話ですね。しかも、死後に？　失礼ですが、死後というのはたしかなことですか。しかし、なぜそんな。——もしかして、メルトさまはメルクリウスは殺されたとお考えなのですか？　ああ、恐ろしいことです」

メルトが帰ると、ジャンはルカ神父のところに出向いて、いま聞いたばかりの話をすっかりくり返した。メルクリウスが薔薇小路で死んでいたと聞くと、ルカ神父はあからさまにいやな顔をした。ジャンが遺体の引き取りや葬儀を自分のほうで進めてもいいか訊ねると、何でもいいようにしてくれと厄介払いをするような仕草をした。べっぴんのハンナについては、その前に告解をし、それなりの格好をするなら参列を許すが、この件ではもう自分を煩わせないでくれとつけ加えた。

ジャンは口のかたい見習い修道士をふたり選び、噛んで含めるように段取りを教え込み、薔薇小路に送りだした。ふたりが大きな袋を背負って夜の闇に消えるのを見守りながらジャンはホウとため息をついた。

「ノア、本気で言ってるの⁉」ドミニクが驚いて本から顔を上げた。ドミニクは、昨日薔薇小路の現場でみつけたヒヨスについて、写本を見直していた。

「お前さん、そういうのは信じてねえと思ってたがな」オットー親方も横目でノアを見た。

「うん、たしかに今まではちょっと、ね。でも人の命がかかってるだろ？　それにこう言っちゃなんだけど、ダメでもともとだし」

「おれはあんまり気が進まねえな」

「案外、やってみる価値はあるかもしれませんよ」そう言ったメルトをノアはうれしそうに見た。

「まさかノアが降霊術を持ちだすなんてね」ドミニクがおもしろがった。「ヴェロニクのこと、魔女だと思ってたんじゃないの？」

「違うよ！」

「あはは。ヴェロニクがちゃんとした霊媒師だってこと、ノアもやっと認めたのね」

「どっちだっていいだろ。これで犯人がわかるかもしれないんだから」

「そうさな。ヴェロニクがやってくれるっちゅうんなら、頼むがいいさ」

「じゃ、これからみんなで沼地に行こうよ」

「え！　今すぐ？　私まだ調べものが終わってない」

「いくらそこで本とにらめっこしたって同じだよ。さあ、行こうよ！」

四人は居心地のいい下宿《ホスピキウム》の談話室を出て、沼地に向かった。先の国王ルイ七世によってテンプル騎士団に与えられた土地は沼地の北側に広がっていて、騎士団が沼地の干拓事業に乗りだしたおかげで、今や沼地の一部は菜園に姿を変え、パリ市民の胃袋を満たすのに一役買っている。霊媒師ヴェロニクの小屋は、その沼地を中程まで入ったところにあるのだ。

「降霊会ってドミニクはいままで体験したことある？」グラン・ポンを渡りおわったところで、ノアがだしぬけに聞いた。

「私はないわ。でも、母さんは行ったことがある。親方は？」

「おれもねえな。村にゃそういうのがうんと好きなやつがいたけどよ。たいていは、だんだんおかしくなっちまうだ。なんでもかんでも霊にお伺いをたてねえと気がすまなくてな。それに、不吉なことばっかり言って金をふんだくる霊媒師もいてよ。おれは関わらねえようにしてただ」

「私は何回も降霊会を見たことがありますよ」メルトが雲が低くたれこめた空を見あげて足を速めた。一雨来るかもしれない。「たしかに、親方が言うようなインチキくさいのもありました。大道芸人のなかには、降霊会もどきの罪のないショーをやるやつもいます。しかし、ごくたまにですが、本物の霊媒師もいるのです」

「――ねえ、ヴェロニクはやってくれるかな？」ヴェロニクの小屋が近づくと、ノアが誰にともなく聞いた。

ノアが思いついたのは、昨日薔薇小路で死んでいたメルクリウスの霊を、霊媒師ヴェロニクに呼び出してもらうことなのだ。特に、万聖節の今日は、死者の魂と生者の魂が出会うときだから、降霊術をするにはいちばん適している。なにより、メルクリウス本人に聞けば謎はすべて解ける、というのがノアのアイデアだった。

丸太小屋の前では、ワシミミズクを肩に乗せたヴェロニクが、いつかと同じようにベンチに腰をおろしていた。森の中では日暮れがとくに早く、刺すような風が頰をなでた。ヴェロニクはショールを何枚も身体に巻きつけて背を丸めていた。

「ああ、ようやく来たね。すっかり冷えちまったよ。さあ、中にお入り。あったかいリンゴ酒をつくっておいたんだ」

四人がヴェロニクについて小屋に入り、最後にワシミミズクが続いてドアが閉まった。

中はぬくぬくと温められ、甘い香りの湯気をたてているリンゴ酒が大きなカップになみなみと注がれていた。冷え切った身体にリンゴ酒が流しこまれ、かじかんだ身体がほどけた頃、ノアが切りだした。

「ヴェロニク、ぼくたち、今日も頼みがあってきたんだよ。もしかして、なんの頼みかわかってたりする?」

「ほほほ。どうだろうね。ノア、頼みごとならお前さんの口からちゃんと聞きたいもんだね」

ノアはゴクリとつばを呑みこんだ。

「ええと。ぼくたち、降霊術をやって欲しいんだ。昨日死んだメルクリウスという男の人の霊を呼び出して欲しいんだよ」

「なぜその男を呼びたいのだい」

「その人は誰かに殺されたのかもしれないんだ」

「ヴェロニク、私はいまその人が飲んだ薬を突きとめようとしてるの。このまえヒヨスのこと教えてくれたでしょ。匂いが似ていたからたぶん、ヒヨスを飲んだのだと思う。その男の人は死ぬ前にそれを媚薬だと思ってたのよ」

「ほう」ヴェロニクが眼を細めた。

「この前お話ししたように、私たちはいまある事件を調査しています。死んだ男は聖遺物商人でした。あのランディの大市のキリスト像を持ち込んだ男です。私たちは彼が事件に役立つ情報を持っているかもしれないと思ったのです。ところが訪ねてみたら彼はすでに死んでいました」メルトが説明した。

「殺されたかもしれないとぼくたちが考えたのは、薬のこともあるけど、メルクリウスの脚に火傷があったからなんだよ。しかもそれは、死んだあとにできた火傷なんだ」

「おかしな話だろ?」オットー親方がそばから口添えした。

「おやおや。それはたしかに奇妙なことだね」

「それにぼくたち、こういう死体に出会ったのは二度目なんだよ」ノアが秘密をうち明けるような口調になった。「最初は、ドミニクの先生が人体解剖をした時だった」

「ええ。その人は縊死したのに、足の裏に火傷があったの。こんなことが二度も続くなんておかしいでしょ」

「なるほど、だいたい事情はわかったよ」ヴェロニクがうなずいた。「それで、あんたたちは、死者の霊を呼び戻して何があったか聞き出そうってわけだね。どれ、それならやってみようかね」

ヴェロニクはよっこらしょと立ちあがった。それからドアを開けて、前にオットー親方を治療した部屋にひとりで入った。しばらくたってからドアが再び開き、手招きした。

部屋は暗く、床に円と四角を組み合わせた図形が血のような赤い塗料で描かれ、その上に据えられた丸テーブルを囲んで椅子が五脚あった。テーブルの中央で炎をあげているものからムッとするほどの濃い煙がたちのぼっている。

ヴェロニクが呪文をぶつぶつ唱えるのを、四人は互いにしっかりと手をつなぎあって見つめていた。大きな炎の向こうでヴェロニクの顔がゆらめき、やがてその表情に明らかな変化が現れた。ヴェロニクはいきなり椅子の上にたちあがり身をよじって苦しみだした。骨張った指が喉をかきむしり、血がにじんだ。

ノアとドミニクは怯えて顔を見合わせた。オットーは瞬きもせずにヴェロニクにじっと目を注いでいる。やがてヴェロニクが喉をかきむしる手を止め、瞳をクワッと開いて炎の向こう側からこちらを凝視した。その目つきはもうヴェロニクのものではなかった——メルクリウスが来たのだ。メルトが質問を始めた。

「あなたは聖遺物商人のメルクリウスですか」

メルクリウスがのりうつったヴェロニクがカクンと頭を垂れた。

「では教えてください。あなたはなぜ死んだのですか」

メルクリウスは口を開いてなにか喋ろうとしたが、声は出なかった。その代わりに右腕を上げ、自分の脇腹を指さす仕草を何度もした。

「わかりません。何をおっしゃりたいのでしょう」

メルトが重ねて問うと、メルクリウスが憑依《ひょうい》したヴェロニクは、身にまとっていたぼろ服を一枚、また一枚と脱ぎ捨てた。そうして、やせ細った上半身を露わにして再び、自分の脇腹を指さした。ドミニクが小さく声をあげた。そこには生々しい赤い傷があった。細長くて上部が尖った三角形の形をした傷だ。

「その傷が原因ですか？　あなたはそのせいで死んだのですか？」

メルクリウスは頭を上下にガクンガクンと激しく動かした。

「あの！　薬は、薬はどうだったのですか？　あなたは薬をのんだでしょう？　あれは毒ではなかったのですか⁉」ドミニクが必死に問いかけたが、メルクリウスはうつむいたまま答えなかった。

炎が小さくなり、やがて消えた。部屋の中は暗く、互いの顔さえもよく見えないほどだ。そのなかでヴェロニクが椅子の中で膝を抱えて震えていた。男たちがドアを開けて出て行き、ドミニクが床に落ちた服を拾い集めて着せてやった。

「ねえ、いったいどういうことなんだろう。ぼくさっぱりわかんなくなった」

雨が降り出した夜道を歩いて戻った四人は、下宿《ホスピキウム》の暖炉のそばに椅子を引き寄せ、ヴェロニクが無理やりに持たせてくれたリンゴ酒を飲んで暖まったところだった。

「薔薇小路で死んでいたメルクリウスの脇腹には、あんな傷はなかったわ」ドミニクがカップを置いてきっぱりと言った。「メルトも確認したわよね。どこにも致命傷になる傷はなかった」

「ええ。ありませんでした。ですが、メルクリウスの霊は、あの傷が原因で死んだのだとうなずいたように見えました。私の思い違いでなければ」

「いや、思い違いなんてこたあねえだろうよ。やつは頭をこうやってはっきり振って返事しただ。──なあ、お前さんたち、ひょっとしてメルクリウスの脇腹の傷を見落としてたってことはねえか」

「ううん、それはない！　私、解剖実習の時、ジュリアーノ先生からちゃんと手順を教わっているの。見落としはあり得ないわ」

「おかしなことはまだあるよ。あの傷はすごく本物っぽかった。けどさ、ヴェロニクにはほんとは傷なんてないんでしょ？」

「ええ。服を着せてあげたときに傷を確認したの。暗いからよくは見えなかったんだけど、触ってみたからわかる。ヴェロニクの脇腹はなんともなかった」

「すぐれた霊媒師にはときどきそういうことも起こりえるようですよ。霊が降りてくると、同じように痛みを感じて苦しんだり、血を流したり、声が別人のものになったりすることがあるのです」メルトが言った。

「じゃあ、ヴェロニク──というかメルクリウスの霊は何を伝えようとしたんだろう？　死んだのは薬でも脚の火傷でもなくて、脇腹の傷が原因だってことだよね。でも、本物のメルクリウスの身体にそんな傷はなかった。あーあ、お手上げだよ。こんなことなら降霊術をやってもらわない方がよかったくらいだよ」ノアが大げさに天を仰いだ。

そばでドミニクが考えながらゆっくり言った。

「何か意味があるはずよ。私たちがまだ知らない何かがあるんだわ」

＊

サン・イノサン教会で執り行われたメルクリウスの葬儀ミサの会葬者はほんのわずかだった。ノートルダム大聖堂関係者はジャン助祭ただひとり。そして、司式者としてサン・イノサン教会のルーカス神父――この神父はマギステル・ジュリアーノが解剖用の遺体を引き取りにいったときに立ちあった司祭だ。裾の長い黒服に身を包んだ化粧っ気の無い「べっぴんのハンナ」、メルトとオットーとノアとドミニクだ。ノアはあたりをキョロキョロみまわして、ルカ神父がこの場にいないのに気がついた。ドミニクが、黙ってなさい、という顔でノアを睨んだ。

簡単な式が済むと、メルクリウスの遺体はイノサン墓地のかたすみに葬られた。新しく盛り上がった土と簡素な十字架の前にがっくりと跪いているハンナを残して、会葬者はその場を離れた。

オットーと別れて、重い足どりでプチ・ポンを渡ったメルトたちに、急ぎ足で追いついてきたのは、ジャン助祭だった。ジャンはすばやくあたりに目を配り、ノアとドミニクの不思議そうな視線を避けるようにして、少しお話しししたいことがあるのですが、と切りだした。

下宿《ホスピキウム》の談話室に落ち着くと、ジャン助祭はしばらく迷っていたが、やがて意を決したように口を開いた。

「メルトさま、ノア、ドミニク。私にはこの間からどうしても気になってしかたのないことがあるのです。こんなことは胸の内にしまって口にすべきではないかもしれません。しかし、メルトさまたちは事件を調べていらっしゃるわけですから、やはり思いきってお話ししたほうがいいかと――」

「ええ、そうですとも。どうぞ何なりとお話しください。何をそんなに気になさっておいでなのですか」メルトが促した。

「――実は、ルカ神父のことなのです。あのランディの大市でのできごとがあってから、ルカ神父はメルクリウスは信用できないと言いだしまして、もうメルクリウスからは聖遺物を買わないと決めたのです。私としては、メルクリウスがあの聖なるキリスト像を偽物と知っていたかどうかもわかりませんし、長い付き合いのあった彼をそれだけで閉め出すことには、正直、ためらいがありました。けれども、主席司祭のルカ神父がお決めになった以上、どうしようもありません。それで、今回、パリに戻ったメルクリウスにそのことを伝えました。なるべくおだやかに話したつもりでしたが、メルクリウスはいきりたちました。これまでどれだけ貴重な聖遺物をノートルダム大聖堂に持ってきてやったかわかっているのか、とか、ほかでも欲しがっていたのを無理してここに持ちこむためにおれがどんなに苦労したか、とか、今回だって正真正銘の価値ある聖遺物を選りすぐってきたのに、それを見もしないで切り捨てるつもりかなど、激しく怒りました。

そして、そんな仕打ちに出るなら、ノートルダム大聖堂の聖遺物のうち、どれが本物でどれが偽物かバラしてやる、おれはその証拠だって持ってるんだと、もう、手のつけられないほどの暴れようで」ジャン助祭はその時を思いだしたのか、懐から白い布を取りだして額を拭いた。「――それで私は、ともかくルカ神父にもう一度話してみるからと、ようやくのことでなだめすかしてメルクリウスをいったん帰したのです。それからすぐにルカ神父のもとに走りまして、メルクリウスがとんでもないことをするかもしれないと伝えました。ルカ神父はこの件は自分が何とかするから、とそれだけおっしゃって――。それが、メルクリウスが死ぬ二日前のことでした――」

ジャン助祭は口をつぐみ、不安そうな眼をあげた。

「それで、あなたはルカ神父がメルクリウスを殺したかもしれないと思うのですか？」メルトが静かに尋ねた。

「ああ！　メルトさま。私はやっぱりとんでもないことを考えているのでしょうか？　やはりそうなのですね。ルカ神父を疑うなど……」ジャンはたちまち後悔した。

「でも、それは動機になる」ノアが言った。

「ええ。たしかに」ドミニクもうなずいた。「ジャン助祭、以前、ノートルダム大聖堂で会ったときに、あなたはたしか、ルカ神父のことで気がかりなことがあるとおっしゃったわ。覚えてますか？」

「私が、ですか？　――ああ、そんなことを言ったかもしれません」

「あのとき、あなたはルカ神父がノートルダム大聖堂のためならどんなことでもやりかねないと言いたかったのじゃないかしら？」

「……はい。実は私は前からそれが気がかりでした。いつか、とんでもないことになるのでは、と」

「ここだけの話、ルカ神父は負けず嫌いの見栄っ張りだもんなぁ。ことに聖遺物のこととなると」

とノア。

「でも、いくらルカ神父が体裁屋でも、そのために人殺しまでするかしら」ドミニクが言った。

「そうですか。そうですよね。やはり、私はどうかしていました」ジャン助祭は消え入りそうな声で言った。「皆さんにこんなばかな話をして。でも、ひとりで考えているとどんどんおかしな想像が膨らんでしまうのです。話してみてよくわかりました。できれば、このことはルカ神父には内密にしていただけませんか」

「あたりまえだよ。もちろん言わないよ」ノアが言った。

「いえ。待ってください」メルトが難しい顔をしてさえぎった。

「え？　まさか、言っちゃうの⁉」

「違いますよ。ジャン助祭、単刀直入に伺いますが、ノートルダム大聖堂の聖遺物には実際に偽物が混じっているのですか？」

ジャンは一瞬、喉が詰まったように見えた。

「――ございます。実はメルクリウスが持ち込んだものも少しはあります。でも、大半はほかの聖遺物ブローカーから買ったものです。もっとも、私が担当になってからは偽の聖遺物を購入したことはございません。おそらく、前任の聖遺物蒐集担当の時代のことでしょう」

「それはびっくりだな」ノアが言った。

「言い訳をするわけではありませんが、どこでも事情は同じようなものです。玉石混淆、それが実態です」ジャンはあっさりと白状することに決めたようだ。

「そのことは、ルカ神父も知っていますか」メルトが訊ねる。

「おそらくは」

「では、メルクリウスの脅しは根拠がないわけではないのですね？」

ジャンはうなずいた。

「ただ、我々聖堂参事会員がうすうす気づいていることと、それが公になることとはまったく意味が違います。巡礼者や信徒たちは、聖遺物が真正のものであると信じるからこそ、ノートルダム大聖堂を訪れるのですから」

「ノートルダム大聖堂の人気を左右するとなれば、やはり、ルカ神父には動機があったと言わざるをえませんね。もうひとつ、あなたのご意見をぜひ伺いたいことがあるのです。メルクリウスの脚にあった火傷。あなたもごらんになったはずです。これをどう考えますか」メルトが聞いた。

「そうですね……。私もそれがずっと気になっていました。死後のものであるなら、なぜわざわざそんなことをしたのか。考えても私などにはわかりようもありません。でも――このまえ、ふと思ったのです。ひょっとしたらそれは犯人からのメッセージかもしれない、と」

「メッセージですか。……それは新しい見方ですね」

メルトに言われて、ジャンの顔がパッと明るくなった。

「そうか!」ノアが突然大声を出した。「ぼく、あの火傷を見てからずっと、どこかで見たことがあるって考えてたんだ。いま、やっとわかった。神明裁判《しんめいさいばん》だよ。むかし、おじいちゃんとトロワで神明裁判を見たことがあるんだ。男の人がはだしで焼けた藁の上を歩かされてさ。ときどき炎がワッて大きく燃え上がったりして。そのたびに裁判官がその人の頭の上から熱湯をかけるんだ。そうするとすごいうめき声が聞こえてさ、ほーんと、こわかったんだ。その人の脚がちょうどあんなふうな火傷になってたよ。まっ赤になってところどころ皮がベロッと剝けて——」

ジャンが大きくうなずいた。

「言われてみればまったくそのとおりです。神明裁判は教会の仕事ですから、私も何回か立ちあった経験があります。ただ、いちばん多いのは、身体を縛って水に沈めて、浮いてきたら有罪になるという水の裁判なのです。聖なる水は有罪の人間を排除しようとしますから。火の神明裁判はそれほど行われません。それでいままで考えつきませんでした」

「じゃあ、犯人は、神明裁判っていうメッセージを伝えたかったのかな?」ノアが言った。

「では、ここまでのことをまとめてみましょうか」

メルトが三人の前に立った。

「メルクリウスの死因はおそらく強い薬を服用したことによるものです。つまり、毒殺です。べっぴんのハンナが犯人の可能性は低いでしょう。ひとつ間違えば、彼女も死んでいたはずですし、何より殺す動機がありません。火傷のことも知らなかったですしね。犯人は死んだメルクリウスの両脚を焼いています。この行為を、ジャン助祭のおっしゃるように犯人からのメッセージととらえてみましょう。犯人は火の神明裁判に模してメルクリウスは有罪だと言いたかったのかもしれません。インチキな聖遺物を売り歩き、大金を手にしていることへの罰、そのあたりでしょうね。――では、誰が犯人なのでしょうか。動機を考えると、ノートルダム大聖堂の聖堂参事会会長で、聖遺物蒐集にことのほか熱心なルカ神父が浮かびあがります。メルクリウスはノートルダム大聖堂の偽の聖遺物をバラすと息巻いていましたから。――いかがでしょう、ジャン助祭」

「はい。いまメルトさまがおっしゃったことは、大変、筋がとおっていると思います。――いえ、ルカ神父が犯人であることが筋が通っていると言いたいわけではありません……つまり、おわかりいただけるといいのですが」ジャン助祭は、赤くなって口をつぐんだ。

「けど、ヴェロニクの降霊――」ノアが言いかけたのをメルトがさえぎった。

「ジャン助祭、今日はおいでいただいて、とても有意義でした。お話しくださるには勇気がいったことと思います。もしまた何かお気づきのことがあったら、我々に教えていただけませんか。あなたの洞察力には大変驚かされました」

ジャンはほっとしたようだった。

「ふたりとも、今日のジャン助祭の訪問をどう思いましたか?」

ジャン助祭を玄関まで送っていったメルトは、戻るなり言った。

「どうって、さっきもメルトが言ったようにここに来るには勇気がいったと思うよ。でも、来てくれてよかった。ジャン助祭も苦しいだろうって同情するよ」

「ドミニクはどうです？」

「私もだいたいノアと同じよ。ただ、ちょっと、そうね――ジャン助祭の態度は少しだけ大げさに感じた。けど、いつもあんなふうよね。どうしてそんなことを聞くの？」

「私はジャン助祭が、なぜわざわざ私たちに会いに来たのかと考えているのです」

「なぜ、って、ルカ神父のことを言いに来たんじゃないの？　メルトは何が言いたいの？　ぼく、さっぱりわからないんだけど」

「ふたりとも、なぜ私が降霊術のことを言わなかったのかと思っているでしょう」

「そうだよ。なんで黙ってたの？　降霊術なんて言ったらジャン助祭にバカにされると思った？　ぼくは重要な情報だと思うけどな」

「今の状況では誰一人信用しないほうがいいのです。ドミニク、イノサン墓地の死体にも火傷があったことはジャン助祭には言ってないでしょう？」

「いいえ。言ってないわ。あのことを知っているのは、私たち以外では、ジュリアーノ先生と解剖に立ちあった学生だけよ」

「もしかしたらこの事件はもっと奥が深いかもしれません。メルクリウスの死と、我々が追っている窃盗団も無関係ではないのかも。そして、パリにはテンプル騎士団から贈られた第一級の聖遺物がやってくる。今度の聖遺物は扱いを謬れば人の命を奪いさえするものになるかもしれません」

「ねえ、メルト。それどういうこと？」ドミニクも首をかしげる。

「何者かが聖遺物をめぐって人殺しも厭わないほどの悪事を企んでいるということです。単に聖遺物を自分のものにしたい、というだけではないのかもしれません」

「なんか気味が悪いよ。それにさ、何者かっていうけど、さっきルカ神父に動機がある、って言ったじゃないか。そうじゃないの？　あ！　もしかして、メルトもヴェロニクみたいに何かが見えたりするの？」

「まったくノアは。そんな力はありません。けれど、この間ドミニクが言ったでしょう。我々がまだ知らないピースがどこかにあるのです。降霊会のときにメルクリウスはなぜ脇腹の傷を刺したのか、その謎が解ければ一連の事件が解明できるかもしれません」

千百九十一年　冬

テンプル騎士団フランス管区本部

十一月十一日の聖マルタン祭の夜にパリのテンプル騎士団本部に何者かが押し入ったというニュースは、関係者に大きなショックを与えた。

なかでもいちばん衝撃を受けたのはルカ神父だろう。神父は、その数日前に、テンプル騎士団がフランス王に寄進した聖遺物が、聖地からパリの本部にひそかに到着したと報されたばかりだった。

テンプル騎士団のパリ本部はフランス王室の金庫の鍵を預かるほど国王から篤い信頼を得ている。その本部に到着したならもう安心、あとは降誕祭での聖遺物公開に向けて自分の役割に集中すればいい――はずだった。

その何者かは、鉄壁の守りをもつ宝物保管室をやすやすと破り、おさめてあった数多くの聖遺物――騎士団がフランス国王に贈った三つの聖遺物を含む――をすべて床に引きずりだした。しかし、テンプル騎士団の資産管理を担当する修道士が、一つひとつ記録と突き合わせた結果、奇妙なことに奪われた物はひとつもないことが判明した。被害といえるものは、侵入者が逃げるときにあわてて倒したと思われる騎士の甲冑のみ。犯人は、物音に気づいた騎士が射た矢を身体に受けたと思われるものの、まんまと逃げおおせた。

宝物保管室の扉をくわしく調べてみると、無理にこじ開けたならば必ずついたであろう傷がなかった。しかし鍵は、その夜、寝ずの番に当たっていた重装備の騎士の懐におさまり、もう一本は総長室の机の引き出しに入ったままだった。

聖地からひそかにパリ入りしていたテンプル騎士団総長のロベール・ド・サブレと、知らせを受けてかけつけたルカ神父によって事情を聞かれた騎士は、昨夜の記憶がまったくありませんと恥じ入って答えた。ルカ神父は身体中の血がザッと音を立てて引いたような気がした。

急いでノートルダム大聖堂にとって返したルカ神父は、せかせかとジャン助祭の住居に足を運んだ。この大事なときに、聖遺物担当責任者のジャンは体調を崩したとかで今朝から寝込んでいるのだ。

ルカ神父はいらだちを隠しもせずにジャンのベッドの脇に立ち、テンプル騎士団のパリ本部が何者かに襲われたこと、しかし幸いにも聖遺物は無事だったこと、騎士団の金庫番が昨夜の記憶がないと証言したことなどを、それがまるでジャン自身の落ち度であるかのようにまくし立てた。ジャンはときおり苦痛に顔をゆがめながらそれをおとなしく聞いていた。言いたいことを言ってしまうと、ルカ神父はようやくジャンの顔色がひどく悪いことに気がついた。ジャン助祭はやっとのことで上体をベッドに起こし、腹に手をあて、このような一大事にほんとうに申しわけありません、ゆうべ食べた牡蛎か鶏のパテにあたったようですと青白い顔で謝った。

早く回復するようにとルカ神父がその場でジャンとともに祈ったのは、ジャンのためというよりも、降誕祭に向けて準備せねばならないことが山積みになっているからにほかならなかった。


その日の夕刻、メルトは下宿《ホスピキウム》の談話室にノアとドミニクを集めた。セーヌ右岸からオットー親方もあたふたとかけつけた。

ルカ神父から緊急呼び出しを受けて事の次第を聞いてきたメルトは、事件の説明を終えると、例の窃盗団だと思うかと問うた。

「うん。絶対そうだね。騎士が記憶をなくしているのがその証拠だよ。テンプル騎士団員はとても優秀なんだ。うっかり眠ってしまうなんてことはありえない」

「そうね。ノアのあこがれのおじさんもテンプル騎士団なんだものね」とドミニクが言う。からかっている気配はないのでノアは素直にうなずいた。

「でもよ、今度は巡礼団が来たわけじゃねえんだろ」親方が首をひねった。

「そうなのです。誰も犯人をはっきり見たわけではありませんが、騎士が矢を射かけたときには人影はひとりきりだったそうです」

「ともかく、記憶のことはやっぱり薬物だと思う」ドミニクが言う。

「ドミニク、その薬物っちゅうもんのことは、もうすっかりわかったのかい」親方が訊いた。暖炉に手をかざして温めていたドミニクがうなずいた。

「まえにも言ったけど、毒の主成分がヒヨスとマンドラゴラなのは間違いないと思う。どちらもすごく強い作用があるから、このふたつからかなり濃い毒を抽出したうえで、他の薬草も加えてうまく配合すれば、人の記憶を一時的に消したり、意識を失わせたりするような強い薬が作れるはずよ。私はおそらく眠り海綿のようなものが使われたのではないか、と思うの」

「眠り海綿？　なんだそりゃ」

「本来は麻酔に使われるものよ。麻酔というのはずっと古くから使われていたの。たとえば、今から四千年もまえの時代に生きていたシュメール人という人たちの記録に麻酔のことが出てくるわ。古代エジプトにもギリシアにも麻酔の記録があるし、マンドラゴラの根っこをワインに浸してつくったマンドラゴラ酒も、人を深く眠らせる作用がある。親方は、歯が痛いときに煙で燻してもらうと、小さい虫がたくさん出てきて治るという話を聞いたことない？　あれに使われているのは、実はヒヨスの種なのよ。眠り海綿については、紀元前四百年頃の医者だったヒポクラテスが書いているわ。作り方は、ヒヨスとマンドラゴラとアヘンと毒ニンジンを混ぜた液に海綿をひたして、そのあとで乾燥させるの。使うときは、これを熱湯に漬けて、上がってきた湯気を患者に吸いこませる。そうすると、患者は完全に眠ってしまって、なんにも痛みを感じなくなるというわ。医者はそのあいだに手術をするというわけ。ただ、これはほんとに強い薬だから、一歩間違えたら眠るのを通り越して死んでしまう。湯気を吸わせるのは、そのほうがゆっくり効いて薬の量を調整しやすいからだと思うのよね。これを香炉のようなものに入れて温めると、濃い煙が出たり匂いがしたりすると思うわ。そしてもし、この海綿をそのまま口に含ませたりしたら――」

「どうなるだ？」

「いきなり強い成分が身体に入って、死んでしまう危険がある。薬をどれくらい吸いこむかによって、催眠状態か意識混濁状態に陥ることもあるわ」

「その催眠状態って、眠ってるのとは違うの？」ノアが訊く。

「そうね……眠りとは少し違う。いつものはっきりした意識がゆるんでしまっている状態といえばいいかな。朦朧《もうろう》とした状態よ」

「すると、こういうことですね。ヴォーセル修道院のトマ修道士も、そしておそらく今回のテンプル騎士団の騎士も、それと気づかないうちに何らかの方法で毒の湯気や煙を吸いこまされ、朦朧としたところに催眠術をかけられた。その結果、命じられるままに、自分の意志とは関係なく、聖遺物保管庫の鍵を渡したり、盗みを手伝ったりしてしまった――」メルトがいった。

「トマ修道士もお気の毒に……。けど、眠り海綿みたいなものを使うには熟練の技が必要よ。誰でもやれるというわけじゃない」

「薬の扱いに慣れている人間か――」

「薬草に詳しい人はいろんなところにいるのよ。それに犯人なら、自分が薬草や毒にくわしいなんて、わざわざ言いふらすはずがないわ」

「あ、あれは？　ほら、ヴェロニクが沼地の奥に妖術師が住んでるっていってたじゃないか！　たしか、媚薬とか、もっと強い薬を作っているんだよね」

「そうね。沼の妖術師に話を聞いてみるのは悪くない考えね。それと、べっぴんのハンナに薬を持ってきた小僧」

「じゃあ、それをオットー親方とドミニクでやってくれますか。薬の話はドミニクが訊くのがいちばんですから。それと、テンプル騎士団本部の事件も少し調査してみたいですね。犯人は聖遺物を盗めたのに、何も取らずに逃げました。それと、記憶をなくした騎士にも直接話を聞いてみませんとね。こちらはノアと私で行きましょう」

「何も取らねえで逃げたのは、見つかっちまったからじゃねえのか？」

「もちろん、そうかもしれません。それを調べてみたいのですよ」


十一月も下旬になると、パリの町は一気に冷えこんだ。冷たい雨が何日も続き、ぶ厚いコートと帽子と手袋を身につけても、外にいると身体の芯まで冷え切ってしまう。その中を四人はせっせと歩き回り必要な情報を集めた。そのかたわら、ノアもドミニクも学業には手を抜かなかった。

オットーもまた忙しかった。降誕祭で披露されるテンプル騎士団の聖遺物のうち、「聖槍《せいそう》」を収める聖遺物箱の製作を、クリストフが請け負ったからだ。クリストフ親方は、オットーをともなってひんぱんに沼地の北側にあるテンプル騎士団本部に出かけた。ときには、ノートルダム大聖堂でジャン助祭と打ちあわせることもあった。

そういう時、オットーはジャンの顔色がすぐれないのが気になった。聞いてみると、聖マルタン祭の頃に食べ物にあたって以来、体力が落ちてしまったのだという。オットーは沼地のヴェロニクのところに薬をもらいに行くといい、と熱心に勧めてみたが、いえそれには及びません、薬草園の草で看護僧が薬湯を作ってくれていますし、これでも少しずつは良くなってはいますから、と丁寧に断られてしまった。

明日からいよいよ十二月、そして待降節がはじまるという日、四人は談話室の暖炉のまわりに集まった。パチパチと気持ちよくはぜる火のそばは、ここが天国かと思うほど心地よかった。

まず、ドミニクとオットーが沼地の奥の妖術師のことを報告した。

妖術師はおせじにも善人そうにはみえなかった。丸太小屋の入り口からふたりがのぞくと、髪と髭をだらしなく伸ばした妖術師は、杖にすがっている老人とは思えないほどのすばやい身のこなしでドミニクのそばにとんできて、下卑たニヤニヤ笑いをしながら何かささやいた。オットー親方がそこにずいと割り込んで、代わりに妖術師の卑猥な言葉を聞いた。

「やつはな、おれをドミニクの客だと思いやがったのさ。なんて言ったかはここじゃとても聞かせられねえ。くそいまいましい！」親方が吐きすてた。

「あんなお爺さんが何を言ったってへっちゃらよ。けど、すごく感じの悪い小屋だった。ヴェロニクのところは薬草のいい匂いがするでしょ。妖術師のところにも干した薬草の束はあったけど、いやな匂いがするの。たぶんあれはコリアンダーね。それに、動物性の薬がたくさん瓶詰めになって棚に並んでいた」

「動物性の薬ってどんなの？」

「ラベルが読めた限りでは、ツバメの子宮、鳩の心臓、ウサギの腎臓、人間の内臓の血――」

「ああ、もういいよ。気味悪いものばかりだね」ノアがうんざりした顔をした。

「ああいうのはみんな媚薬の成分よ。だけどね、妖術師は事件とは関係ないんじゃないかと思う」

「どうして？」

「たしかに、妖術師のお爺さんは、これまでは薔薇小路に媚薬を売っていたみたい。ほんとかどうか知らないけれど、お得意さんには修道士さんや司祭さんもたくさんいたんだとか自慢してたわ。けど、ここ半年くらいはもう作ってないんですって。強い薬を煮るときに出る湯気を長年の間吸いこんできたせいで、あの人自身もおかしくなったと思う。顔も眼も黄色かったし、視力もほとんどないんじゃないかしら。手も震えていたし」

「ああ。イヤなやつだったがよ、あんなに手が震えるんじゃ、薬をつくるのは無理かもな」

親方は、妖術師が犯罪に関わっていないのが残念でならないようだ。

「そのあと私たち、薔薇小路にでかけたの。べっぴんのハンナがすごく協力してくれたわ。また客をとって働くしかないと思っていたら、メルクリウスが残していった聖遺物をそっくりそのままテンプル騎士団が買い取ってくれたんですって。おかげでもうあの生活に戻らなくてすむって喜んでたわ」

「テンプル騎士団ってすごいや！」ノアが息巻いた。

「フランス国王に融資できるくらい財力がありますからね」メルトが言った。「それなのにハンナはまだ薔薇小路に住んでいるのですか」

「あの家には思い出があるみたい。それにね、薔薇小路には、娼婦が産みすててそのまま誰にも世話されないような子どもがたくさんいるのよ。その子たちをハンナは引き取って育ててるの。前とは別人みたいだったわ」

「ああ。ハンナもああやって子どもを育てたかったんかもしんねえな」親方がしんみりした。

「使いの小僧のことは？」

「それなんだけどね、薔薇小路のやり手婆って人のところにハンナが案内してくれたのよ。そしたら、驚いたことにあのときの小僧は死んだんですって。メルクリウスが死んだ次の日くらいらしいわよ」

「え？　どういうこと？」

「わからないの。けど、たぶん毒にやられたんじゃないかと私は思う」

「なんで？」

「やり手婆が発見したみたいだけどね、そのときの様子をきくと、メルクリウスが死んだときによく似てる」

「はあ？」ノアが間抜けな声を出した。

「だからよ、何か吐いちまって、そばにコップが転がっててよ。――飲んだにちげえねえんだ」

「なんで、小僧が飲むのさ？」

「それは本人じゃないからわからないけど、興味があったんじゃないの？　やり手婆は今日の薬は特別だからしっかり届けなって送りだしたそうなの」

「特別？　それ怪しいね」

「特別に強い媚薬が欲しいって注文したのはハンナ自身よ。久々にメルクリウスがパリに戻ったからって」

ドミニクは顔を赤らめもせずに言った。医学のこととなると羞恥心などどこかに吹き飛んでしまうようだ。それとも、もともとそんなものは持ち合わせないのかもしれない。

「そのやり手婆は何か役立つことを言いましたか？」メルトが訊く。

「沼地の妖術師の話と同じだったぜ。半年前に妖術師が薬を作るのをやめてからは、別の薬師が作った媚薬を薔薇小路の娼婦に届けてたそうだ。いままでも飲み過ぎて倒れたやつはいたけど、死人まで出たのは初めてだとよ」

「小僧が薬をちょろまかすことはよくあったのでしょうね、きっと」

「あったろうな。預かった薬をほんの少し盗んだって誰にもわかりゃしねえ。自分で使ったかもしれねえが、それよりは転売して儲けてたとおれはふんだね。やり手婆の口ぶりでは、それも暗黙の了解ってとこだったな」

「じゃさ、薬の配達をしてる小僧が、薬を毒とすり替えたんじゃないかな」ノアが言う。

「やることは可能ね。でも、何のために？　もし、薬をすり替えたんだとしたら、小僧はその薬が危険だって知ってたはずよ。なのに、どうしてそれを自分でも飲んだの？　そのせいで死んだのよ」ドミニクがにべもなく否定する。

「あ、そうかあ――」ノアががっくりする。「なんかこう、もう少しで正解に届きそうなんだけどなあ……」

「でも小僧以外の誰かがどこかで薬をすり替えた可能性は消えてないわ。小僧は使いの途中で誰かに会ってたのかもしれないし。ああ、生きていれば聞けたのにねえ……」

「そっちはどうだったんだい」親方が首筋をこすった。「泥棒が何も取らねえで逃げた理由がわかったかい」

「ええ、ちょっと気になることがありました。賊は保管庫を引っかき回したというよりは、聖遺物を一つひとつ丁寧に床に並べていったのです。聖遺物を管理している騎士に会いましたが、種類ごとにきちんと分類して並べられ、まるで目録でも作成しようとしていたようだった、と。もしかしたら盗みが目的ではなく、テンプル騎士団の本部が何を持っているかを確かめたかったのかもしれません」

「確かめるだけ？」

「ほら、つい最近、聖地から聖遺物が届いたよね。ぼくは、それを見にいったのかもしれないって考えたんだけどね」ノアが言う。

「なんのためにそんなことするだ」親方が低い声でうなる。

「だってさ、聖遺物ファンなら、聖遺物を少しでも早く見たいと思うものじゃないかな。親方だってそう思わない？」

「うんにゃ。見てえことは見てえが、まさか忍び込んで泥棒まがいのことまでやろうとは思わねえな。お前さんちょっとおかしいぞ。悪くすりゃ見つかって殺されちまうだ。そんなことしなくたって、あと少し待ってりゃ降誕祭だ」

「そうなのです。ただ、事実から考えると、賊は、何か理由があってどうしても聖遺物を見たかったのではないか、と思えてくるのです」

「記憶がないって言ってた騎士の方はどうだったの？　薬の話は出た？」ドミニクの関心はそちらにあった。

「巡礼団の事件のときと驚くほど似通っています。いままでしたことのない匂いがあの日は宝物庫付近にただよっていたというのです。おそらく、それを吸いこんで、トマ修道士と同じように、意識を失っていたか、あるいは、みずから鍵を開けて賊を中に入れてやる手伝いまでもしてしまったか――」

「匂いか……。なあ、それはおれんときとも同じだよな」

「やっぱりさ、窃盗団も、孤児救済白十字会も、メルクリウス殺害も、テンプル騎士団侵入も、ぜんぶ同じ犯人ってことかな？」

暖炉に薪をくべることに専念していたノアが言った。

「火傷のことは？　それはどう考える？」ドミニクが言った。

「たしかに。それに、降霊術。あの脇腹の傷はどういう意味だったんだろう」

「槍だ。あれは槍の穂先に似てねえか！」オットーが叫んだ。

「ヴェロニクの傷のこと？　言われてみればそうね。でも、それってどういうこと？」

「そうか……。やっぱりそこに――」それからメルトは、珍しく少し息をはずませてこう言った。

「みなさん、実は、私にちょっとした考えがあるのです。うまくいけば犯人があぶり出せるかもしれません」

「なんだメルト。もったいぶって。それを早く言えや」

「もしかしたらまったく見当はずれかもしれません。でも、このあたりで、私たちも勝負に出てみていいのではないでしょうか」

それからメルトは、ある計画を話しはじめた。

降誕祭の聖史劇

クリスマス前の四十日間は、主イエス・キリストの誕生を待ちながら過ごす楽しい季節で、待降節とよばれる。

子どもたちは外に出て雪合戦やスケートをしたり、雄鶏を戦わせて熱くなっている大人を後ろから見物したりする。

通りには香辛料屋が挽く異国的なスパイスの匂いがただよい、裕福な商家の主婦たちは、台所女中に命じて、スパイスやアニスの実を入れたプディングを焼かせたり、アーモンドの砂糖漬けや、イノシシの頭の料理や、クジャクの焼き物を作ったりする。見習い小僧たちは柊と緑の葉で家の戸口を美しく飾りつける。

ノートルダム大聖堂《カテドラル》の前庭では日曜日に「珍しいパンの市」がたつ。生焼けのパンや、焼きすぎたパンや、形が崩れたパンなどが安売りされるのだ。その「珍しいパンの市」に群がる人びとを建設途中のノートルダム大聖堂が見下ろしている。右側のすばらしい正面玄関扉《ポルタイユ》の上部《タンパン》には、聖母マリアとその母アンナの生涯が彫刻され、よく見れば奉納者である国王ルイ七世とパリ司教シュリーの姿も彫られている。

そして今年も、大聖堂前の広場で大がかりな聖史劇が上演されることになっていた。

今年はアッコンの奪還と国王のパリ帰還を記念して、聖史劇は二本立て。一本は聖書に題材を取ったもので、素人のパリ市民が役者としておおぜい参加する無礼講的な劇。そして、もう一本は無名の演出家による聖史劇が初上演されると宣伝されていた。

実は、この無名の演出家こそメルトなのだ。

メルトは司教が新しい劇の演出家を探していることを聞き込むと、自分を推薦してくれるようルカ神父に頼み込んだ。ルカ神父は少し意外に感じたもののメルトがやってくれることに異存のあるはずもなく、神父からジョングルールとしての才能と豊富な経験をたっぷりと聞かされたモーリス・ド・シュリーパリ司教も、喜んでメルトを指名した。

メルトはこれを犯人をあぶり出すチャンスにする計画だった。聖史劇の脚本はノアに任された。

降誕祭のミサのあと、パリ司教から、フランス国王のパリ到着は十二月二十七日になること、国王臨席のもとで、大みそかに二本の聖史劇の上演が行われ、そのあと、テンプル騎士団寄贈の三つの聖遺物を公開することが告げられた。これほど喜ばしいことが重なることはパリにとってめったになく、町はさらにうきうきした気分に満たされた。

クリスマスから一月六日の公現祭《エピファニー》までのあいだの「十二夜」には、あらゆる悪霊や死霊が群れをなして出現して災いをもたらすといわれ、それを除けるために住居や家畜小屋を煙で燻し、厄除け効果のある酢漬けキャベツを食べる習慣がある。

下宿《ホスピキウム》の談話室でこの話題になったとき、煙とか燻すとかいう言葉にやけに敏感になっていることに、四人は改めて気づいた。

「まさか、その煙に混じって眠り海綿が――なんてことないよね」ノアがまっさきに言った。それでなくても二日後にせまった初上演がうまくいくかどうか、ノアの神経はぴりぴりしているのだ。

「やなこといわないでよ、ノア。もしそんなことになったらパリ中が被害を受けるわ」

ドミニクはテーブルに山盛りになっている酢漬けキャベツを向こうに押しやった。ここの料理人が出してくれる料理はいつもすごく美味しいのだけれど、急に食欲が失せた。

「おれたちにゃ聖史劇っていう一世一代の大事な仕事が控えてるだ。これ以上よけいなことぬかすと承知しねえぞ」

「わかったよ。そんなつもりじゃ……」

「許してやってください。ノアはもうボロボロなんです。舞台のことで」メルトが笑って取りなした。

「そうだよ。ぼくが何日も寝ないでどれだけがんばったか——」

「ああ、はいはい。ようくわかっておりますとも」

ドミニクがさえぎった。ノアがこうやって自慢するのを何回聞かされたかわからない。でも、実際、脚本はすごく良い出来だとドミニクも思っていた。

「で、ほんとに誰にもバレてないんでしょうね？」

今回の聖史劇で重要なのは、観客を——正確に言えば誰だかまだわからないターゲットを——不意打ちすることだ。だから、聖史劇のストーリーは誰にも——パリ司教やルカ神父にさえ——秘密にされていた。自然、出演者はごく少数に絞られた。メルト、オットー、ドミニク、ノア、そしてメルトが集めてきた数名の道化師や楽師たちだ。限られた日数で台詞を覚え、舞台装置から小道具にいたるまでをそろえるために、みんな昼夜を問わず働いた。正直、降誕祭などいつ来て去ったのだろうという感じだった。


十二月三十一日。大みそか。朝のミサが終わると、さっそくノートルダム大聖堂前の広場で一本目の聖史劇の上演が始まった。一九九一年最後の、きんと冷えた空は晴れわたり、絶好の野外劇日よりになった。

天地創造にはじまり、出エジプト、主イエス・キリストの誕生、放蕩息子のエピソード、ゴルゴタの丘での十字架刑、エマオの旅人など、聖書に描かれた有名な場面が時間を追ってつぎつぎに展開する劇は、延々三時間以上におよぶ長丁場だ。

広場いっぱいに並んだ移動式の山車《だし》にそれぞれの場面があらかじめセットされ、飾り立てられた舞台の上で、衣装をつけた役者が大仰な仕草で声を張りあげる。演じているのは、職人や商人ばかりで本職の役者などひとりもいない。それでも観客は素人役者のちょっとした仕草にげらげら笑ったり、ほろりとしたりした。

「放蕩息子」のクライマックス、ぼろをまとい飢えて戻ってきた息子を遠くから見つけた父親が走り寄るシーンでは、老父役に扮した自分の父親を見つけた幼い息子が観客席から「おとー！」と絶妙のタイミングで叫び、本人もそれに応えて思わず手を振ってしまって、観客席がどっと沸いた。

基本的に、古い時代のものから順に時計回りに上演するので、観客も少しずつ移動しながら舞台を見あげることになる。さっきまで舞台の上にいた役者が、衣装をつけたまま下りてきて観客になる。かと思えば、前の劇が終わらないうちに、もう別の移動舞台の上で劇が始まったりしている。こうなると、観客も役者も入り乱れての大混乱が始まる。

そうはいっても、決してレベルの低い劇ではない。舞台のセットや衣装は、代々の商人組合や職人組合の親方たちが大枚をはたいて作らせた立派なものだし、役者も素人ながらじつに堂々とした演技で観客を魅了する。

その頃、大聖堂のなか、祭壇寄りの身廊部分を布で覆った一画では、メルトの演出による二本目の劇の準備に余念がなかった。

舞台監督然としてきたノアは、最後まで小道具を確認したり大道芸人たちと打ちあわせをしたりして、ようやくみんなの待つ舞台裏に戻ってきた。

「ごくろうさま。これで準備万端ね。安心した？」ドミニクがいつになくやさしい声をかける。

「ほんとうにノアはよくやってくれましたよ。脚本もねらい通り。完ぺきです」メルトが褒めた。

「いやあ。メルトから言われたとおりに書いただけだよ。でもなんか、ほんと、この一か月は楽しかったたな」

「劇が終わってもそう言ってられるといいがな」オットーが暗い声を出した。

「うん。そうだね。劇がうまくいけば犯人があぶり出せるんだもんね」

「ま、あんまりあとのことは考えないことにしましょ。私たち、できることはぜんぶやったんだもの。それにしても、昨日の〝ロバの祭り〟はおもしろかったわね。とくにルカ神父」ドミニクがみんなの気を引き立てるようにいった。

「ロバの祭り」とは、「十二夜」のあいだに催されるおかしな祭りである。「ロバの祭り」ではすべてが日常とは「さかさま」になる。

聖堂参事会員をはじめとする高位の聖職者にかわって、下級聖職者たちが教会のミサを執り行う。そこで讃えられるのは全知全能の神ではなく、愚かさの象徴であるロバだ。聖歌隊の子どもの中から「司教さま」が選ばれ、子ども司教や下級聖職者たちに〝愉快な信心会〟の若者たちも加わって、陽気にはしゃぎながら町中を行進する。

これは罪のない恒例の行事であって、別に司教や主席司祭に特別な不満があってやるわけではない。が、きちんとしたことが大好きで身分や秩序を重んじるルカ神父にとっては、このばかばかしい祭りはあまりおもしろくないに違いない。鷹揚に微笑むパリ司教のとなりで、ルカ神父はなんとか体面を保とうとがんばっていて、そのありありとわかる努力がドミニクたちにはおかしかったのだ。

そのとき、張りめぐらされた布の向こう側から、ジャン助祭の遠慮がちな声がした。メルトがつと立って出ていった。話の中身まではわからないが、ジャンの不安そうな甲高いかすれ声と、それをなだめているらしいメルトの落ち着いた声が聞こえてくる。

「ジャン助祭はなにを心配してたの？」

メルトが戻ってくるとドミニクが訊いた。

「ストーリーを教えて欲しいのだそうです。ルカ神父も司教さまも知りたがっておられるからと。どこかから、このあと公開される聖遺物にまつわる劇だと聞き込んだみたいですね」

「知りたがってるのはほんとはジャン助祭だけじゃないかなぁ。あの人、すごく心配性だから。ほら、サン・ドニ祭のときにドニの首が落ちてお祭りが台無しになったじゃないか。きっと、あのときもルカ神父にこってりしぼられたんだよ。だからビクビクしてるんだ。かわいそうに」

「もうすぐ幕が上がるってときに、どこまで往生際の悪いやつだ」

オットーが毒づいた。オットーはこれまでもずっと、ノアやドミニクがジャンに同情するたびに、「おれはあいつは虫が好かねえ」と言い続けてきた。

「またあ。親方はジャンには厳しいのね」

「ジャンの立場を考えてあげなよ。ジャンは人が良いから、みんなが何でもかんでも用事をいいつけるんだ。それで板挟みになっちゃうんだよ」

「ふん！」親方は鼻で笑った。

「親方、ジャンのどこがそんなに気に入らないのですか」メルトが訊いた。

「おらあな、あいつの被害者面《づら》が気にくわねえんだ。それだけだよ」

ノアとドミニクは顔を見合わせた。

「被害者面って……、まあ、ちょっと言えてるかな。いつも困り顔だもんね。でもさ、前から気になってたことがあるんだけど、ジャンはなんでまだ助祭なんだろ？」

「どういうこと？」とドミニク。

「聖堂参事会員って、教会の中では格が高い、というか高位聖職者が多いよね。なのにジャンは助祭のままだろ？　ほかの聖堂参事会員はみんな司祭なのに」

「でも今度の復活祭には司祭になるじゃない」

「そうだけど、それはランディの大市でお手柄だったからだよ。あのことがなかったらまだ助祭のままでいたんじゃないかな。やっぱりルカ神父が意地悪してるのかな。メルトはどう思う？」

「いや、そうとも限りませんよ。ノートルダム大聖堂は司教座がおかれている大聖堂ですから、司教座聖堂参事会員も高位聖職者が多いのです。ですが、ふつうの教会の聖堂参事会員には、司祭も、助祭も、副助祭もいますよ。それほどおかしなことではないと思います」

「ふうん……。そういうものか」

「お前さんたち、もうすぐ幕が上がるだぞ。ジャンの心配なんかしてる場合じゃねえだろうが！」

オットーの一喝でみな動きだした。

今日のオットーは十字架に架けられたイエスの脇腹を刺すローマの百人隊長ロンギヌスに扮する。槍の先端だけは作り物だが、それ以外は衣装も槍の本体もできるだけ忠実に当時を再現してある。オットーは槍の穂先がちゃんと固定されているかをもう一度念入りに確認した。

ドミニクは十字架のもとで悲嘆にくれる聖母マリアを演じたあと、別の人物――中年の男で今回の劇の重要人物のひとり――に扮するから、すぐに着がえられるように手際よく準備しておかねばならない。二役を演じるのはドミニクばかりではない。役者が少ないためにみんなが二役、あるいは三役をこなすのだ。

劇の最後の場面で天から姿を現す「神」を演じるのはメルトだ。神のうしろで円環の形の光を表現するために、蠟燭をたくさんはめ込んだ輪を持つ大道芸人がメルトと息をあわせて移動する。光背をうけ、純白のゆったりした衣装をつけて両腕を大きく広げたメルトのすがたは、整った顔だちと長い髪、そして背の高さも加わって文字どおり神々しく、観客をとりこにしてしまうに違いない。

ぞろぞろと観客たちが薄暗い大聖堂のなかに入ってきた。すでに布は取りのけられ、下手《しもて》に黒々した十字架が不気味に屹立している。背後から当てられた光のせいで、十字架の下は影になってよく見えない。

観客は気味悪そうに十字架を横目で見ながら着席した。そして、ざわめきがおさまった頃、まっ赤なタイツと緑色の縞模様の服を着た道化が朗読台の上からピョコンと腰を折った。

「お座りください。どなたさまもどうかおかけになってくださいませ。お静かに。はい。さて、これからどなたさまもよくご存知のある場面と、どなたさまもご存じないあるひとつの場面をごらんにいれますよ。え？　それは何かって。それは見てのお楽しみ。まあどうか、私の言葉を信じてくださいまし。決して失望はさせません。では、さいごまでごゆっくり」

ちびの道化がガラガラを鳴らしながら消え、聖堂内に配置された松明が、控えていた見習い修道士たちによって一斉に灯された。明るくなった舞台の上手《かみて》からふたりの役人――ノアがそのひとりを演じている――にはさまれて、イエスがよろけながら登場した。イエス役にはメルトが招集した大道芸人仲間のうち、あばら骨が見えるほどやせ細った男がえらばれた。イエスの頭には茨の冠がかぶせられ、腰布ひとつだけを身にまとっている。

ふたりの役人は無言のままイエスを十字架につけてゆく。ほんとうならば釘が手足に打ちつけられるのだが、ここはロープで縛りつける方法に変更されている。イエスはされるがままにぐったりとしている。役人が去り、イエスだけが残された。十字架のもとには、青いマントを羽織った聖母マリアがうずくまるようにして祈り続けている。救い主が時おり苦しそうに息をつく。もうすぐ死が訪れるのだ。観客はしいんとなりそれを見守った。

そのとき突然、大聖堂中に大音響が鳴りわたり、観客は座っていた固い椅子の上で十センチも飛びあがった。入り口付近に陣取っていた大道芸人や手当たりしだいに引きずりこまれたエキストラが、シンバルのような楽器や、リュートや、高い音の出る笛など、ありったけの楽器をいっせいに鳴らしたのだ。

雷のような音が鳴り止むと、十字架上のイエスは首をあげ、大声で「エロイ、エロイ、レマ、サバクタニ——わが神、わが神、なぜ私をお見捨てになったのですか」と叫び、ガックリと頭を垂れた。

ややあって、百人隊長のロンギヌスに扮したオットーがゆっくりとイエスに近づき、死の確認をするために持っていた槍でイエスの脇腹を刺した。すると、傷つけられた脇腹からまっ赤な血が流れ出して槍の穂先を濡らした。どう見てもほんとうに脇腹に穴があいて血が流れたとしか思えず、観客はひどく驚いた。百人隊長ロンギヌスは観客に向きなおり、血のついた槍をよく見えるように掲げてから退場した。

百人隊長が消えると同時に観客と舞台のあいだに、布がサーッとひかれ、見習い修道士たちがいっせいに松明を吹き消し、暗転となった。

再び明るくなったとき、さきほどまで立っていた十字架は消え、太い柱と丸い天井と聖母のフレスコ画のある巨大な書き割りが登場した。教会の内部らしいが、それにしては少しおかしなところがあった。聖堂の床がはがされ、掘り返された土が山になっているのだ。つるはしを持った男が土のそばに立ち、その隣で松明をかかげた兵士が土の穴をのぞきこんでいる。と、白い服を着た痩せた修道士——ドミニクだ——が土でまっ黒になった顔を穴の中からのぞかせた。修道士は興奮した様子で叫び、男が松明をさらに寄せる。修道士が土の中から何かを両手に持って出てくる。松明の男がそれを見ようと乗りだすと、観客たちも思わず前のめりになった。

「槍だ！」修道士が目をぎらぎらさせながら両手をたかくかかげてはっきりと叫んだ。

「ついに見つけた！　ああ聖アンデレさま！　おっしゃったとおりでした。みなさま――」ここでドミニク扮する修道士は穴から完全に出て、観客に向けてまっすぐ立った。「わたくしはペトルス・バルトロメオ。レーモン伯にお仕えする貧しい修道士であります。我々はこの数か月というもの、地震におののき、飢えに苦しみ、多くの仲間を失いました。ある者は腹を空かせたあまり死んだ軍馬の肉を喰らい、それればかりか仲間の遺体にまで手を出す者もおりました。わたくしはこの苦しみの中で、アンティオキアの聖ペトロ教会の地下で、イエスさまを刺した槍が見つかるであろうとの、聖アンデレさまのお告げを受けました。そして、ごらんください！　いま、わたくしが手にしているもの、これこそが、十字架上のイエスさまを刺した槍。聖なる槍でございます！」

その言葉を聞くと、つるはしの男も松明の男も、持ち物を取り落としてその場にひれ伏した。レーモン伯が舞台下手《しもて》から現れ――これはオットーが演じている――ペトルス・バルトロメオから聖なる槍を受け取ると感激で顔を輝かせて叫んだ。

「これぞ、神のご意志でなくてなんでしょうか。我々は必ずやサラセン軍の包囲を突破することでありましょうぞ！」

舞台にいる者全員と、聖堂のあちこちに配置されているエキストラたちが、いっせいに詩篇の一節を歌い始めた。

するとそこに、舞台上手から司教冠《ミトラ》をかぶった立派な人物が姿を現した。演じているのはノアである。司教は右手をあげて歌を鎮めると、いつもの落ち着きのないノアが演じているとは信じがたいほど威厳に満ちて話し始めた。

「みなさま、どうかお静まりください。私は教皇使節のアデマール司教です。レーモン伯、あなたほどのお方が、このようなペテンにひっかかるとは。――わが十字軍の兵士はみな、飢えにさいなまれ、朦朧とし、幻を見たり、聞こえるはずのない声を聞いたとさわぎたてる者があとをたたない。もちろん、私は、この者たちを責めるつもりなど毛頭ない。むしろ、極限状態のなかでも、聖地をとりもどそうとする篤き信仰に、教皇使節として非常に心をうたれている。ウルバヌス二世教皇さまは、この勇敢な十字軍兵士たちに罪の赦しをお与えになろう。そして、全能の神は必ずや約束された乳と蜜の流れる国と永遠の生命を賜ることであろう。ただし、聖槍の発見というこの上なく重大なことがらにおいて、兵たちをまどわす偽りがまかり通るのを、私は教皇使節として断じて見のがすわけにはいかない。ペトルス・バルトロメオ――」アデマール司教は厳しい声で呼びかけた。ペトルスはビクッとして顔をあげた。泥でまっ黒に汚れた顔の中で、白目だけが落ち着きなく動いている。

「そなたは地中から聖槍を発見したと申すが、それはたしかか。正直に申してみよ」

「は、はい。それは、あの……」ペトルスはゴクリとつばを呑みこんだ。「わたくしは、この土の中から槍の穂先を見つけました」消え入りそうな声だ。

「もう一度訊く。そなたはあらかじめ手の中に槍を隠し持ち、それをあたかも土の中から見つけたように装ったのではないか」

観客はいっせいにペトルスに注目した。ペトルス役のドミニクは土で汚れた手を揉みしだき、おろおろし始めた。レーモン伯がペトルスを驚いて見つめている。

「わたくしは……、わたくしは、あの、聖アンデレさまのお告げで――」

「ペトルス、みだりに聖人の名を語るのではないぞ」アデマールがさらに厳しく語りかけた。ペトルスは泣きそうな顔になった。

「はい。そ、その、聖アンデレさまはわたくしの夢の中になんども現れて、その……ほんとうでございます！　どうかお信じくださいませ！」ペトルスはがばっとその場にひれ伏した。

教皇使節アデマールは不意に追及の手をゆるめ諭すような口調になった。

「ペトルス。それほどまで申すならよい。そなたの申すことを信じよう。私は聖槍というもっとも大切な聖遺物の発見がまことのものであるかを確認したかったのだ。ほんとうであるならば、必ずわが軍は敵の包囲を突破するであろうからな」

教皇使節アデマールやレーモン伯がその場を去ると、ペトルスは起きあがって服についた泥を払い、大きく肩で息をつき、それから観客席に向けてはっきりと不敵な笑みを見せて消えた。

その次は神明裁判の場面だった。

赤い布と糸で燃えさかる炎と鉄板が再現され、それを取り囲むようにレーモン伯をはじめとするたくさんの見物人がいる。ペトルス・バルトロメオがそのまんなかにいて、今まさに火の中を歩こうとしている。

ペトルスの目つきは異様にぎらつき、品性の卑しさと精神の荒廃がありありと見て取れた。ドミニクはなかなかの役者だ。ペトルスは最後に観客に向かってこう独白した。

「なんということだ！　私があの聖槍を見つけたからこそ、わが軍の士気が上がり、サラセン軍を蹴散らすことができたというのに、やはり槍はもともと私が手のなかに仕込んでいたのではないかという疑いが消えない。それどころか、噂は日に日に大きくなり、いまでは皆が陰で私の悪口を言うしまつだ。おかげで、こんな神明裁判にかけられることになってしまった。――いいだろう。こうなったらもうやるしかない。さいわい私は丈夫なたちだ。多少は火傷もするだろうが、きっとすぐに治って、私が正しかったことが証明されるに違いないのだから」

そう言い残すなり、ペトルスは身を翻して炎の中に飛びこんだ。

両手をあげたペトルスのシルエットが炎に沈み、おそろしい苦悶の呻きが響き渡る。

最後に、舞台の奥の高いところから神が――メルトが――登場した。光の輪を背負ったメルトが両手を広げると、実際の彼よりも何倍も大きく見えた。

神はおごそかに予言した。

「汝らに告げる。ペトルスの有罪は証明された。ペトルスの罪は、ひとりペトルスのみならずその末裔にまで及ぶ。余はこの過ちを決して忘れることはない」

幕となってもいつまでもざわめきがおさまらないなかを、晴れの日に相応しい手のこんだ十字架の刺繍を施したビロード地のカズラを着たモーリス・ド・シュリーパリ司教が祭壇上に登場した。劇の余韻に浸っていた観客は、司教さまの姿をみて、いまから三つの聖遺物が披露されることを思いだした。

司教さまが聖地からもどったばかりのフランス国王をうやうやしく紹介した。王は、百合をかたどった金の王冠をかぶり、白地にカペー家の紋章である白百合を金糸で縫い取りしたゆったりした上着を着て、その上から同じ刺繍のマントを羽織りそれを右肩のところで留めている。聡明な光をたたえた瞳、キリリとした太い眉、整えられた立派な顎髭。会衆は間近で見る王の偉容に圧倒された。王は今日の劇の作者と出演者たちに賞賛の言葉をあたえたあと、貴重な聖遺物を寄贈したテンプル騎士団総長に、簡潔な、しかし心のこもった謝辞を述べた。

王が深紅のビロードを貼った背の高い椅子にすわると、司教のモーリス・ド・シュリーが、大聖堂入り口で待っていたルカ神父に合図を送った。ノートルダム大聖堂の正面扉が堂々と開け放たれ、冷たい空気といっしょに、聖遺物が収められた箱を捧げ持つ聖職者たちが、聖なる歌を唱和しながら長い行列をつくってゆっくりと入堂をはじめた。会衆はこぞって身体をひねり、白いカズラをつけた修道士たちが掲げているものを少しでもよく見ようと首をのばした。

先頭はキリストの臍の緒だった。両端を立派な金細工で封印された細長いガラスの中に、黒っぽくひからびた小さな物体がおさまっているのが見えた。続く聖遺物は聖母の髪の毛であった。こちらは、表面に聖母マリアのレリーフのあるメダイヨン型の巨大な銀の容器に入れられていた。ただし、髪は麻布にくるまれていたため、メダイヨンの蓋がずらされて、聖母の髪をみることができた。それでも会衆は自分のそばを聖遺物が通り過ぎるときに頭を垂れ、十字を切って祈りの言葉を口にした。

さいごに聖槍がしずしずと進んできた。テンプル騎士団がフランス国王に贈ったのは、槍の先端部分のみであるが、そこに宝石で飾られた柄がつけられ、聖遺物箱は長さ二メートルを超す。箱の作者は当代一流の七宝細工師クリストフとあって、人びとの関心もまたいちだんと高い。修道士もそれを察してか、ことさらにゆっくりと歩を進めている。

舞台化粧をおとし、ふだん着に着がえて着席していたドミニク、ノア、オットー、メルトのすぐ脇を聖槍が進んでゆく。まわりで会衆が息を呑むのがはっきりとわかる。この上なく豪華な箱のなかで、聖槍は銀色に鈍く光っていた。

聖遺物の長い行列がようやく祭壇に到着し、待ち受けていたフィリップ二世王に託された。聖遺物は司教によって祭壇後方の顕示台に丁寧に安置された。

そのあと、うれしさではち切れんばかりの主席司祭ルカ神父が進みでた。ルカ神父は、まずテンプル騎士団総長に礼をのべたあと、私ごとで恐縮ではありますが、と前置きして次のように語った。

「国王陛下、ならびにパリ司教さまをさしおいて、私がここでお話しさせていただくのにはわけがございます。さきほど上演されました聖史劇。大変すばらしい劇でございましたが、何を隠そう、教皇使節アデマールとは私の四代前の祖先なのでございます」

ルカ神父はいったん言葉を切り、会衆席を見わたした。

「驚かれましたか。実はもっとも驚いたのはこの私でございました。なぜなら、本日の聖史劇の内容は上演まで秘密にされていたからなのです。それも今となっては合点がいきます。さすがに司教さまが選ばれた演出家です。かくも見事な――」そこでルカ神父は感激のあまり言葉をつまらせた。「本日、みなさま方がごらんになった聖槍発見の場面は史実そのままであります。わが家では代々、教皇使節アデマール司教の武勇伝が語り継がれてきておりまして、私自身、まるで自分もその場にいたかのようによく存じております。アデマール司教は第一回十字軍の際に、教皇使節として聖地に赴きました。聖槍の発見という、全軍を揺るがすできごとが起きたのは、アンティオキア攻防戦のときでした。実は、アデマール司教はその前にコンスタンティノポリスで聖槍を見ておりましたゆえ、すぐさまこれが作り話であることを見抜いたといいます。ただ、このときは、聖槍発見の知らせが苦しい戦況にあった十字軍兵士を奮いたたせる可能性があったこともまた事実でした。そのため、アデマール司教は、ペトルス・バルトロメオの不正にいったんは目をつむる決断をしたのです。その心中を察しますと、これがいかに苦しい選択であったか――。しかし、ここでのアデマール司教の賢明なる判断があったからこそ、十字軍はアンティオキアで敵軍を突破し、勝利をおさめることができたわけです」

ノアがドミニクにささやいた。

「あの得意気な顔を見ろよ。ふんぞり返ってうしろに倒れそうだ」

「あんなに上機嫌でべらべら喋るところ、私はじめて見た」

「残念ながら――」ルカ神父は続けた。「アデマール司教は、その後まもなく病で亡くなりました。ところが、それをいいことに、ペトルス・バルトロメオは、亡くなったアデマール司教が夢に現れて、疑って悪かった、自分の方が間違っていたと謝罪したなどという話をでっちあげて、触れ回りはじめました。まことに神を怖れぬ許しがたい言動と言わざるを得ません。しかし、真実は常に日のもとに明らかになります。常日頃からのペトルスのいやしい素性や言動は周囲の信頼を失い、しだいに諸侯や兵士たちはやはり聖槍発見は嘘だったのではと疑うようになりました。そしてついに、神明裁判にかけられることになったのです」

「ふう。長い話だな」ノアが言った。「いっそのこと、ルカ神父に脚本書いてもらったら面白かったかも」

「だめよ。犯人はルカ神父かもしれないんだから」ドミニクがきまじめに答えた。

「お前ら、ちっとうるせえぞ」オットーがノアをつついた。

「そうですよ。この聖堂の中でおかしな動きをする人がいないか集中して」とメルトも注意した。

前方ではルカ神父の話がようやく終わろうとしていた。

「――というわけで、神明裁判から十二日後、ペテン師ペトルス・バルトロメオはひどい痛みにのたうち回りながら世を去りました。ペトルスが負った火傷はまったく治っていなかったことがわかっております。聞くところによりますと、その後ペトルス・バルトロメオの一族には、疫病や不慮の事故が続くようになったということです。先ほどの聖史劇のとおりです。神の言葉は実現され、バルトロメオの一族には末代まで災いがもたらされたのです」

それからルカ神父は祭壇後方に安置された聖槍に向きなおり、感きわまった仕草で深く頭を垂れた。

「あれを！」メルトがするどくささやき、聖堂の後方を指さした。

小柄な人影が大聖堂の隅をすばやく移動していた。四人は急いで席を立ってその人影のあとを追った。聖遺物を見るために、通路にもぎっしりと人が立っているので、なかなか先に進むことができない。小柄な人物が何をしようとしているのか不明だが、最悪、誰かを傷つけるかもしれない。

大聖堂内の人びとのほとんどは祭壇に注目し、この動きに気づいていない。ただ、人影が走りすぎた通路際にいた人だけが、不審げな眼を向けている。

人影は祭壇の方向に一直線に向かっていた。「ああ、間に合わないよ。もう祭壇のすぐそばだ」ノアがうめいた。

小柄な人影は、ためらうことなく祭壇にかけのぼり、聖遺物箱の下でまだ祈っていたルカ神父の深紅のカズラを後ろからわしづかみにした。神父が驚いて振り返った。

「またジャンだわ――」ドミニクが震える声で叫んだ。

ルカ神父とともにこちらに向きなおったジャンは、髪を振り乱し血走った目つきでルカ神父を睨んでいる。それはさきほどドミニクが演じたペトルス・バルトロメオと奇妙なほど似ていた。

「私の話を聞いてください！」ジャンが制止されるのもかまわず大声で叫んだ。「みなさま、さきほどの聖史劇はまったくのでたらめです！」ジャンはそれだけ言うと息が切れたのか、身体を半分に折り、手を膝に当ててハアハアと肩で息をついた。

メルトが祭壇のすぐ下で待機するように合図し、四人ともいつでも飛び出せるように身構えて次に起こることを待った。

ルカ神父は相手がジャンだと知ると、すぐにいつもの人を小ばかにしたような態度をとりもどした。まず、モーリス・ド・シュリーパリ司教とフランス王に引きつった笑顔を送った。ルカ神父は、こんなことはなんでもないのだというように背筋をしゃんと伸ばし、一刻も早くこの醜態をおさめるべくジャンに向きなおった。

「ジャン、いったいどうしたというのだ。おや！　この寒いのに汗だくではないか。誰か――」ルカ神父は手近な修道士を手招きした。「助祭を部屋にお連れしなさい。具合がひどく悪いようだから」

「やめてください！」

ジャンは、肩に手をおいているルカ神父と、近寄ってきた修道士を払いのけた。まだ息は荒く、眼のまわりはまっ赤だ。

「あんな聖史劇はうそっぱちです。よくも、よくも、私の――」ジャンはそこで言葉をきり、国王フィリップ二世とパリ司教にからだを向けた。「おそれながら申しあげます。聖槍は本物ではありません」

「な、またバカなことを。お前は自分がいま何を言ったかわかっているのか」

「よくわかっています。聖槍は偽物です」ジャンは頑なにくり返した。

「さあ、いい加減に口をつぐみなさい。国王陛下、司教さま、テンプル騎士団総長さま、とんだところをお目にかけまして、まことに申しわけございません。このジャン助祭は病気なのです。

さあジャン――」

「これ以上、うそはうんざりです！　私は病気などではありません。真実を申しあげているのです。聖槍は本物ではありません！」

　ルカ神父はなだめても無駄だとわかると、哀れむようにジャンを見た。

「こんなことは言いたくないが、お前はランディの大市の一件以来、舞い上がってしまっているのだ。お前のような人間は限度というものをしらない。たった一度、たまたまうまくいったからとて、お前が無能であるという本質はかわらないものだ。お前は、今、自分がどんな非礼を働いているかさえ、気づくことができないだろう」

　ジャンは悔しそうに唇を噛んだ。今にもルカ神父に飛びかかるか泣きだすのではないかと、ドミニクははらはらした。しかしそうではなかった。ジャンは顔をごしごしこすり、両手を胸の前で組んで、しっかりと話し始めた。

「国王陛下をはじめ、この場にいらっしゃるみなさま、わたくしはノートルダム大聖堂の聖遺物蒐集を担当する助祭のジャンでございます。わたくしは、聖遺物係として、聖槍が寄進されると知ったときから、聖槍は本物のはずがないと考えていました。それをルカ神父に何度も申しあげようとしましたが、聖堂参事会会長であるルカ神父は、テンプル騎士団に遠慮し、体面ばかりを気にかけ、降誕祭に滞りなく聖遺物を公開することに執着して、わたくしの話を聞こうともしてくれませんでした。ルカ神父にとっては、聖槍が本物かどうかより、本物に見える方が大事なのです。みなさまがたを怖がらせたくはありませんが、わたくしはいまにもこの大聖堂に神罰がくだるのではないかと怖れています。なぜなら、偽りの聖遺物をこのように崇めることを、天におられる御父は決しておゆるしにならないからです。あのサン・ドニ修道院の聖遺物係も――」

「おれは知ってるぞ！　あのあと、サン・ドニの聖遺物係は首をくくっちまったんだ！」

会衆の中から男がよく通る太い声をあげた。また別の声が聞こえた。

「ああ、そうだ。そのうえ、死んだ修道士には気味のわるい火傷があったってな。それこそ神がつけられた罰だろうよ」

「どうして火傷のことバレてるんだろう？」ドミニクがささやいた。

「おそらく、医学生あたりから聞き込んだのでしょうね」メルトがジャンから眼をはなさず答えた。

会衆席のざわめきはしだいに大きくなっていた。ジャンは両手を大きく広げ、目を閉じた。まるで舞台役者のようだ。

「そうです。それが神罰なのです！　ああ、主よ、どうかお怒りをお鎮めください。哀れな私どもに憐れみを」

ジャンは跪き、目を天に向けて祈った。会衆もそれにつられてこわごわ大聖堂の天井を見あげた。みな、今にも大天井が落ちてきやしないかと急に不安になったのだ。ルカ神父はこれはまずいとジャンを押しのけた。

「みなさん、こんなばかげた話を真に受けませんように。このジャン助祭は聖遺物の仕事で失策続きなのです。その腹いせに、こんな根も葉もないことを口走っているだけです。総長さま、このようなご無礼をどうか、どうか、おゆるしくださいませ」ルカ神父は床に頭をすりつけんばかりにした。それからいちだんと大きな声でジャンを叱りつけた。

「いいかげんにしないか。お前の言っていることは支離滅裂。なんの根拠もない。これ以上ばかなことをひと言でも言ったら――」

「言ったらどうだというのです?」ジャンはルカ神父を挑戦的に見すえた。「では、根拠を申しあげましょう。ヨハネの福音書には、兵士がイエスさまの脇腹を刺すと、すぐに血と水が流れた、とはっきりと書かれています。では、さきほどみなさま方がごらんになった聖槍に、血と水のあとがあったでしょうか。いいえ。あの槍の表面には何の痕跡もありません。一方、アンティオキアの教会でペトルス・バルトロメオが発見した聖槍にはイエスさまの血が付いていました。あなたのご先祖の教皇使節アデマール司教も、はっきりとその両の眼で見たはずです。見ていながらあなたのご先祖はそれを無視し、ペトルス・バルトロメオをペテン師だと決めつけました。国王陛下、司教さま、いったいどちらが罪に定められるべきでしょうか。言うまでもありません。真の聖槍を否定した者、アデマール司教こそが裏切り者です!」

自信満々だったルカ神父が一瞬ひるんだように見えた。

「おっどろいた!」ドミニクがささやいた。

「窮鼠《きゅうそ》猫を噛むだな。あいつにこんな度胸があるとはな」オットーは妙に感心している。

「神明裁判だ!」

また、あの太いよく通る声の主が言いだした。

「ちょうどいいじゃねえか。もう一回、神明裁判をやればはっきりするぜ」

「やれやれ！」複数の声があがった。

「そうだ、そうだ！」

聖堂の中だというのに、まるでマルディ・グラの時のような騒ぎになった。

ルカ神父はなすすべもなく立ちつくし、ジャンのほうは逆に、こうなることを予期していたかのように余裕しゃくしゃくだ。

やにわにモーリス・ド・シュリー司教が椅子から立ちあがった。ジャンは、司教のほうを向き、はっきりと首をたてに振った。司教にじっとみつめられ、ルカ神父の方もしぶしぶうなずいた。

司教が重々しく通告した。

「よろしい。ふたりに神明裁判を受けることを命ずる。裁判は明朝。詳しくは追って知らせる」

それから司教はフランス国王とテンプル騎士団総長とともにさっさと聖堂を出ていった。

火の神明裁判

その昔、ベツレヘムで生まれたおさなごイエスのもとに、星に導かれた三人の博士――その名はカスパール、メルキオール、バルタザール――が訪れ、それぞれ没薬《もつやく》、黄金、乳香を贈り物としてささげた。これを記念する盛大な祝祭が行われるのが一月六日の公現祭の祝日だ。

今年は、公現祭前日の夜に、ノートルダム《カテドラル》大聖堂付属学校の学生や若い聖職者たちによる、東方三博士の典礼劇が上演された。短いながら凝った技巧や新しい試みが盛り込まれた聖史劇で、なかでも観客をアッと驚かせたのが、三人の博士を導く星だった。

すばらしく明るく輝く星が、大聖堂の高い天井をゆっくり動きながら、博士たちを馬小屋にいざなった。星は、天井近くに張られた細い二本のレールの間を滑車を使って移動したのだったが、観客にはあたかも本物の星が大聖堂内に出現したように見えた。これまでの単純素朴な演出――それでも観客はいつも大喜びだった――とは大きく異なる星の動きに観客は見とれた。

「おい、昨日のあれはどうやったんだ」

オットーが首を揉みながら言った。オットーはずっと上を向いていたせいで、首を痛めてしまったのだ。もちろん、ノアも昨夜の出演者のひとりだ。

「びっくりした？　へへへ。あの星はね、メルトのアイデアなんだ」

「ほう！　メルトか」

「正確にはそうではないのですよ。この季節は祝祭つづきなので、旅芸人がパリにたくさん集まっているでしょう。彼らは新しい演出法や流行を誰よりもよく知ってますから、教えてもらったのですよ。でも、あの仕掛けを実際に作ったのは聖堂付属学校の学生たちです。話をきいただけで作れるなんてたいしたものです」

「仕掛けなんてぜんぜん見えなかったわ。聖堂参事会のお偉いさんたちも、できの悪い神学生をちょっとは見直したんじゃない？」

「そうだといいけどね。古い人たちのなかには、〝神の家〟である聖堂の中で劇を上演することじたいに反対の人もいるんだ。そもそも、演劇ってものに批判的な人もいる」

「へえ。どうして？」

「誰か別の人間を演じるのは良くないって考えなんだ。自分じゃないものになりたがっている証拠だから」

「ふうん。なるほどねぇ……。言われてみれば、あの頃私、自分のことがいやで男装してたんだわ」

ドミニクが昨年春のマルディ・グラを思いだして肩をすくめた。

「おれは古い人間だけどよ」オットーが鼻をならした。「劇をやるのは悪くねえと思うさ。田舎もんはお前さんたちみてえに学校で勉強したことなんてねえからな。劇でやってもらうのがいちばんわかりやすいだ」

聖堂前広場にはいくつも露台が並び、祝い菓子や料理が所狭しと並んでいた。踏み固められた雪の上を子どもたちがはしゃいで走りまわる。

「ルカ神父の具合はどうかしら」ドミニクがそれを目で追いながら言った。きらきら光る雪がまぶしい。


あの、収拾のつかない大さわぎになった大みそかの聖史劇の翌日、つまり、新しい年が始まった一月一日に、火の神明裁判が行われた。

国王フィリップ二世、パリ司教モーリス・ド・シュリー、聖堂参事会員の面々、そして物見高いおおぜいの民衆が見守るなかで実施された裁判は、恐ろしい結末をもたらした。

大聖堂前の広場に鉄板が長さ五メートルにわたって敷かれ、それをUの字型に囲むように両側にも鉄板が立てられた。鉄の板の下からは燃えさかる炎が見え、両側の鉄板も赤く焼けている。その熱で雪がみるみる溶けてゆく。ふたりは、この熱い鉄の通路を裸足で歩き、その後、傷の具合で判決がくだされるのだ。

裁判官が大声で裁判の開始を告げ知らせる。運命の時を迎え、さすがに両者とも顔をこわばらせた。

最初はジャン助祭の番だった。ジャンは焼けた通路をつま先だって走り抜け、なんとか向こう側までたどり着き、そのまま雪の中に倒れこんだ。脚はまっ赤で、髪と眉はチリチリに焦げていた。ドミニクがたまらずに駆け寄ると、ジャンは白い歯を見せて雄々しく微笑んでみせた。修道士らが手当をするためにジャンを板に乗せて運び去った。

次はルカ神父の番だった。神父は助けを求めるかのようにパリ司教をチラリと見て、それから大きく息を吸いこんで鉄の床に最初の一歩を乗せた。ジュッという音と肉が焦げるいやな匂いがした。ルカ神父はよろけて右側の鉄の壁に手をつき、あわてて今度は反対側の鉄に手をついた。神父は火傷した両手を胸にあて、そろそろと歩を進めた。焼けただれた足の裏が鉄板にこびりついてうまく進めない。そして、ようやく残り三分の一ほどのところまで来たとき、とんでもない事がおきた。ルカ神父が身につけていた白い麻のチュニックが、ボッという音とともに燃え上がったのだ。短い髪が逆立って炎をあげるのがはっきりと見え、女たちは思わず顔をそむけた。ルカ神父は火のかたまりようになって向こう側に転げ落ちた。

　修道士らが走り寄り、用意していた水をザアーッとかけ、雪で神父の身体を冷やした。火はすぐに消えたが、ルカ神父は膝を抱えて丸まったまま動かなかった。薬師が跪き、ルカ神父の胸に耳を当て、それから司教たちの方を向いてうなずいた。息はあるという意味だ。

　さきほどと同じようにルカ神父も修道士たちによって運ばれた。

　このあと、ふたりは傷に布を巻かれ、裁判官が布の上から封印をする。三日後に布を取り、快方に向かっていれば無罪。悪化したり膿んだりしていたら有罪の判決がくだるのだ。

　ジャン助祭に比べて、ルカ神父の方がはるかに深刻なダメージを受けたことは、その場にいた者には一目瞭然だった。板に乗せられて運ばれてゆくルカ神父をそばで見た者のひとりは、ため息をついて首を振った。毛布の端からのぞく脚は無惨に焼けただれ、顔は目鼻も判別しがたいほど黒焦げであった。

　けれど、これは神明裁判だ。いかに重篤な状態からであろうと、無罪であれば神は必ず救われる。包帯が解かれるまで、誰も結果を予想することは許されない。

　そして三日後。裁判官と司教立ち会いのもとで両者の布の封が解かれた。

　ジャン助祭の脚には痛そうな水ぶくれがたくさんできていたが、膿はなく、快方に向かっていると判断された。

　ルカ神父の方は大変だった。神父は意識がまだ回復していなかった。そして、身体中に巻かれた布は、むしり取らなければならないほど皮膚と癒着していた。それでも、ようやくのことで布を剝がした薬師は思わず手を止めた。悪臭がただよい、それまで押さえられていた緑色の膿がだらりと流れ出た。うしろで司教が思わずウッとうなり、手を口もとに当てた。

司教は裁判官を通じてただちに神明裁判の結果を公表した。有罪となった者は死罪になるが、すでにルカ神父が生死の境をさ迷う状態にあるため、しばらく様子を見ると告げられた。

つづけてモーリス・ド・シュリー司教は、国王フィリップ二世と相談のうえで、ノートルダム大聖堂の聖堂参事会会長の交代を決めた。新しい会長は、神明裁判でその正しさが証明されたジャン助祭である。脚の傷が回復し次第、ジャンはただちに司祭に叙階され、そのうえで聖堂参事会会長に就任することになった。


「ルカ神父は、なんとか命はとりとめそうだと聞きました」

メルトが言った。メルトは裁判結果がでたあとで、パリ司教によばれていろいろと事情を聞かれたのだ。

「こうなってしまうとさすがに気の毒になるわ」ドミニクが暗い顔をした。「ルカ神父は全身に火傷を負ったでしょ。そうなると、命が助かるかどうかは五分五分、ひょっとしたらもっと低いかもしれないって、ジュリアーノ先生がおっしゃるの」

「ここだけの話ですけれど、国王はルカ神父が回復したら恩赦をだされることも念頭にあるようです」メルトが言った。

「ああ、そうだといいな。ルカ神父はもう充分に罰を受けたと思うよ。……あのさ、ずっと不思議に思っていたんだけど、あのとき、ルカ神父の服が燃え上がっちゃったのはどうしてかな?」

「あれにゃぶったまげたな」

「そのことも、ジュリアーノ先生に聞いてみたの。そしたら、あんなふうにすごく熱いところでは、それによって発火することもまれにはあるそうよ」

「はっかってなんだ?」オットーがきく。

「火が出るということよ。ふつうは火をつけないと物は燃えないんだけど、すごく熱いものが近くにあると燃えだしてしまうこともあるんですって」

「……じゃあ、ルカ神父のはそれ?」ノアはゾッとした。

「わからない。めったにないことらしいもの」ドミニクが肩をすくめた。

「はっかだろうがなんだろうが知らねえけどよ、そういうのが神罰ってもんだろう。はっきり言わせてもらえば、おれは、ジャンのやつに神罰がくだるとおもってただ。こんなことは、神さまに逆らうことだから、いわねえけどよ」

「もう、言ってるとおもうけど」ノアがつぶやく。

「なんだ? ともかくよ、事件はぜんぶルカ神父がやったってことだよな」

「そこだよね。たしかにルカ神父はヤなやつだけどさ。ぼくたちの作戦では、あの劇でわざと極端な演出をして犯人をあぶり出すつもりだったよね。でも、最初に騒ぎだしたのはジャンだった」

「けど私はやっぱりルカ神父が疑わしいと思う」ドミニクが言った。「彼は聖遺物をあつめて評判を高めることに誰よりも執念を燃やしていたし、メルクリウスを排除しようとしていたし、大聖堂付属の薬草園から自由に薬を手に入れることができた。それに聖堂参事会会長という立場から、あらゆる情報をいちはやく知ることもできた。そもそも、教皇使節のアデマール司教がおじさんなんてホントうさんくさい」

「おじさんじゃなくて、もっとずっと前のご先祖だけどね」ノアが訂正する。「それに、ドミニクがいま言ったことは、残念ながらそのままジャンにもあてはまっちゃうんだ。薬草園のことも情報のことも」

「でもジャンとメルクリウスとの仲は悪くはなかったでしょう？」

「うん。どっちかと言えば親しかったかもね。聖遺物蒐集でずっと付き合っていたから」

「おい、ルカ神父が犯人なら、なんでメルトに窃盗団を捕まえてくれなんて頼んだだ？　おかしくねえか」

「それは――、きっと自分の方に疑いの目がこないようにするためよ。そういうこと、やりそうな人だわ」ドミニクが考えながら答える。

「ねえ、メルトはルカ神父がアデマールの子孫だって知ってたの？」

「以前、ルカ神父が、自分の祖先のひとりに教皇使節がいたと漏らしたことがあったのです。それで調べてみてわかりました」

「おい！　あれ見ろや」

オットーがみんなの注意をうながした。公現祭の祝い菓子が並べられた露台のそばを、ジャンがにこやかに歩いていた。

「あれ、ジャン助祭よね？　うそみたい！　もう治ったの？」

よく見ると、少し脚を引きずってはいる。が、顔色はよく、驚異的な回復ぶりだ。

四人が近づくのに気づき、ジャンは晴れやかな笑顔をむけた。近くで見ると、眉がすっかり焦げてなくなっているのがわかった。

「もう歩いてもだいじょうぶなのですか？」

ジャンは両手を広げてみせた。

「はい。このとおり元気になりました。——実を言うとまだ痛いのですがね、ほんの少し。でも、聖槍の神判で正しさが証明されたことを思えば、こんな痛みなどなんでもありません。生まれてこのかた、こんなに気分が良いことはないくらいです」

「気分がいいと傷の治りも早いってか」オットーが眉をしかめた。

「ええ、きっとそうなのでしょうね」ジャンはオットーの皮肉などまったく気にならない様子だ。

「なにか良い薬をつかっているのですか？」ドミニクが興味津々で訊ねる。

「いいえ。薬草園のお茶を毎日いただいているだけですよ」

「もうすぐ司祭に叙階されると伺いました。式はいつですか」ノアがきいた。

「まだ正式な日程は決まりませんが、司教さまは身体が回復したらすぐにでもとおっしゃってくださっています。母がどんなに喜びますことか」

ジャンはうれしさを隠しきれない。

「それに、新しい聖堂参事会会長になるんですってね。ほんとうにおめでとうございます」

ドミニクが腰をかがめてお辞儀をした。ジャンはさらに顔を輝かせた。

「ジャン助祭、本物の聖槍はいまどこにあると思いますか」

メルトが突然訊いた。ジャンは笑顔を崩さぬまま首を振り、今はまだなんともいえません、と意味ありげに答えた。

ジャンが知りあいに声をかけられたのを機に離れていくと、広場の向こう側でにぎやかな声があがった。子どもたちがお祭りの料理を捧げ持って行進を始めたところだった。

ソーセージと三頭の豚の頭をつなげて輪にした料理がみんなの前を運ばれてゆく。焼けたソーセージのこうばしい匂いが食欲をそそる。豚の口にはリンゴがくわえさせられている。祝祭の料理を領主さまにささげる習わしにしたがい、行儀よく並んだ子どもらが、主賓席に座っているモーリス・ド・シュリー司教さまのもとに近づきつつあった。

「いいもんだな。祭りっちゅうのは」オットー親方が寒さでまっ赤になった鼻をしきりにこすった。「――おれも潮時だな」

「どういうこと?」ドミニクとノアが同時に言った。

「いまごろ、アルスフェルトの村でも祭りのまっ最中だろうて。うちのマルガレータのやつは料理上手でな。いつかお前さんたちにもあいつの料理を食わしてやりてえよ」

オットーは眼を細めて祭りの衣装できかざった人びとを見つめた。

「帰るっていうこと? で、でもさ。まだわからないことがいっぱいあるじゃないか。親方だって、あの地下室で起きたことがなんだったか知りたくないの?」

「そうよ。もうちょっといてちょうだいな。奥さんもそれくらいは待ってくれるわよ。いいお土産話になるわ」

「土産話か」オットーはフンと笑った。「人が殺されたり、裁判で火だるまになるのを見たりするのがいい話かい？　いや、ドミニク、そんなつもりで言ったんじゃねえことくれえわかってるさ。ありがてえと思ってるだ。ただな、おれはあの胸くそ悪いジャンのやつが、ノートルダム大聖堂の聖堂参事会会長になってふんぞり返るのを見てえとは思わねえ。聖遺物だの、クリストフの七宝細工だの、いいものはもう山ほど見ただ」

「四旬節がくれば、親方が故郷をでてから一年ですね。サンチャゴ巡礼に出たとしても、ちょうど帰る頃でしょう。いい頃合いかもしれません」

「え？　まさか、メルトももうすぐ行っちゃうつもり？」

メルトは微笑んだ。子どもたちがちょうどパリ司教のところに到着し、司教が料理を受け取ろうとしていた。

「大道芸人になってから、こんなに長くひとつの町にとどまったことはありませんよ。事件がひと段落したので出発しようと思います」

シュンとなったノアを、ドミニクが腕をポンポンとたたいて慰めた。

人ごみをかきわけて、仮面をつけた体格のいい男が近づいてきた。七宝細工師のクリストフ親方だ。そういえば、クリストフこそ、もう何十年も故郷に帰っていないはずだ。

「こんにちは、親方。すてきな仮面ね」

「ありがとよ。お前さんも今日はいちだんとべっぴんさんじゃねえか。おいどうしたノア、祭りだってのにやけに元気がねえな」

「オットー親方が春にアルスフェルトに帰るんですって。それでちょっとショックを受けてるの。――ねえ、ふと思ったんだけど、クリストフ親方もそのときいっしょに里帰りしたら？」

クリストフは一瞬、虚を突かれたようだったが、「それもいいかもな」と呟いた。

広場の中央に、台に乗せた大きな「十二夜のケーキ」がふたつ運びこまれた。ケーキのなかには、豆がひとつぶ入れてある。大きなナイフを持った係がそれを切り分け始めた。

係がケーキを一切れずつ男性に渡してゆく。もし、自分が食べたケーキの中に豆が入っていたらその人が今年の「豆の王さま」になるのだ。

男性にケーキが行き渡ると、もうひとつのケーキにナイフが入れられ、今度は一切れずつ女性に配られた。ドミニクも小さな一切れを受け取った。こちらのケーキにも豆がひとつぶ入っていて、当たった女性が「豆の女王さま」だ。

「ん!?」

オットーが何かを吐きだした。隣からクリストフがのぞき込む。出てきたのは大きな空豆だった。ただし、それは空豆をかたどった金だ。クリストフ親方はニヤリとした。今年のノートルダム大聖堂は何からなにまで豪華にやるつもりのようだ。

クリストフが「出たぞー」と大声で呼ばわった。

祭典係がかけつけ、オットーの金の空豆を確認した。それと同時に楽隊がにぎやかに演奏を始め、オットーはそのまま貴賓席まで引きずられて行ってしまった。

オットーの頭に張りぼての金の王冠がかぶせられ、一張羅の羊毛のトゥニカの上から貂の毛皮でできた立派なマントが着せかけられた。オットーは司教さまのとなりの凝った装飾を施した椅子にどしんとすわらせられ、ノアが持っているような先の尖ったブーツを履かされ、手に笏を持たされた。

オットーの隣では、豆入りケーキのあたった商家の主婦があれよあれよという間に女王さまに変身させられていた。髪結師が髪を角のように高く結い上げ、そこに薄物のヘアーネットをかけ、金に輝く冠を乗せた。裾が広がった絹の白いドレスに宝石細工のベルトをしめ、リスの毛皮で裏打ちした深紅の豪華なマントをふわりと羽織って笏を持てばできあがりだ。

「豆の王さま」と「豆の女王さま」はそろって立ちあがって、手を振った。楽隊がいちだんと高く演奏し、祭典係がふたりにワインのグラスを渡した。

「豆の王さま」オットーが「乾杯！」と大声で叫んだ。

そのあと、子どもたちがソーセージと焼けたリンゴの皿をもって回った。そのほかにも祝い料理が次から次に出てきて、みんなお腹いっぱいになるまで飲み食いした。

「おい、ジャンがいねえぞ」

ワインでまっ赤になったオットーが、頭をグラグラさせながら怒鳴った。たしかに、さっきまでパリ司教と親しげに話していたジャンのすがたが見えなくなっていた。

「ちょっと前見たときにはあそこにいたのよ」

「部屋で休んでるのかな。なんたってまだ病み上がりだし」ノアがあたりを見まわした。

「探さなくちゃ。親方はこの広場を見はってて。私はオテル・デュー方面、ノアはジャンの家を見てきてね」ドミニクが指示した。

「よしきた」

「あれ、メルトもいないわ！」

「メルトなら、さっきからあっちこっちで立ち話をしてるよ」

ノアが指さしたところでは、メルトが仮面をつけた若者と話しているところだった。

「誰かしら？　メルトっていつのまにかみんなと知りあいになっちゃうのよね。不思議な人」

「彼はイノサン墓地で遺体を引き取ったときに手伝った学生ですよ」

皆のところに戻ってきたメルトが言った。

「ああ！　ジュリアーノ先生の助手ね。それよりメルト、ジャンの姿が見えなくなっちゃったの」

「それじゃ、手分けして探しましょう。ええと、ノアは――」

「もう場所を割り振ったわ」

「では、二十分後にまたここで」

二十分後、誰もジャンを見つけることができずに戻ってきた。

「病み上がりだし、そんなに遠くまでは行けないと思うんだけど……」ドミニクが首をひねる。

「あと、探してねえのはどこだ？」

「大聖堂の中は、さっきついでに見てきたよ」

「広場にも住宅にも大聖堂にもいないわけですね」

「今日は公現祭のお祭りだから近くにいるはずよ。ジャンは次の聖堂参事会会長ですもの」

「おおい。お前さんたち、どうしたい。祭りだってのに、しけた面《つら》つき合わせてよ」クリストフが手を振りながら戻ってきた。「司教さまと話してきたよ。月末に聖遺物箱から聖槍を取り出すことになった。こうなったら本物の聖槍を手に入れてほしいもんだね。七宝細工の箱が泣くよ」

「ジャンの姿がさっきから見えないのですよ。どこかで見ませんでしたか」メルトが言った。

「なんだ、ジャンならルカ神父の見舞いに行ったぞ」

「見舞い？　それ確かですか？」

「ああ。司教さまもそれがよかろうってんでな。豚とソーセージの料理を持ってたぞ。食えねえだろうけどな。祝いのお裾分けだってよ」

「まずい！」メルトが鋭く叫んだ。

聖槍の神判

ルカ神父の病室は、神父の居館の一室にあった。

ドミニクとノアとオットーは、その豪華さに思わず目を見はった。オットーの田舎のアルスフェルトの司祭館など、これに比べたら家畜小屋だ。

神明裁判で大火傷をしてから、ルカ神父には一日中、医療修道僧が交代で看病にあたっていると聞いていた。治療は膿をきれいにし熱を持った患部を冷やすことと、薬草の煎じ薬を飲ませることくらいしかない。それでも、手厚い看護のかいあって、一日のうちわずかな時間、ルカ神父は目を開けていられるようになったという話だ。

玄関を開けた下僕の訝しげな視線を尻目に、四人はルカ神父の病室のある二階まで階段を駆け上った。廊下に白い頭巾をかぶった医療修道僧が手持ちぶさたに立っていた。

「ジャン助祭は来ましたか」

メルトが彼を手招きし、声をひそめて訊ねた。

修道僧は四人もの人間に取り囲まれて目を白黒させる。

「どうなのです？」メルトがもう一度きく。修道僧は小さくうなずいた。

「どうしてあなたはあんなところに立ってたの？」ドミニクがささやく。

「そ、それは、ジャン助祭がふたりにしてくれとおっしゃったもので——」まだ若い修道僧はつっかえながら答えた。「あの、なにか、まずかったでしょうか」

四人は怯えている医療修道僧をその場に残して、病室のドアにそっと近づいた。ノアがドアに耳をつけて様子をうかがう。ジャン助祭の聞き覚えのある甲高い声が聞こえる。ルカ神父の返事はない。もちろん、喋れないのだ。

メルトがドアを細く開けた。病室は広く、奥の窓ぎわにおかれたルカ神父のベッドが半分見えている。ドアの近くには聖家族を彫刻した立派なついたてが置かれ、その向こうにジャンがいるらしく、嫌みたっぷりなかすれ声が聞こえてきた。

「――私はもうすぐ、あなたに代わって聖堂参事会会長になるのです。司教さまは、あなたが約束してくれたよりもずっとはやく私を司祭にしてくださるおつもりです。どうです？　いつもあなたに小ばかにされ、司祭にさえなれなかった私が、ノートルダム大聖堂の聖堂参事会長ですよ。……え？　なんですか。なにかおっしゃりたいことがありそうですね。――ええ。おっしゃれなくてもようくわかりますとも。さぞ悔しいことでしょう。もし私があなただったら、とてもこんな状況には耐えられませんね。あなたがあれほどご自慢だったアデマール司教がペテン師だとわかり――なんと厭な言葉でしょう――あなた自身も神明裁判で有罪。もし命が助かっても、あなたは一生ベッドの上で屈辱の余生を過ごすことになるのです。ええ。国王陛下は慈悲深くもあなたに恩赦を賜るおつもりのようですよ。まあ、私なら生き恥をさらしたくはありませんけれどね――」

ジャンは滔々と話し続ける。

「――今日が何日かわかりますか。公現祭の祝日なのですよ。もう、あなたには日付などなんの意味もないかもしれませんけれどね。ほら、ここに祝い料理をお持ちしました。どうです、ひとくち召しあがってみますか……」

ついたての向こうでがさごそと音がしてジャンが料理を取り出す気配がする。

オットーが、食べられるのか？　という眼でドミニクを見る。ドミニクは激しく首を振った。

「さあ、ソーセージですよ。だいじょうぶ、私がちゃんと細かく切っておきましたからね。遠慮はいりません——」

ついたての向こうで「グウ……」というへんな音がした。

ドミニクはたまらずにドアを勢いよく開けて中に飛びこんだ。三人もあとに続く。オットーがついたてをバタンと倒した。

スプーンを手に持ったジャン助祭は驚いて飛びあがった。ベッドに横たわるルカ神父の口の中には、祝い料理のソーセージがぎゅうぎゅうに詰め込まれていた。

メルトはジャンからスプーンを奪ってあっという間に床に組み敷いた。オットーとノアはふたりがかりでルカ神父の上体を起こした。ノアが必死で背中をたたき、オットーは口に詰まった食べ物を掻きだしてやった。

口の中のソーセージをすべて吐きださせても、ルカ神父はぐったりしたままだ。ドミニクがそれを観察して頬を固くした。

「毒だわ——」

「なんだと⁉」

「毒よ！」ドミニクが叫び、いつもベルトにくっつけているポシェットの中を探った。

「水を持ってきて！　ハチミツとワインもいるわ。急いで！」

ドミニクは押っ取り刀でかけつけた医療修道士にするどく命じ、ポシェットから取りだした包み紙を開けた。

皆が見守るなか、ドミニクは包みの中の粉をワインとハチミツに混ぜて、死んだように白い顔のルカ神父に少しずつ流しこんだ。始めは何の変化もなかった。しかし、ドミニクはあきらめず、何度も、どろりとした液体をルカ神父にあたえ続けた。

ルカ神父の喉が大きくゴクリと動き、液体が身体の中に入っていった。やがて、神父の頬にほのかに赤みが戻ってきた。ドミニクは大きくひと息つき、ルカ神父の頭をそっと枕に横たえた。

「あとは、神父さまの体力しだい」

「それ、解毒剤だよね」ノアもようやく口がきけるようになった。「よくそんなもの持ってたね」

「いつか役に立つかもしれないと思ってずっと持っていたの。まさか、使うことになるとは思わなかったわ」

「ドミニクが作ったの？」

「まさか。ヴェロニクよ。沼地の奥の妖術師のこと覚えてるでしょ。あの妖術師の薬はときどき効き過ぎてしまうらしいの。それで具合の悪くなった人のために、ヴェロニクはこういう解毒剤も作っていたのよ」

「うへっ。すごい。これ何でできてるの？」

ノアは、ドミニクが広げて見せた薬の匂いに顔をしかめた。

「ヴェロニクの秘薬なのよ。鴨の血、毒蛇の舌や肉、鳥の糞、ニンニク、あと、さまざまな薬草を混ぜている、と思う。もしかしたら宝石の粉も」

「く、よけいなことを……」

メルトに押さえつけられていたジャンが呻いた。メルトはジャンを引っぱって立たせた。ドミニクが哀しみのこもった眼を向けた。

「私たちあなたを信じていたのに」

「ドミニク――」ジャンは薄笑いをうかべた。「あなたのような前途有望なお若い方には、とうてい私の気持ちなどわからないでしょう」

メルトは、それ以上ジャンにものをいわせず、ぐいぐいと引っぱって出ていった。

*

ひと月後、セーヌ左岸の下宿《ホスピキウム》の談話室に、ドミニク、オットー、メルト、そしてノアの四人が集まっていた。四人がそろうのは今夜が最後だ。

ここ数日間の冷え込みで雪は一メートル以上も積もり、石畳の道路も家々の屋根もまっ白に姿を変えている。暖炉がパチパチと陽気な音をたてて部屋を暖めている。

今夜の食事は、料理人がオットーのために最高のものを用意してくれた。

サフランを使った鶏のスープ、ツグミの蒸し焼き、ゼリーの乗った薄切り肉、クリーム入りのタルト、そして食後にはオットーの好物のピスタチオのボンボン……。

オットーは明日の朝早く出発してアルスフェルトに帰るのだ。そうすればちょうど謝肉祭《カルナヴァル》までには家族と再会できる。うれしいことに、クリストフ親方も何十年ぶりかでオットーといっしょに故郷に帰ることになっていた。

「もうすぐ一年になるんだね」

ノアが串に突き刺したリンゴを暖炉の火であぶりながら言った。

「今年は復活祭が早いですからね。それにしてもめまぐるしい一年でしたね」

メルトはジョングルールの衣装をつけリュートを抱えていた。ドミニクはそれを別れのあいさつと受け取った。

「おまけにメルトまで行っちゃうんですもの。出発はいつ？」

「四旬節の前にはでかけるつもりです」

「じゃあ、あと数日ね。淋しくなるわ」

「ぼくもメルトにくっついて旅に出ようかな」

「ノア、お前さんまだそんな甘ったれたこと言ってるのか。お情けで学校に置いてもらったことを忘れるでねえぞ」

「そうよ。あなたは立派な司祭さまにならなくちゃだめよ」

「ふたりとも、そんなガミガミいわないでよ。わかってるさ。ちょっと言ってみただけだよ」

「そんならよし。おれはな、未来の司教さまの知りあいができたってかみさんに自慢したいからよ」

「司教⁉　親方、飛躍しすぎだよ」

「ドミニクはこれからどうするつもりですか」メルトが訊いた。ジュリアーノ先生がパリを去ってサレルノに戻るという話がパリの町に広まっていた。「ジュリアーノ先生の講義はパリでも大人気だったのに、どうしてサレルノに?」

「サレルノの医学校から正式に招聘《しょうへい》があったの。これからの時代は外科の治療がいまよりもっともっと大事になってくるのよ。先生は解剖学にお詳しいし、サラセンの最先端の医学書も研究なさってる。だから外科に力を入れていきたいサレルノが先生に目をつけたってわけ」

「たしか、ジュリアーノ先生はもともとサレルノで教えていたんだよね」

「ええ。サレルノからくっついてきた学生《ゴリアール》が言ってたけど、ジュリアーノ先生は優秀すぎて医者仲間からねたまれたみたい。先生が悪魔と通じてるという噂が広まって、危うく火あぶりになるところだったのを、逃げてきたという話よ」

「お前さんも、その、ゴリアールとかいう追っかけをやるんか?」オットーが感心しないといった顔で聞いた。

「追っかけ、ね。それも少しは考えたわ」ドミニクは笑った。

「やめなよ、そんなの。放浪学生《ゴリアール》は男ばっかりだし、危ないよ」ノアが真剣に反対する。

「うん。行かないわ。先生について行くだけのお金もないし」

「よかった。ドミニクまで行っちゃうのかとハラハラしたよ」

「でも、勉強は? 他にも優秀な先生はおられるでしょうけど、ドミニクには物足りないのではありませんか」メルトが心配した。

「しかたないわ。いい先生にであえるように祈ってね」

「メルト、行っちゃう前に教えてよ。まだわからないことがあるんだ」

ノアがおいしそうに焼けたリンゴを四つ皿にのせた。オットーもウンウンとうなずいた。

「ジャンがつかまって事件は終わったっていやあそれまでだ。けどよ、やつは何が望みだったんだ？　聖遺物か？　出世か？」

「それは、さいごにジャンが教えてくれました」

「教えてくれた？　やっこさんに会ったのかい」

「ええ。ジャンはオテル・デューの地下に拘禁されています。誰にも会わないとずっと面会を拒んでいたそうですが、最後に私に話したいことがあると」

「へえ！　そいつは驚いたね。で、やつは何を言ったんだい」

「事件のことを洗いざらい話してくれました。なぜ自分がこんな事件を起こしたか、死ぬ前に誰かに知って欲しかったのだと感じましたね。――それじゃ、どこからいきましょうか。親方が路地裏で貼り紙を見つけたところからにしますか」

「そこからかい⁉　たのむぜ」

「地下室の帰り際に、親方たちはふたつのグループに分けられましたね」

「そうだ。半分に分けるにしちゃ、おかしな分け方だった」

「そして、濃い煙が充満した部屋に入れられました。ところで、その後、親方は同じ部屋にいた男に地下で会いましたか」

「――そういや、見なかったたな。あいつ、また来たそうにしてたのにな」

「記憶に作用する煙とウインクと十字を切る仕草。これで親方たちの地下室での記憶は消されました。だから、その男は二度と現れなかったのです」

「けど、おれはちゃんと覚えてたぞ」

「そこが、彼らのちょっとした誤算だったと思いますね。親方にはなぜか暗示がうまく効かなかった。きき方には個人差がありますからね。親方がまた地下室に行ったとき、孤児救済白十字会の反応はどうでした？」

「どうって。よく覚えてねえな。おれはただ、赤んぼうを抱いていりゃ頭が痛くならねえってことしか考えてなかったからよ」

「セバスチャンと名のった男の人相は覚えていますか」

「ああ、何となくな」

「セバスチャンは我々がよく知っている人物です」

「ああ？　そりゃどういう――」

「すべてのできごとはやはりつながっていたのです。犯人は強い薬で人を意のままに操るという、これまで誰もやったことのなかった方法で聖遺物を盗むことを考えつきました。薬草園にはさまざまな薬草が栽培されていますし、教会や修道院という世界では、大昔から薬草についての知識が豊富に蓄えられています。ジャンはそれを知っていましたし、おそらく、聖遺物商人として世界を渡り歩いている海千山千のメルクリウスの知識も借りたことでしょう。そうです。メルクリウスとジャンはグルだったのです。

彼らは巡礼団にみたてた窃盗団を作ることから始めました。巡礼団なら聖遺物を見たいと言っても怪しまれません。なかなかうまい方法でした。

彼らはまず、孤児救済白十字会という組織をでっちあげました。セバスチャンはメルクリウスです。薄暗い部屋でつけヒゲをつけていれば、人相なんてわかりません。そして、目をつけた人間に赤んぼうを抱かせ、その様子を観察しました。一般的には女性や、想像力が豊かな人や、思いこみがはげしい人間などが催眠術や暗示にかかりやすいものです。赤んぼうにどれだけ気持ちを動かされているか、そのようなことを観察して、巡礼団のメンバーを選別したのでしょう。見込みなしと判断した人間については、帰り際に記憶を消してしまいます」

「てことはなにかい、おれは冷たい人間ってことか」オットーが鼻をならした。

「いいじゃない。でなかったら、親方は窃盗団の片棒を担がされてたのよ」

「なのにまた来ちゃったから、向こうはびっくりしたろうね」ノアが笑った。「白い服の修道女は？　仲間だったの？」

「おそらく、ジャンかメルクリウスがどこかで調達してきた催眠術師でしょう。窃盗団のかしら役もそうでしょうね。メルクリウスはそういう人たちを調達する役目もやっていたと思います。そのあと、巡礼団が関係するいくつかの盗難事件が起こりました。彼らは小さいものから始めて、計画がうまく機能するかを確かめました。最終目的は、やはりパリのテンプル騎士団本部の宝物保管庫だったようです。同じ頃、ノアの学校で試験がらみの奇妙なできごとがありましたね」

「え？　あ、集中力が続くお茶のこと？」

「そうです。そのことから私は、聖堂付属学校関係者の間では薬物の使用が日頃から行われていることを確信しました」

「じゃ、最初っからジャンが怪しいとにらんでたのか」オットーが訊いた。

「いえ、そういうわけではありません。私が最初におや、と思ったのは、ノートルダム大聖堂でジャン助祭が叱られていたときです。あのとき、ジャンはあなたたちに、ルカ神父はいつか聖遺物のためならとんでもないことをするかもしれない、という印象をあたえましたね」

「うん。はっきりとは言わなかったけど、ルカ神父がノートルダム大聖堂の評判を高めることにすごく熱心だってことと、そのためにジャンにプレッシャーをかけているとは感じた」ノアが答える。

「ほら、やっぱりやつは被害者面してお前さんたちを丸め込もうとしてたんだ」

「そう――いうことになるかなあ……やっぱり」

「そうさ。お前さんたち、まんまとジャンの術中にはまったのさ」

「でもあのあとジャンは、ランディの大市で受難のキリスト像の仕掛けを見やぶってルカ神父から見直されたわよね」ドミニクが言う。

「私は、なぜジャンがあれほど確信を持ってからくり仕掛けだと言えたのか、それを考えました」

メルトが言った。

「本人は聖遺物係としての直感とかいってたよ。たしか、そのことで聖遺物商人のメルクリウスと険悪になったとも」ノアが思いだしながら言った。

「ええ。でもジャンとメルクリウスがグルであれば、説明は簡単です。ふたりがあの像のことで口論したというのは、ジャンだけが言っていることです。ふたりが像をサン・ドニ修道院に流して買わせ、それをランディの大市で暴いてみせれば――」

「ジャンはルカ神父から信頼されるようになるし、ノートルダム大聖堂もサン・ドニ修道院の鼻を明かすことができるわ」ドミニクが感心する。

「でもさ、あの事件があったから、ルカ神父はもうメルクリウスから聖遺物を買わないって決めたんだよね。それじゃ、ふたりの計画は狂っちゃうよ」ノアが指摘する。

「そこが私にもわからない点のひとつでした――」


オテル・デューの地下にあるかび臭い地下に、メルトはジャンに会うためにでかけた。

牢番は連絡を受けていたらしく、松明を持って先に立ち、メルトを一室に案内すると、すぐにジャンを連れてきた。ジャンは鉄球につながった鎖をじゃらじゃら引きずったまま向かいの椅子に乱暴に押し付けられた。牢番がジャンの両手も椅子に縛りつけようとするのを、メルトはだいじょうぶだからと言ってとめた。牢番はなにかぶつくさ言いながら出ていった。

松明の灯りの下ではジャンの表情ははっきりとはわからなかった。ただ、聖遺物係として働いていたときのこざっぱりした様子はなくなり、無精髭が伸び、剃髪《トンスラ》部分にも短い髪がまばらにはえていた。

ジャンはメルトをみとめると、一瞬だけ目に光が戻ったようにみえた。

「私に話したいことがあるとか」

メルトはジャンから眼をはなさずに言った。ジャンはしばらくものを言わず、目の前のテーブルを見つめていた。それからつと顔を上げた。

「メルトさま」ジャンの声はいつもよりいっそうかすれていたが、眼は熱を帯びたようにぎらぎらしていた。「やはり来てくださると思っていました。メルトさまは私がこんなだいそれた罪を犯したことに驚いておられますか。あの、おとなしい、自分というものを持たない、誰からも軽んじられていたジャンが、と。そうです。誰もが私のことをそんなふうに思っていました。私は自分がやったことを少しも後悔していません。むしろ、ようやく与えられたチャンスを、神に感謝したい気持ちです。ただ、私は自分がどうしてこれをやらねばならなかったのか、それを誰にも知られないまま死んでいきたくはないのです。私が、私の一族が、どんな思いでこれまでの長い年月を過ごしてきたかを、メルトさまには知っていただきたい。――なぜ、あなたにとおっしゃいますか。それは、きっとあなたさまがこの都会《まち》のしがらみとは無関係のお方だからかもしれません」

「なるほど。そのお気持ちは想像できなくもありません。――さっそくですが、事件のことをお伺いしてもよろしいでしょうか。時間が限られていますし、外では牢番がいらいらして待っております」

ジャンはすなおにうなずいた。メルトが言った。

「ではまず、時間を節約するために私たちにわかっていることをお話しします。私たちはこの犯罪では、薬物や催眠術が大きな役割をはたしたと考えています。孤児救済白十字会、巡礼団を装った窃盗団――。あなたと聖遺物ブローカーのメルクリウスは、共謀して聖遺物をわが物にする計画をたてたのでしょう。いかがですか」

ジャンの眼に感心したような色が浮かんだ。

「その通りです。やはりあなたさまは他の人とは違う――」

「私だけではありません。私の仲間たちみんなで出した結論です」

「仲間――？　ああ、神学生のノアと元気のいいお友だちのドミニク、それに縮絨工のオットー親方ですね。うらやましいことです。良い仲間をもつというのは」

「ランディの大市でのからくり仕掛けの一件も、仕組まれていましたね」

ジャンはうなずいた。

「サン・ドニの聖遺物係をだませるかどうかは、正直いって五分五分でしたが、やはり聖遺物蒐集係というものは悲しい性をもつ生き物ですね。奇跡を起こす受難のキリスト像を手に入れるチャンスをみすみす逃すわけにはいかなかった――」

「そして、あなたは計画通りルカ神父の信頼を勝ち取りました。ところが、この事件はメルクリウスの信頼を失わせる結果にもなりましたね。これも計画されていたことだったのですか」

「ああ。そのことですか。実は、私たちもルカ神父がそこまでするとは思っていなかったのです。でも、これが私にさらなる高みにのぼるきっかけをあたえてくれたのです」

「高み？　どういうことですか」

「順を追ってお話しさせてください。夏になって、テンプル騎士団から第一級の聖遺物が国王陛下に贈られることになりました。私たちはもちろん、これを奪うつもりでした。いつも通りにやれば、たとえそれがパリのテンプル騎士団の本部にあろうともできないはずはありません。ところが、そのうち、私にとっては耳をうたがうような情報が聞こえてきました。テンプル騎士団が寄進するのは聖槍だというのです。そんなはずはありませんでした」

　ジャンはつと目をあげてメルトをにらんだ。メルトがあとを引き取った。

「――あなたは、今回の大みそかの聖史劇でも大聖堂の中で叫びだしましたね。まるでランディの大市のときのように。国王陛下、パリ司教、テンプル騎士団総長列席の場面で、あなたがあれほど確信をもって行動できたのは、ランディの大市のときと同じく、聖槍が本物ではないと知っ
ていたからですね」

「そうです！」ジャンが嬉しそうに叫んだ。「メルトさまはあの時から私の言葉を信じてくださっていたのですね」

　メルトはそれを無視してつづけた。

「あなたは聖マルタン祭の夜にテンプル騎士団に忍び込んでいますね。あれは聖槍を確認するためだったのでしょう」

「ええ。その通りです。絶対の確信が必要でしたから」

「あの頃、あなたの顔色がすぐれないと、オットーは心配していました。おそらく、テンプル騎

士団の本部から逃げるときに騎士が放った矢を受けたのでしょうね」

　ジャンは黙ってうなずいた。

「ジャン助祭、あの聖史劇の脚本を書いたのがノアだということはご存知でしたか」

「そのことは漏れ聞いていました。まさか、ノアがあんなでたらめな脚本《もの》を書くとは」

「内容は私が指示したのです。私たちは、聖槍を発見したペトルス・バルトロメオをことさらに悪人に描いたのです」

「ことさらに?」ジャンが訝しげにくり返した。

「そうすることで、犯人をあぶり出せると考えたのです。今回の犯罪のもうひとつのキーワードは聖槍の神判だと私たちは思っていました。そこで、あの聖史劇を上演すれば、犯人が浮かびあがるだろうと予想しました。死んだサン・ドニの聖遺物係の足の裏にあった火傷、そして、毒殺されたメルクリウスの脚の火傷。あれはあなたがやったのでしょう。それらが意味するところは火の神明裁判でした」

「やはりわかってくださっていたのですね。そうです。サン・ドニの聖遺物係。彼は自分の方が目利きであると常日頃から私を見下していました。それがあのぶざまな結末。自業自得です」

「ところで、そろそろ、あなたとメルクリウスのあいだに何があったか話してもらえませんか。牢番がさっきから何度も廊下を歩き回っています」

「いいでしょう。メルトさまは私に、今度メルクリウスがパリに戻ったら彼と話したいとおっしゃいましたね。あなたはメルクリウスが何か重要なことを知っている、あるいは犯人だとさえ考えておられたのではありませんか。――まあ、いいでしょう。ともかく私はあなたの伝言をメルクリウスに伝えました。メルクリウスはノートルダム大聖堂に出入り禁止になったことですでに私に不信感を持っていました。そこにあなたから会いたいという話です。メルトさまが一連の事件の調査をしていることは私からすでに彼に伝えてありました。――ああ、このことでは謝罪しなければならないことがあります。サン・ドニ祭の首です。調査が進展しないように少しだけ脅すつもりだったのです。あんな高い位置から首を落とすはずではありませんでした。ひとつ間違えば大惨事になってしまうところでしたね。いまさら謝ってすむことではありませんが。

メルクリウスは私がルカ神父にあることないこと吹き込んで、彼ひとりに罪をなすりつけようとしていると早合点しました。正直、そういう考えも私のなかに無いではありませんでした。ところが、激高したメルクリウスは私にこう言ったのです。あんたは神明裁判で死んだペトルス・バルトロメオの子孫だろう、と。――ああ、このことはさすがのメルトさまもご存知なかったでしょうね。ペトルス・バルトロメオは私から数えて四代前のご先祖にあたるのです。

メルクリウスはにやにや笑いながらこう言いました。

――テンプル騎士団が宝物庫を発掘して、とんでもない聖遺物を発見したという噂はあっちじゃ有名さ。おれは聖櫃か聖杯を発見したと睨んでるが、連中は絶対に明かさない。あんたも知ってるように、そのうちのいくつかがフランス国王に寄進されることになった。そのひとつは聖槍だ。世界にいまや聖槍はいくつもあるが、今度のこそが本物だとよ。それでおれはちょいと聖槍について調べて、ペトルス・バルトロメオの神明裁判にたどり着いた。ところが、もうちょっと探ったら、なんとあんたにぶち当たったってわけさ。正直、驚いたね。ついでにもうひとつ、面白いこともわかったな。あの偉そうにあんたをこき使っているルカ神父は、教皇使節アデマール司教の子孫ときた。あんたがおとなしくあのルカに従っているのは、どういうわけだい？　復讐か？　おや？　どうしたい。なんだ、あんた知らなかったとみえる。は。こりゃおもしろい。あんたがここでルカに頭を押さえつけられながら聖遺物蒐集係におさまってるなんて、皮肉だな。あんたの一族はどこまでも負け犬が似合ってるよ。だが、あの小うるさいルカが、あんたの素性を知ったらどうするだろうな。

いいか、もしもおれを売るような真似をしたら、あんたとおれがやってきたことをぜんぶバラしてやる。おれか？　おれは東方にでも消えるよ。どこにいったって商売はできる。が、あんたはどうかな。この世界以外でどうやって生きていく？　よく考えるんだな——。

——私はこのように逆に脅されることになったのです。しかも、ルカ神父がアデマール司教の血筋だなどと……。あの聖槍の神判以来、私の一族はペテン師の烙印をおされ、茨の道を歩くことになったのです。もともと、ペトルス・バルトロメオは一介の修道士にすぎませんでしたが、以後の没落ぶりはすさまじいものでした。ようやく、私が、司祭の道に進めることになり、フランス第一のノートルダム大聖堂の聖堂参事会員になったと聞いたときの母や妹や叔父叔母の喜びようといったらありませんでした。

ルカ神父にどんなに軽んじられても、顎でこき使われても、私には目標がありました。ペトルス・バルトロメオから続いてきた負の連鎖を断ち切りたい。それだけを思ってどんな屈辱的な扱いにも歯を食いしばって耐えました。

メルクリウスからルカ神父の素性を聞かされて、私にはもうひとつ別の目標が生まれました。おわかりになりますか。ルカ神父にも私の一族が味わってきたのと同じ屈辱を味わわせたい。彼ががっくりと膝をつくところを見たい。ペトルス・バルトロメオは本物の聖槍を発見していたのに、あの狡猾なアデマール司教に握りつぶされたのです。どうしてそれが言えるのかおわかりですか。私の一族にペトルス・バルトロメオが見つけた槍がいまも伝わっているからです。イエスさまの脇腹から流れ出た血と水のついた真の聖槍が。

そんなことを思いながらメルクリウスのしたたかな顔を見ているうちに、ごく自然に、彼には死んでもらおうと決めました」

ジャンは淡々と語り、その表情は穏やかといっていいほどだった。

「メルクリウスの殺害にもやはり毒物を使いましたね。使いの小僧が死んだのもそのせいですか」

「私は小僧に金をやって薬をすり替えさせました。とびきり効きがいい薬だとも言いました。小僧は勝手に薬を飲んだのです。飲むだろうということは予測できましたけれどね。沼地の奥の妖術師のことまでもう調べていらっしゃるのでしょう？　いまは見る影もなく耄碌《もうろく》していますが、こと薬の調合にかけては天才的なひらめきを持っている男でした。昔から修道院や教会というところは薬草との付き合いが深いのです。私はときどき使いっ走りで彼のところに行かされました。その縁で彼と親しくなり、薬の調合のしかたも彼から教わりましたし、貴重な薬を分けてもらうこともありました。聖職者の中には、すすんで媚薬を飲みたがる輩もすくなからずおりますが、その逆に抑えきれない性欲を何とかしたくて駆け込むものもおります。こういう世界ですからね」ジャンは肩をすくめてみせた。

　牢番がドアを叩いた。メルトが立っていって二言三言話し、新しい松明を持って戻ってきた。

「時間のようです。ところで、あなたは、復讐を果たして満足ですか？」

「もちろんです。私は死ぬことになりましたが、その前にアデマール一族のペテンを暴くことができました。真の聖槍を所有した者を神は嘉《よみ》されたのです」

「あなたがそうおっしゃるなら、私はこのまま去る方がよさそうですね。さいごにひとつ。神は、聖槍が本物であろうがなかろうが、我々人間ひとりひとりを祝福されているのではありませんか、どんな時にでも」

　ジャンは答えなかった。

血の行方

　メルトの話を聞き終わった三人は、パチパチはぜる暖炉の火の前で重苦しく沈黙していたが、やがてノアが言った。

「メルトはジャンになにか言い残したことがあったんじゃないの？」

「ええ。ジャンがやったことを全否定するのは忍びなかったので」

「全否定だぁ？　メルト、そりゃどういうことだい」

「ジャンは一族にずっと伝わる本物の血のついた聖槍を持っていると言ってましたね。私は司教さまの許可を得て、それをジャンの家から持ってこさせたのです。どうですか、これからそれを見にいきませんか」

「これから？　だってもう夜更けよ」ドミニクがからだをぶるっと震わせた。窓の外では雪が降り続いている。

「親方は明日の朝早く出発してしまうでしょう。親方はどうです？」

「行くともよ。こうなりゃ最後のところを知らねえまま帰るわけにはいかねえだ。土産話くれぇしか、おれには持って帰るものはねえからな」

「行く行く。なんならドミニクは待っててもいいよ」ノアが意地悪く言った。

「行かないなんて言ってないでしょう。ちょっと待ってて、ありったけのマントを取ってくるから」

五分後、四人はぶくぶくに着ぶくれて下宿《ホスピキウム》をあとにした。目深にかぶった毛の帽子や手袋や襟巻きで、お互い話すこともままならない。四人は積もった雪をざくざく踏みしめながら、真っ暗なサン・ジャック通りを北に向かって歩いた。

先頭を行くメルトは、シテ島では歩みをとめずに北側のグラン・ポンに向かった。大聖堂に行くとばかり思っていた三人は無言で顔を見合わせた。メルトは痛いほどの冷たい空気の中をさらにずんずん進んだ。

セーヌ右岸のヴェロニクの小屋のある沼地を通り過ぎ、さらに歩き続けて身体がうっすらと温まってきた頃、めざしているのはテンプル騎士団の本部だということに三人は気がついた。

真夜中だというのにテンプル騎士団本部は煌々と灯りがともり、その堅牢な石積みの建物を浮かびあがらせていた。かがり火のそばに武装した騎士がふたり立っていた。マントの左肩にもその下の白いチュニックの胸にも、赤い大きな十字のマークがある。ふたりはメルトを認めると黙って脇によけた。ドミニクが帽子の下で目を丸くする。

メルトは三人を中にいれると、案内も請わずに、明るく照らされた廊下を進んで宝物庫に案内した。ここでも宝物庫番の騎士がさっとドアを開けた。オットーもノアもドミニクも、もう何が何だかわからなくなっていた。

宝物庫には先客がいた。その人物は堂々とした体軀をゆっくりとこちら側に向けた。それがテンプル騎士団総長のロベール・ド・サブレであることに三人ともはっと気がついた。

「お待ちしておりました。こんな時間にご足労いただいて。総長のサブレです」

威厳あるテンプル騎士団総長は軽く頭をさげた。

いちばんきちんとあいさつができたのはノアだった。だてに貴族のお坊ちゃまをやっていたわけではない。オットーはぼろぼろの帽子をもみしだいて突っ立ち、ドミニクはあわてて帽子と手袋をぬぎ、ようやく膝を折って形ばかりのあいさつをした。

「ハロルドもすっかりジョングルールが板についたようだな」

――ハロルド？　振り向くと、いつのまにかひとりのテンプルの騎士が立っていた。騎士は優雅な身のこなしで一礼した。

「おそれいります。実をいいますと、こちらのほうがわたくしの性分には合っているのではないかと思い始めたところでございます」

「ノア、まさか、おじさんを忘れてしまったのではあるまいね」

総長がぽかんとしているノアに笑いかけた。目が愉快そうに光っている。一瞬ののち、ノアは飛びあがった。

「ハ、ハロルドおじさん⁉」

「やっぱりぼんやりさんだな、お前は」メルト、いやノアのおじハロルドが笑った。「姉のエマが心配するわけだ」

「どうして？　なんで？　ジョングルールのメルトは？　ハロルドおじさんは聖地のはず――」

ノアはパニックに陥り口をぱくぱくさせた。

「しっかりして」ドミニクが小声でノアを叱った。「みっともないわよ」

「だって、ぼく、何がなんだか――ハロルドおじさんに最後に会ったのはもう十年も前だし」

「私から説明した方がよさそうですな」総長ロベール・ド・サブレが言った。そして、四人に腰かけるよう示した。「――実は、わがテンプル騎士団が聖地で発見した聖遺物の一部が輸送途中で消えるというできごとが最近起きましてな。我々の第一の任務は聖地の保護だが、聖地とヨーロッパとをつなぐ安全な道を巡礼者に提供することもその役目のひとつ。その巡礼路で聖遺物が消えたとなれば、巡礼者や十字軍の安全も脅かされる。ひいてはテンプル騎士団への信頼もゆらぐ。そこで私は何が起きているかを調査するためにハロルドを任命したのです。いっておくがノア、ハロルドはジョングルールとしてだけでなく、テンプル騎士団員としても優秀でね。我々はちょうど、〝受難のキリスト像〟をパリに向けて送りだしたところでした。そうです、涙を流すキリスト像です。それで、ハロルドには、ジョングルールに身をやつし、トルコ系の名前をかたって、受難のキリスト像の後を追ってもらうことにしたというわけです。旅芸人というのは自由気ままに動き回れる便利な立場でしてね。司祭ヨハネスの国を探すという、もうひとつの口実も用意しました。アンティオキアからニケーア、コンスタンティノポリス、それから陸路とアドリア海を北上してヴェネツィアまで、受難のキリスト像はたしかに運ばれてゆきました。ところが、ヴェネツィアのマルディ・グラですり替えが起きたのです。さすがのハロルドもまんまと出し抜かれてしまいました。ただ、ヨーロッパで手広く商売をしていた聖遺物ブローカーが関係していることまでは突きとめ、彼を追ってパリまで来たというわけです」

「それが、メルクリウスだったのね」ドミニクがつぶやいた。

「その通り。きみがドミニクだね。ハロルドがたいそう感心していたよ。勇気があって賢い女性だと」

ドミニクは小さな顔をまっ赤にしてうつむいた。

「その後のことはもう説明する必要はないでしょう。そして、最後の問題は例の聖槍ということになる」

テンプル騎士団総長がうなずくと、メルト、いやハロルドは部屋の奥にある壁一面の巨大な金庫を開けて、細長い聖遺物箱を取りだした。クリストファー親方が製作したものだ。

メルトはそれを中央の台に置いた。中には聖槍が収められている。ハロルドはもう一度金庫の前に立ち、今度は小さな四角い木製の箱を持ってきた。七宝細工の聖遺物箱と並べるといかにも質素である。開けると絹のクッションの上に槍の穂先が乗っていた。

「大きな聖遺物箱の方が、ノートルダム大聖堂で公開された聖槍です。そして、こちらがジャンの家から運ばせたものです。近くに寄ってよく見てください」

メルトにいわれて三人は台に乗せられたふたつの聖槍をこわごわのぞき込んだ。

ジャンが本物だと主張している槍には、明らかにもうひとつとは違いがあった。血痕である。赤黒く変色してはいるが、槍の穂先の半分ほどに血のあとが認められた。

「それが、イエスさまの脇腹から流れ出た血と水というわけです。ジャンの一族は、これを根拠にこの穂先を百年にわたって大切に保存してきたのです。ご先祖ペトルス・バルトロメオ、そしてジャンの一族に着せられた汚名をいつか晴らせる時が訪れるまで」ハロルドが説明した。

「それじゃ、やっぱりジャンのが本物なの？」ノアが混乱しておじに問いかけた。

「いいえ」ハロルドは首を振った。「残念ながらそうではありません。むしろ、ここにはっきりと血痕が残っていることこそが、聖槍ではないしるしなのです」

「そりゃ、どういうことだ」オットーが初めて口をきいた。ようやく緊張がほどけてきたらしい。

「血痕があるのがおかしいってのかい？」

「はい。槍の穂先はたしかにイエスさまの血と水を受けました。言いつたえによれば、アリマタヤのヨセフという人物――その後イエスさまのご遺体を引き取り埋葬した人です――が、その場でしたたり落ちた血液を何滴か杯に受けたと言われます。この杯は、最後の晩餐でイエスさまがお使いになった聖杯でした。ところで、槍についた血の方はどうなったのでしょう。イエスさまを槍で突いた人物は、あの聖史劇で親方が演じたローマ帝国の百人隊長です。彼はのちに回心してキリスト教徒になりロンギヌスとよばれるようになりましたが、その時点では武器を持つひとりの兵士として当然のことをしました。つまり、血液で汚れた槍をぬぐってきれいにしたのです。そうしなければ、たちまち槍は錆びついてしまいますからね」

ノアが口の中でアッと声を発した。

「しかしその後、救い主イエス・キリストの血を受けた聖なる槍、つまり聖槍としてこの槍が有名になるにつれ、さまざまな伝説がついてまわるようになります。その血液に触れた者は病気が治るとか、槍を手にする者は世界を統べる力を持つに至るとか……。その中には、聖槍が常に血を滴らせているという説もありました。百年前、ペトルス・バルトロメオがアンティオキアで聖槍を発見したときにも、このような伝説が存在していたのです。地中から槍を発見したとき、ペトルス自身か、あるいはその場にいた何者かが、聖槍に血をつけることを思いついたのではないでしょうか。聖槍には必ず血液が付着していなければなりませんでしたから」

「メルトが、いや、ハロルドおじさんがジャンに言わなかったというのは、このことだったんだね」

「あとひとつ、おれにはわかんねえことがあるだよ」オットーがハロルドに言った。「この際だから聞いてもいいかい」

「私に分かることなら」とハロルドが答えた。

「降霊術のときの傷だよ。ほら、ヴェロニクの脇腹にあったやつ。ありゃ、どう考えても不思議だ」

「そうよ！　私もずっとそう思ってた」ドミニクも声をあげた。「あのとき、メルトはこう言ったわよね、すぐれた霊能力者にはそういうことが起こりうるって。たしかに、今になれば、聖槍がこの一連の事件の謎を解く鍵だったのはわかる。でも、ヴェロニクになぜそれがわかったのかしら」

「ふたりとも、なに言ってんのさ。ヴェロニクは霊媒師だよ。あの日は、メルクリウスの霊が乗りうつってたんだ。ヴェロニク自身が知ってたわけじゃないよ。そうでしょ、ハロルドおじさん」

ノアがあきれたように言った。ハロルドは微笑んだ。

「ノアはすっかりヴェロニクのファンになったようですね。みなさんは一年前のマルディ・グラで起きたできごとを覚えていますね。そう。みなさんが最初に出会った夜です。あの夜、ヴェロニクは危うく火の中に投げ込まれるところでした。それは、闇の中から誰かが、ここに魔女がいるぞ！　と叫んだからです。その声をあげた人物こそがジャンでした」

「えっ！　そうだったの？」ノアが驚きの声をあげた。

「ジャンは、沼地の奥の妖術師のもとに通ううちにヴェロニクのことも知るようになったといいます。そして、彼女が自分という人間を疑いの目で見ていることにうすうす気づいていました。

ヴェロニクにしたら、それは何か具体的な確証があってというよりは、ある種の直感にもとづくものだったのでしょう。ちょうど、親方がジャンをどこかうさんくさいと感じていたようにね。しかしジャンにとっては、感性が鋭く、薬草にも詳しいヴェロニクはいつか自分を危機に陥れるおそれが充分にありました。もし、マルディ・グラのどさくさに紛れて彼女を始末できればそれに超したことはありません。幸いにも、その企みは、あなたたち三人によって阻止されましたがね」

「おお！　そうだったんかい！」親方が感心したようにうなずいた。

「それで、槍の形の傷のことは？」ドミニクが訊いた。

「それは私にもはっきりと説明することはできません。あの時も言ったように、ヴェロニクのような能力を持つ人間には、説明のつかないことが起こりえるとしか。ただ、ヴェロニクはジャンには何かウラがあると思っていました。あるいは、確信していたとさえ言えるかもしれません。少なくとも、マルディ・グラの夜に自分を殺そうとしたのがジャンだったことは気づいていたはずです。あの甲高いかすれ声は特徴的ですからね。ヴェロニクが持っていたそういう疑念が、あの降霊術の際に呼び覚まされ、何かの作用を引きおこしたと私は考えています。親方、これでは納得してもらえないでしょうか」

　オットーはまだじっと考えていた。

　テンプル騎士団総長ロベール・ド・サブレが口をひらいた。

「我々がひとつひとつの事実を積み重ねて得る結論も、神は時として軽々と越えられます。それを我々は奇跡と呼びます。我々は神のみ業《わざ》の前に、その不思議の前に、ただひれ伏すことしかできない存在です。だからこそ、神明裁判というものが有効なのです」

「でも、総長さま、神明裁判ではジャンが勝ちました」ドミニクが遠慮がちに言った。

「それについても新しい事実が判明したのですよ」ハロルドが総長に代わって答えた。「あのとき、燃え上がったルカ神父の服、修道士が脱がせて保管しておいた服を調べてみたところ、服の裾の方に大量の脂が染み込ませてあったことがわかったのです」

「脂？　それは燃料に使う松の脂かしら？　ああ、そうだとすれば、あの熱のなかで服が燃え上がってしまったのもわかるわ。じゃ、それもジャンが？」

「そうです。ジャンはそれを認めましたよ」

「なんでえ。じゃ、ジャンのやつは神明裁判なんてはなから信じちゃいなかったんかい」

「さあ、どうなのでしょう。ジャンは聖槍が本物だと心から信じていたと思われるのです。けれど、神明裁判で自分だけが回復するという完全な自信はなかったのではないでしょうか。なぜなら、ジャンはルカ神父の服に細工をしただけでなく、化膿止めに効果がある薬草を神明裁判が始まる前から服用してもいたのです。ちなみに、大聖堂で〝神明裁判をしろ〟という叫びがあがりましたね、ああいう演出も、ジャンが人をやとって言わせていたのです。こうやってあらゆる手段をこうじてぬかりなく準備を整えてでも、ジャンは勝ちたかったのです。百年後にやっとめぐってきたチャンスを完ぺきに成功させたかったからです」

「人間ってとっても哀しい生きものね」

そうつぶやいたドミニクを、テンプル騎士団の総長はやさしく見つめた。

「そう悲観するものではありませんよ。とくに、あなたのような若者は。あなたもノアも我々と違ってこれからを生きる人だ。ところでノア――」総長はいたずらっぽい目つきをした。「学校を終えたらテンプル騎士団に入らないかね」

「え！　総長さま。いま何と？」ノアの声がひっくり返った。

「そのまえには学業をおさめて一人前の騎士にならねばならないのだよ。わかっているね、ノア」

ハロルドがノアの肩をたたいた。

「うん。いえ、はい。総長さま、ありがとうございます！」

「ドミニク、もしきみが医学のことで必要なものがあるときには、遠慮なく私に言ってください。きみが一流の学者になりたいのなら、我々は援助を惜しむつもりはありません」

「私に⁉　ああ総長さま。ありがとうございます」

それから総長はオットーの方を向いた。「親方。パリの滞在はいかがでしたかな。ハロルドによると、あなたは腕のいい縮絨工だそうですね。故郷に戻られたらさっそく、目の詰まった上等な冬のマント生地を用意してはくださらんか。テンプル騎士団員全員分の」

「よろこんで。最上等の生地をご用意いたしましょう。お安くしておきますよ」

オットーはうやうやしく頭をさげた。もうすっかり熟練の縮絨工親方の顔にもどっている。

「さて。それではハロルド、しばしの休暇を楽しむがよい。ノアとともにカンタベリに里帰りすることを私は勧めるね。私もまた急ぎ聖地に戻ることとするよ。その前に、司教さまと国王陛下にお目にかからねば。おふたりとも新しい聖堂参事会会長の人選にあたまを悩ませておられてね」

その夜、テンプル騎士団フランス管区本部のなかでも最上等の客室の、ぬくぬくと温められたベッドにもぐりこんだドミニクは、総長のありがたい申し出を考えて、なかなか寝つかれなかった。

——もし、生活のことなど心配しないで学問に打ちこめたら、どんなに幸せだろう。やっぱりマギステル・ジュリアーノについてサレルノに行ってしまおうかしら。サレルノなら世界最先端の医学を学ぶことができる。それとも、いっそのこと、サラセン人の先生につくのはどうかしら。ああ、だとしたらサラセンの言葉も習わなければ……。

ふと、あのマルディ・グラの夜が思いだされた。ヴェロニクはなんて言ってたっけ？　そうだわ。〝今夜三人が出逢ったのは神のお導き〟。やっぱりヴェロニクは正しかった。

そのとき、ドミニクにあるひらめきが訪れた。

ようやくうとうとしたドミニクは、ドアをノックするかすかな音で目がさめた。

ドミニクは身体を起こし、耳を澄ませた。空耳ではない。ノックは遠慮がちに小さく続いている。ドミニクは灯りを手に持ってベッドからそっと出た。

「誰？」声をひそめて訊ねる。

「ぼく。ノアだよ」

ドミニクはドアを開けた。

「どうしたの。なにかあったの？」

「ぼく、いろいろ考えてたら眠れなくなっちゃって……」

「いいわ。お入りなさい」

ドミニクは暖炉の火をかきたて、そばに椅子を二脚寄せた。ノアはおとなしくそこに座った。

「ぼくって、やっぱりダメだな」ノアがつぶやいた。「世間知らずの貴族のお坊ちゃまって言われても、もう反論はしないよ」

「いったいどうしたのよ。眠れないことなんて誰でもあるわ。ことに、テンプル騎士団の本部にいるんじゃね」

「違うんだ。ぼく、これからひとりでやっていける自信がないんだよ。親方もメルト、というかハロルドおじさんも行っちゃうし、きみも行っちゃうだろ？」

「私も？」

「だって、総長さまがドミニクになんでも援助するっておっしゃったじゃないか。だったらやっぱりきみもジュリアーノ先生についてサレルノに行ってしまうだろ？」

ドミニクは笑った。

「ええ。たしかに、一度はそうしようかと考えたわ。けどね、さっき、もっといいことを思いついたの」

ノアはドミニクを不思議そうに見た。

「私、ヴェロニクに弟子入りしようと思うの」

「は？」

「ヴェロニクは薬にかけては超一流だわ。私にとって、これ以上の先生はいない、って気がついたの。ただ、ヴェロニクは経験で薬を作っている。もちろん、ヴェロニクはそれでいいのよ。でもね、私はそれを、慎重にやれば誰でも同じ薬が作れるようにしたいの。もうジュリアーノ先生に医学の基礎は教わったし、必要なら文献を探して読むこともできる。今からワクワクしてるの。きっとうまくいくわ。そうすれば、もっとたくさんの人を治せるのよ」

ノアはしばらくポカンとしてドミニクの顔をみていた。それからゆっくりと笑顔がひろがっていった。

「すばらしいよ、ドミニク。それにすごくきみらしい。ぼくから見たら、ヴェロニクもドミニクも天才だ。そのふたりが協力したらすごいことができるよ。きみはきっと、歴史に名を残す名医になるに違いないよ」

「大げさねノア」

「ああ。それを聞いたらぼくも元気が出てきたぞ。ドミニクがパリでがんばるなら、ぼくもいい司祭になって、それからテンプル騎士団に入って聖地を守るんだ。今度こそ本気でやるよ」

「あれ、もうとっくに本気だと思っていたけど」ドミニクがわざと驚いてみせ、そして言った。

「ノアはそのままでいいのよ。ダメなときはさっきみたいに弱音をはけばいいわ。そしたら私が話をきく。そして、とびきりの薬を調合してあげる。くそまじめなつまんない司祭さまになんかなったら、私はもうあなたとつき合わないからね」

主な参考文献

『大学の起源』C・H・ハスキンズ／青木靖三・三浦常司訳（社会思想社、現代教養文庫）
『中世ヨーロッパの生活』ジュヌヴィエーヴ・ドークール／大島誠訳（白水社、文庫クセジュ）
『西洋中世の罪と罰　亡霊の社会史』阿部謹也（講談社学術文庫）
『十字軍騎士団』橋口倫介（講談社学術文庫）
『聖遺物崇敬の心性史 西洋中世の聖性と造形』秋山聰（講談社）
『中世思想原典集成10　修道院神学』上智大学中世思想研究所編訳監修（平凡社）
『中世ヨーロッパ食の生活史』ブリュノ・ロリウー／吉田春美訳（原書房）
『パリ歴史地図』ジャン＝ロベール・ピット／木村尚三郎監訳（東京書籍）
『中世ヨーロッパの教会と俗世』フランツ フェルテン／甚野尚志編（山川出版社）
『中世の笑い　謝肉祭劇十三番』藤代幸一編訳（法政大学出版局）
『パリ歴史図鑑』ドミニク・レスブロ／藤持不三也訳（原書房）
『中世の祝祭』フィリップ・ヴァルテール／渡邉浩司・渡邉裕美子訳（原書房）
『医学の歴史』梶田明（講談社学術文庫）
『中世ヨーロッパの服装』オーギュスト・ラシネ（マール社）

その他、歴史関連のサイトも参考にさせていただきました。

薬草に関しては、中川内科医院院長で漢方専門医の中川良隆先生にご教示いただきました。
ここに厚く御礼申し上げます。

【著者】金澤マリコ（かなざわ・まりこ）

千葉県生まれ。静岡県在住。上智大学文学部史学科卒。現在は高校の非常勤講師として世界史などを担当。2015年、島田荘司選第7回ばらのまち福山ミステリー文学新人賞優秀作『ベンヤミン院長の古文書』でデビュー。

薬草《やくそう》とウインク

●

2017年4月24日　第1刷

著者…………金澤《かなざわ》マリコ

装幀…………川島進
装画…………のりしお

発行者…………成瀬雅人
発行所…………株式会社原書房

〒160-0022 東京都新宿区新宿1-25-13
電話・代表03（3354）0685
http://www.harashobo.co.jp
振替・00150-6-151594

印刷…………新灯印刷株式会社
製本…………東京美術紙工協業組合

ISBN978-4-562-05398-8, Printed in Japan